Das Buch

Sein vierter Fall führt Léon Duval in die Welt der fliegenden Händler von Cannes. Ein Afrikaner wird am Bijou Plage, einem der schönsten Strände von Cannes, tot aufgefunden. Gibt es vielleicht einen Zusammenhang mit den an der Grenze zu Italien ausharrenden Flüchtlingen, die immer wieder versuchen, mit selbst gebauten Booten nach Frankreich zu kommen? Oder ist doch alles ganz anders? Der Tote ist nämlich ein fliegender Händler aus dem Senegal. Von ihnen gibt es viele in der Stadt, sie verkaufen an den Stränden und auf den Straßen ihre Waren an Touristen. Im Laufe der Ermittlungen wird Duval jedoch klar, dass hinter der Sache mehr steckt als zunächst vermutet. Zumal, als noch eine zweite Leiche auftaucht. Doch er ist nicht der Einzige, der sich für diese Todesfälle interessiert, auch seine Freundin, die Journalistin Annie, recherchiert und ermittelt auf eigene Faust. Sehr zum Unmut von Duval und seinen Kollegen.

Die Autorin

Christine Cazon, Jahrgang 1962, lebt mit ihrem Mann und zwei Katzen in Cannes. »Endstation Côte d'Azur« ist ihr vierter Krimi mit Kommissar Léon Duval.

Weitere Titel bei Kiepenheuer & Witsch

»Mörderische Côte d'Azur«, KiWi 1376.
»Intrigen an der Côte d'Azur«, KiWi 1429.
»Stürmische Côte d'Azur«, KiWi 1469.

KiWi

1531

Christine Cazon

Endstation Côte d'Azur

Der vierte Fall für
Kommissar Duval

Kiepenheuer & Witsch

Der vorliegende Roman ist von der Realität inspiriert. Vieles hat hier in den vergangenen Monaten so oder ähnlich stattgefunden. Auch die Stadt Cannes und manche der beschriebenen Orte sind reell. Dennoch ist diese Geschichte fiktiv, ebenso wie die darin vorkommenden Personen. Ihre beruflichen wie privaten Konflikte und Handlungen sind frei erfunden. Jede Ähnlichkeit mit lebenden oder realen Personen wäre rein zufällig und ist nicht beabsichtigt.

FSC www.fsc.org MIX Papier aus verantwortungsvollen Quellen FSC® C083411

1. Auflage 2017

Karte auf der Umschlaginnenseite: Oliver Wetterauer
Umschlaggestaltung: Barbara Thoben, Köln
Umschlagmotiv: © plainpicture / goZooma / Antonina Gern
Foto der Autorin: © Stéphanie Melber
Gesetzt aus der Scala Pro und der Copperplate Gothic
Satz: Wilhelm Vornehm, München
Druck und Bindung: CPI books GmbH, Leck
ISBN 978-3-462-05013-4

À ceux qui cherchent où se trouve le futur

Mieux vaut de la poussière aux pieds qu'aux fesses.

Proverbe sénégalais

1

Das Raunen, das Gelächter und die laute, wummernde Musik waren schlagartig verstummt, kaum dass sie vor der Tür standen. Nur die Bässe vibrierten noch im Asphalt oder spürte sie sie in ihrem Körper? Ihre Ohren waren leicht taub. Wie ausgespuckt fühlte sie sich. Als habe ihr der Lärm im Nachtklub Geborgenheit gegeben. In der Nähe schlug eine Autotür zu und ein Motor startete. Sie lehnte sich kurz an die geschlossene Tür und atmete durch.

»Anaïs? Alles okay?«, fragte Jeremy besorgt und berührte leicht ihre Schulter.

Sie nickte. »Ich bin erschöpft und in meinem Kopf rauscht es.«

Er nahm ihre Hand und zog sie an sich. Dann küsste er sie sanft in den Nacken.

»Lass, ich bin total verschwitzt«, wehrte sie ihn ab.

»Ich mag deinen Geruch.« Er küsste sie erneut am Haaransatz ihres Nackens und leckte leicht an ihrem Hals. »Und ich mag deinen Geschmack«, nuschelte er dabei.

Sie schnurrte. »Du machst mir Gänsehaut«, kicherte sie leise und wand sich ein bisschen.

»Ich weiß.« Sachte pustete er ihr in den Nacken. Sie drückte sich an ihn, schlang die Arme um seinen Hals und sie küssten sich lang und ausgiebig. »Lass uns gehen.« Er zog sie mit sich und sie stakte auf ihren hohen Absätzen unsicher hinter ihm her.

»Wo gehen wir hin? Nicht ins Hotel?«

»Nein, ich habe noch eine Überraschung für dich!«

»Echt?« Sie quietschte begeistert. »Noch eine Überraschung?« Jeremy war wirklich ein Glücksgriff. Um Mitternacht hatte er ihr schon ein Kettchen mit einem Diamantherz umgehängt. »*Joyeux anniversaire,* mein Herz!«, hatte er dabei schon in ihr Ohr geflüstert. Und jetzt noch eine Überraschung! »Wo gehen wir hin?«, fragte sie aufgekratzt.

»An einen magischen Ort.«

»An einen magischen Ort«, wiederholte sie kichernd, »Anaïs im Wunderland, wie wunderbar!«

Die Luft war lau. Der Mond schien hell. Vollmond?

Sie blieb stehen und starrte in den Himmel. Nein, kein Vollmond. War er jetzt zunehmend oder abnehmend? Sie wusste es nie. Langsam schob sich eine Wolke vor den Mond. Es wurde dunkel und kühler. Sie verzog das Gesicht zu einem beleidigten Schnütchen.

»*Chérie,* komm!« Jeremy nahm ihre Hand und zog sie hinter sich her. Sie folgte unwillig.

»Ist es noch weit bis zum Paradies?«, jammerte sie. »Mir tun die Füße weh.«

»Magischer Ort habe ich gesagt, nicht Paradies«, berichtigte Jeremy. »Aber wir sind gleich da.« Sie liefen durch den Jachthafen. Hier und da war noch Licht auf den Booten. Man hörte leise Musik, Gläserklirren und Gelächter.

Anaïs war schon wieder stehen geblieben. Erneut verzog sie das Gesicht und seufzte theatralisch. »Ich mag nicht mehr laufen. Sind wir bald da? Ansonsten ist er mir egal, dein magischer Ort.«

»*Allez, Chérie*«, er versuchte nicht allzu viel Ungeduld in seine Stimme zu legen. »Komm«, sagte er leise und lockend, »es ist jetzt nicht mehr weit.«

Sie quengelte leise, aber Jeremy hörte sie nicht, er war schon zu weit entfernt. »Warte!«, rief sie und befreite sich ungelenk von den hochhackigen Sandaletten. Barfuß lief sie nun hinter ihm her und schlenkerte die Schuhe in der Hand. Jeremy war plötzlich ein paar unscheinbare Stufen hinaufgestiegen und streckte ihr helfend die Hand entgegen. Mit seiner Hilfe balancierte sie vorsichtig zuerst über Stufen, dann über ein paar Steine. Nun hüpfte sie zu ihm hinunter.

»Oh!«, machte sie überrascht und sah verzückt auf die kleine Sandbucht, die vor ihr lag.

»Na, habe ich dir zu viel versprochen?«

»Neiiin«, sie schüttelte den Kopf. »Oooh, wie wundervoll«, seufzte sie und lief über den kühlen Sand, dann breitete sie juchzend die Arme aus und drehte sich zwei-, dreimal im Kreis, bis sie stolperte.

Jeremy fing sie auf. »Schau, der Mond ist wieder da!«, sagte er und tatsächlich schimmerte es wieder silbrig vom Himmel.

»Komm, lass uns schwimmen gehen.«

»Aber ...«, setzte sie an. »Du meinst jetzt? So? Ohne alles?« Sie zögerte. »Und wenn uns jemand sieht?«

Mit suchendem Blick und ausgebreiteten Armen drehte er sich einmal demonstrativ im Kreis. »Siehst du jemanden?«, fragte er und gab sich sofort selbst die Antwort. »Niemand! Es ist niemand da, und wenn schon, dann sind es auch Leute, die ...«, er zögerte kurz, »ihre Ruhe haben wollen«, sagte er zweideutig.

Sie zögerte immer noch.

»*Allez, Chérie* ... was ist schon dabei?« Jeremy zog bereits das Poloshirt über den Kopf und warf es auf den Sand, schüttelte seine Schuhe von den Füßen und war im Nu aus der weißen Jeans geschlüpft. Schnell streifte er noch seinen Slip ab und lief schon in das vom Mond beschienene Wasser.

»Komm!«, rief er lockend. »Das Wasser ist wunderbar, überhaupt nicht kalt, und schau, wie es glitzert!« Er zeigte auf die flimmernde Wasseroberfläche, tauchte kurz unter und wieder auf und machte mehrere energische Kraulbewegungen. Dann legte er sich auf den Rücken und ließ sich treiben.

»Anaïs, Schätzchen, komm!«

Ein Mitternachtsbad. Die romantischste aller Ideen. Und natürlich wäre es in einem Bikini nicht halb so romantisch. Sie gab sich einen Ruck. Und warf kurz entschlossen das helle, kurze Sommerkleid von sich. Dann entledigte sie sich ihres weißen Spitzen-BHs und des Stringtangas, nahm die Spange aus den hochgesteckten dunklen Haaren und schüttelte sie leicht. Sie versteckte ihre kleine Handtasche unter Jeremys Jeans und rannte dann zu ihm und ins Meer. »Hiii«, quietschte sie und stieß, während sie weiterlief, noch ein paar kieksende Schreie aus, »hiii, ooooh, es iiiist kalt, hiiii.« Und dann war sie weg.

»Anaïs!« Jeremy schrie auf und kraulte auf die Stelle zu, wo sie verschwunden war. »ANAÏS!« Er tauchte.

»*Merde!*«, schimpfte sie, als sie wieder auftauchte. Sie japste nach Luft, hustete und spuckte. »Da war plötzlich kein Boden mehr!«, schrie sie aufgeregt und machte ein paar hastige Schwimmbewegungen.

»Oh Mann, du hast mir vielleicht einen Schrecken eingejagt.« Jeremy stieß die Luft hörbar aus. »Alles okay?« Er zog sie zurück ins flachere Wasser, wo sie wieder stehen konnte.

»So eine Scheiße!« Sie schlug wütend ins Wasser. »Ich bin super erschrocken, da war plötzlich kein Boden mehr!« Empört sah sie Jeremy an, als sei alles seine Schuld. »Ich hätte ertrinken können!«, fügte sie dramatisch hinzu, als er nur amüsiert lachte.

»*Sssssch!* Alles gut!«, versuchte Jeremy sie zu beruhigen. »So schnell ertrinkt man nicht, Anaïs. Es ist ja nichts passiert. Schau, wie toll das Wasser aussieht!« Die mondbeschienene Wasseroberfläche funkelte und glitzerte unablässig. »Ist das nicht großartig?«

»Mhhh«, machte sie und schniefte. »Nichts passiert! Du bist gut, von wegen nichts passiert«, nörgelte sie leise. »Ich bin furchtbar erschrocken und habe literweise Salzwasser geschluckt. Und ich *hätte* wohl ertrinken können!«, wiederholte sie unzufrieden.

»Ach Schätzchen, komm her«, Jeremy umarmte sie leicht. »Alles gut«, redete er mit beruhigender Stimme auf sie ein.

»Außerdem ist das Wasser doch ganz schön frisch«, sagte sie immer noch vorwurfsvoll und zog bibbernd die Schultern zusammen, »und gar nichts glitzert!« Sie zeigte empört in den Himmel, wo sich erneut eine Wolke vor den Mond geschoben hatte. Kurzzeitig war es dunkel. »Mir ist kalt!«

»Ich seh's«, murmelte Jeremy und leckte die erigierten Brustwarzen ihrer kleinen festen Brüste.

»Oh Jeremy«, sagte sie mit gespielter Empörung, dann kicherte sie leise und ließ ihn gewähren.

Die Wolken zogen langsam am Mond vorüber. Selbstvergessen standen sie im nun wieder silbrig funkelnden Wasser. Jeremy küsste ihren Nacken, leckte an ihrem Ohrläppchen und streichelte mit beiden Händen gleichzeitig zart über die Gänsehaut ihrer Schultern. Sie genoss es sichtlich, schmiegte sich in seine Berührungen und legte ihren Kopf in den Nacken. »Mmmmhhhhh«, seufzte sie lang und intensiv.

»Meine kleine Meerjungfrau …«, murmelte er leise und begann nun, ihren ganzen Körper mit kleinen leckenden Küssen zu bedecken, »ist fast ertrunken, na so was aber auch.« Sie wand sich unter seinen Küssen. Er nahm sie fest an der Hand und zog sie Richtung Strand. »Komm«, sagte er rau.

Ein, zwei Schritte folgte sie ihm weich und träumerisch, aber dann riss sie sich los. »Erst musst du mich fangen!«, rief sie neckisch und lief durch die flachen Wellen in die andere Richtung davon.

»Och, Anaïs, sei nicht kindisch«, rief er ihr nach. Blödes Klischee, dachte er verärgert, auf dieses alberne Spiel hatte er gerade überhaupt keine Lust. Aber na gut, was war nicht Klischee bei einem Mitternachtsbad. Er setzte ihr nach und sprang in großen Sätzen am Strand entlang. »Warte, ich krieg dich!«

Sie juchzte wie ein Kind und lief durch das flache Wasser, dass es spritzte. Immer wieder drehte sie sich dabei nach ihm um. Als er ihr näher kam, begann sie im Zickzack zu laufen und lachte quietschend. »Iiiih!« Das war kein Lachen mehr. Sie stoppte abrupt, verlor die Balance, stolperte, fiel ins seichte Wasser und schrie erneut. »Iiiiiih!«

»Anaïs!« Jeremys Herz krampfte sich zusammen. Er rannte die letzten Meter auf sie zu. »Anaïs, was ist los?!«

»Iiiiiiiih! Iiiiih!« Sie zappelte im Wasser, robbte rückwärts und schaffte es schließlich, sich wieder aufzurichten. Dabei schrie sie ununterbrochen.

Dann schlug sie die Hände vors Gesicht, ihr Schreien war jetzt erstickter, weniger schrill.

»ANAÏS!« Jeremy brüllte nun.

Irgendwo hatte jemand ein Fenster aufgerissen. »Ist jetzt bald Ruhe!«, brüllte eine wütende Männerstimme. »Es gibt Leute, die müssen morgen arbeiten! Verdammtes Touristenpack!« Andere Stimmen waren zu hören. »Herrgott noch mal, kann man nicht einmal durchschlafen in dieser Stadt?«, zeterte eine Frau von einem Balkon. »Halt's Maul, Arschloch!«, brüllte jemand und trat zusätzlich gegen eine Aluminiumdose, die laut scheppernd auf der Straße oberhalb des Strandes entlangflog. »Was ist passiert? Brauchen Sie Hilfe, Mademoiselle?«, rief jemand und beugte sich von oben über die Strandbegrenzung.

»Was ist los?« Jeremy stand nun neben ihr. Anaïs atmete stoßweise und starrte ins flache Wasser. Jetzt wandte sie sich ab und verbarg wimmernd ihren Kopf an seiner Brust. Ihr Körper bebte leicht. Er drückte sie an sich und strich ihr beruhigend über die nassen Haare. Dann sah auch er die dunkle Masse im flachen Wasser liegen. Er schnappte nach Luft. »Herrjeh!« Unwillkürlich presste er Anaïs noch fester an sich.

Im friedlichen Auf und Ab der Wellen, die leise und regelmäßig an den Strand plätscherten, wurde der Körper des Mannes, denn es war ein Mann, ohne Zweifel, leicht angehoben und rhythmisch vor- und zurückgetragen, so schien es, aber in Wirklichkeit war es nur seine Kleidung, die von den Wellen bewegt wurde und seinen Körper leicht umspielte. Der Körper selbst lag unbeweglich im flachen Wasser.

»Einen Notarzt!«, wollte er schreien, aber Jeremy brachte nur ein eigenartiges Krächzen hervor. Er räusperte sich und rief noch einmal, nun mit kräftigerer Stimme, der Person zu, die sich noch immer von der Straße über die Brüstung beugte: »Einen Notarzt! Und die Polizei! Rufen Sie die Polizei!«

2

Manchmal fragte er sich, ob er normal war. Er hatte extra ein paar Tage freigenommen, denn Annie war gestern von ihrem Berg heruntergekommen und sie wollten etwas Zeit gemeinsam verbringen. Viel zu wenige Momente hatten sie miteinander gehabt, seit sie sich gefunden hatten. Gerade an einem einzigen Wochenende hatte er es geschafft, sich mit ihr zum Skifahren in den Bergen zu verabreden. Das heißt, verabredet hatten sie sich öfter, nur einmal aber war es auch gelungen, das gemeinsame Skifahren umzusetzen. Und sosehr sie es beide genossen hatten, sowenig wollte es sich ein zweites Mal realisieren lassen. Über Weihnachten war er in Paris gewesen, hatte bei Freunden gewohnt und von dort aus die Kinder besucht. Von einem gemeinsamen Weihnachtsfest »wie früher«, wie es sich zumindest Lilly auf ihrem krakelig geschriebenen Wunschzettel an den *Père Noël* gewünscht hatte, hatten sie aber abgesehen. Matteo hatte natürlich keinen Wunschzettel mehr geschrieben. Er glaubte nicht mehr an »diesen Scheiß«, wie er seinem Vater großspurig verkündete, aber, sagte er gönnerhaft, für Lilly würde er das Spiel noch mitspielen. Lilly glaubte gegen jede Vernunft und gegen alle verräterischen Zeichen noch fest und vertrauensvoll an den Weihnachtsmann. Es war aber vermutlich das letzte Jahr, in dem sie diesem Kinderglauben noch anhing.

Er hatte den Kindern Annie noch nicht vorgestellt. Es war ziemlich genau so gewesen, wie Annie vorausgesehen hatte. Die Kinder wollten ihren Vater, wenn sie ihn sahen, ganz exklusiv genießen. Papa hier und Papa dort, Lilly klebte an ihm und plapperte ununterbrochen und wäre am liebsten abends nicht eingeschlafen, nur um noch mehr Zeit mit ihm zu verbringen. Und manchmal krabbelte sie nachts in sein Bett und schlief dort an ihn gekuschelt weiter. Auch Matteo suchte seine Nähe und Aufmerksamkeit, wenn auch nicht so oft und nicht ganz so drängend wie Lilly. So viel Anhänglichkeit und gute intensive Zeit hatte er vorher nie mit ihnen erlebt. Es rührte ihn, machte ihn glücklich, aber es erschöpfte ihn auch und er war immer auch erleichtert, wenn sie nach ein paar Tagen wieder nach Paris zu ihrer Mutter flogen. Ein schlechtes Gewissen hatte er deswegen auch. Daher hatte er es auch lange nicht gewagt, ihnen überhaupt von Annie zu erzählen. Weder im November, schon gar nicht an Weihnachten und auch nicht in den Februarferien. Erst kürzlich hatte er ihnen gegenüber seine Freundin Annie erwähnt. Die Begeisterung seiner Kinder darüber hielt sich in Grenzen. Denn sosehr sie Ben, den neuen Freund ihrer Mutter, akzeptiert hatten, sowenig wollten sie die neue Freundin ihres Vaters kennenlernen. Er vermutete, dass sie von Hélène beeinflusst waren, die sich nur schwer an den Gedanken gewöhnen konnte, dass Duval wohl tatsächlich eine feste Beziehung eingegangen war. Dass sie nur ungern »ihre Rechte« an eine andere Frau abtreten wollte, verstand Duval nun wirklich überhaupt nicht, immerhin war ihre Trennung von Hélène ausgegangen.

Vorerst verbrachte Duval daher seine freie Zeit entweder mit den Kindern oder mit Annie. Annie. Die geduldig wartete und ihn häufig nur am Telefon erreichte, per Mail oder manchmal über Skype. Er hasste Skype. Skypen mit den Kindern war nett, wenn er Lillys zahlreiche Zahnlücken sehen konnte, die im Hintergrund auf dem Sofa hopste, während Matteo stolz sein Zeugnis in die Kamera hielt. Aber für eine Liebesbeziehung fand er Skype unbefriedigend. Im wahrsten Sinn des Wortes. Wenn er Annie sehen wollte, dann richtig und nicht nur etwas verzerrt lächelnd mit einem Kussmund. Er wollte sie riechen, spüren, seinen Kopf in ihre wilden blonden Locken versenken, sie küssen und ... Das alles schoss Duval durch den Kopf, als sein Mobiltelefon klingelte und er auf dem Display sah, dass es Villiers war. Er wusste augenblicklich, dass aus der geplanten kleinen Woche Verliebtheit an der frühsommerlichen Côte d'Azur nichts werden würde. Sie hätten wegfahren sollen. Wenigstens nach Italien. Unerreichbar sein. Die Arbeit drängte sich unbarmherzig in den Vordergrund. Aber er war nicht einmal wirklich verärgert. Nur resigniert, einen kurzen Moment. So war es eben. Aus den Augenwinkeln schielte er zu Annie. Sie verzog keine Miene. Augenblicklich hatte sie die Situation verstanden. Sie hatte Antennen dafür. Glücklicherweise tickte sie genauso. Denn auch sie musste in ihrem Job als Journalistin flexibel sein. Wenn etwas passierte, musste man eben schnellstens vor Ort sein, als *flic* und als Journalist ebenso, punktum.

»*Oui*, Villiers?«, meldete sich Duval.

»Guten Morgen Chef, tut mir leid ...« Er war aufrichtig. Es tat ihm wirklich leid. Villiers, der alte Schwerenöter, fand nichts schlimmer, als sich aus den Armen einer Frau, und seien es die seiner eigenen, zu lösen, um zu einem hässlichen Tatort zu eilen. Er wusste natürlich, dass Duvals

Freundin Annie Châtel in Cannes war, und er hätte Duval gerne ein paar ungestörte amouröse Tage und Nächte mit ihr gegönnt. Er fand ohnehin, dass sein Chef sich viel zu wenig Zeit für die angenehmen Dinge des Lebens nahm.

»Schon gut. Was ist passiert?« Duval war bereits hellwach und sachlich.

»Eine Leiche am Strand.«

»Aha. Wo?«

»Bijou Plage. Hier ist die *Crème de la Crème* angerückt. Scheint was Besonderes zu sein. Der Staatsanwalt will Sie haben.«

»Gut. Ich komme. Bis gleich.«

»Bis gleich, Chef.«

»Und?« Annie sah Duval fragend an.

»Eine Leiche am Bijou Plage.«

»Oh! Bijou Plage! Ausgerechnet.« Sie war aufgeregt und gleichzeitig bestürzt. Sie mochte die kleine Bucht am Ende des Boulevard de la Croisette. »Nimmst du mich mit?«

»Du hast doch frei, willst du dir nicht lieber einen schönen, faulen Vormittag machen?«, wehrte er halbherzig ab.

»Léon! Spinnst du? Ein Toter in Cannes und ich bin vor Ort! Und dann noch an meinem geliebten Bijou Plage! Und du willst, dass ich mich noch mal im Bett herumdrehe? Léon, ich lechze nach etwas Action! Verstehst du das?«

Duval zuckte die Achseln. Natürlich verstand er Annie. Sie war eine Vollblut-Journalistin und seit man sie ins Hinterland strafversetzt hatte, schrieb sie allenfalls kleine Artikel über lokale Veranstaltungen.

»In den letzten Monaten gab es nicht gerade viel Aufregendes für mich zu berichten«, rechtfertigte sie sich auch sofort. »Wider Erwarten mag ich meinen neuen Einsatzort und ich beschwere mich nicht, oder sagen wir, meistens nicht, aber nach all den hundertsten Geburtstagen im Altersheim, den pittoresken Handwerkermärkten, einer Einweihung eines Wanderwegs oder eines Brunnens und der Suche nach einem verschwundenen Hund muss ich auch mal wieder was anderes erleben.«

»Hattest du nicht gerade noch über einen Unfall in den Gorges de Daluis geschrieben?«, frotzelte Duval.

»Der Autounfall? Toll.« Sie verdrehte die Augen. »Mach dich nur lustig über mich. Alles in allem ist es da oben journalistisch gesehen etwas fad.« Sie schnaufte. »Und deswegen *muss* ich jetzt einfach zum Bijou Plage fahren. Das verstehst du doch?«

»Hmh«, machte er. Das konnte alles bedeuten. Auch Zustimmung. Natürlich verstand er es. Er verstand nur immer noch nicht, warum er sich ausgerechnet in eine Journalistin hatte verlieben müssen.

»Ich kann auch mein eigenes Auto nehmen und fahre dir hinterher«, schlug sie vor, »aber das ist doch ein bisschen albern, oder?«

»Wäre mir trotzdem lieber. Dann bist du unabhängig.«

»Dann bist DU unabhängig, willst du sagen«, korrigierte sie ihn und angelte bereits nach ihren Kleidern, die sie gestern Nacht neben dem Bett hatte fallen lassen.

»Annie, sei nicht so kleinlich mit den Worten«, knurrte er unwillig. »*Allez!*«, verscheuchte er die Katze, die auf dem Sessel auf seiner Kleidung gelegen hatte. Sie maunzte unwillig und rührte sich nicht. »*Allez,* Tigrou, verschwinde«, insistierte Duval. Lilly hatte die Rotgetigerte so getauft, aber es schien nicht so, als hörte sie wirklich auf diesen Namen. Sie gähnte und streckte sich zunächst noch ausgiebig, bevor sie den Sessel dann mit einem gelangweilten Hopps freigab. Duval schüttelte das weiße Poloshirt, um es von eventuellen Katzenhaaren zu befreien, besah es kurz kritisch und schnüffelte daran, warf es sich dann entschlossen über und schlüpfte in eine Jeans.

»Ich bin nicht kleinlich, ich bin korrekt«, gab sie zurück. »Kann ich noch einen Kaffee ...?«

»Natürlich, du hast alle Zeit der Welt, du hast frei und bist unabhängig«, gab Duval trocken zurück. »Ich glaube, es gibt sogar noch Kaffee von gestern in der Kanne.«

»Igitt«, sie schüttelte sich. »Du weißt, dass ich deinen aufgewärmten Kaffee hasse.«

»Annie, trink ihn, mach dir frischen oder lass es bleiben«, nuschelte Duval halblaut und verschwand im Badezimmer.

Während die Rotgetigerte nervös maunzend um ihre Beine strich, wärmte sich Annie einen Kaffee in der Mikrowelle auf.

»Na, du«, sagte sie zu der Katze, »du willst Futter, was?« Die Rotgetigerte maunzte noch lauter. »Natürlich«, schien sie sagen zu wollen. Annie öffnete den unteren Küchenschrank und die Katze drängte sich ungestüm hinein.

»Warte! Tigrou, warte!« Annie öffnete die große verbeulte Metalldose und entnahm mit einem blauen Sandförmchen etwas Trockenfutter, das sie in das Schüsselchen am Boden vor der Heizung gab. Die Katze stürzte sich darauf, als habe sie schon wochenlang nichts mehr gefressen. Sie schnurrte laut, während sie krachend das Futter schmauste und die Körnchen dabei wild nach rechts und links flogen. Annie besah das Sandförmchen. Ein blauer Fisch. Sie lächelte. Vermutlich von Lilly. Sie stellte die Dose zurück und nahm ihren Kaffee aus der Mikrowelle. Er roch bitter und verbrannt und sie verzog das Gesicht. Sie verstand es nicht.

Duval war so anspruchsvoll mit dem Essen, selbst mit dem Espresso unterwegs, und zu Hause trank er diesen schrecklichen aufgewärmten Kaffee. Mit Zucker und Milch ginge es vielleicht. Sie fand den Zucker in der Blechdose im Küchenschrank, aber im Kühlschrank war keine Milch. Duval trank seinen Kaffee schwarz mit Zucker.

»Hast du vielleicht noch Milch irgendwo?«, fragte sie, als er in der Küche auftauchte.

»Du hast mir einen riesigen Knutschfleck gemacht, wie soll ich so unter die Leute gehen?«, antwortete er und zeigte vorwurfsvoll auf seinen Hals.

»Was? Ich? Nie im Leben.« Sie besah sich den dunklen Fleck an seinem Hals. »Hm ...«, machte sie.

»Siehst du!«

»Ich mache keine Knutschflecken!«, sagte sie entschieden. »Vielleicht hattest du den schon?«, vermutete sie.

»Na, jetzt mach mal einen Punkt!«

»Aber wenn ich dir doch sage, ich mache keine Knutschflecken«, wiederholte sie. »Ich finde das vulgär«, fügte sie deutlich hinzu. »Hast du jetzt Milch oder nicht?«, wechselte sie entschieden das Thema.

»Das ist alles, was du dazu zu sagen hast? *Ich* habe ihn mir auch nicht gemacht, aber ich muss jetzt mit diesem vulgären Fleck am Hals rumlaufen. Wie sieht das denn aus?«

»Aber ich kann mich gar nicht erinnern ...«, sie schüttelte ratlos den Kopf.

»Ekstaaaase ...«, sagte er mit dramatisch-dunkler Stimme.

Sie lachte kurz auf. »Ich kann mich echt nicht erinnern ...«

»Das sagen sie alle, aber bei einem Polizisten zieht das

nicht, da musst du dir schon was anderes einfallen lassen.« Er umfing sie und versuchte seinerseits einen Kuss auf ihrem Hals zu hinterlassen.

»Naaaaiiiiin«, schrie sie und wehrte sich. Er ließ sie abrupt los.

»Haltbare Milch ist vielleicht im Vorratskämmerchen ... Milch habe ich nur, wenn die Kinder da sind.«

»Was?«

»Das wolltest du doch wissen?«

»Ja, schon ...«

»Du hast ›Nein‹ gesagt, oder? Nein heißt nein«, sagte er sachlich. »Wenn ich, als Polizist, mich nicht daran halte ...«

»Aha«, sie lachte kurz auf und sah ihn irritiert an. Er meinte es wohl ernst. »Gut so«, bestätigte sie dann. Sie warf nun einen Blick in die Vorratskammer. Bis auf ein paar Konservendosen und einige Flaschen Wein war sie so gut wie leer. Milch gab es natürlich keine.

Na, dann nicht, sie dachte es nur.

»Würde es dich stören, wenn ich ein paar Sachen einkaufe?«, schlug sie ihm vor. »Dein Kühlschrank ist so leer und in der Vorratskammer, da weinen vermutlich selbst die Mäuse, die darin leben. Und wir könnten was kochen heute Abend, was meinst du?«

»Ach«, machte Duval abwehrend und stellte den Kragen des Poloshirts auf. »Geht es so?«

»Was?«, fragte sie nach.

»Mit dem Knutschfleck, meine ich.«

»So halbwegs«, sie grinste. »Entschuldige, aber ich kann mich *wirklich* nicht erinnern.«

Er zuckte mit den Schultern. »Passiert eben.«

»Sollen wir heute Abend was kochen oder nicht?«

Duval seufzte. »Sagen wir mal so: *Ich* stehe gern in der Küche und trinke ein Glas auf dein Wohl, während *du* etwas kochst, Annie. Wenn du einkaufen und kochen willst, nur zu, aber rechne nicht mit meiner aktiven Unterstützung.« Duval grinste schräg. Seine Aktivitäten in der Küche waren generell schnell erschöpft. Er war in der Lage, sich ein Entrecôte oder ein Faux Filet in einer Pfanne zu braten. Dazu machte er sich vielleicht ein paar Nudeln oder er öffnete eine Dose Erbsen. Für mehr fehlte es ihm zwar nicht an Fantasie, aber zumindest an küchentechnischen Fertigkeiten, ganz zu schweigen von seiner Energie nach einem langen Arbeitstag. Das Schnippeln und Brutzeln in der Küche mochte andere vielleicht entspannen, ihn selbst strengte es an. Gutes Essen hingegen mochte er durchaus. »Wir können aber genauso gut ins Restaurant gehen, mach dir keinen Kopf …«, lenkte er daher beruhigend ein.

»Oh, aber so habe ich das ›wir‹ gar nicht gemeint«, wehrte Annie ab, »ich koche ganz gerne, das weißt du doch«, sagte sie gut gelaunt, »und vor allem hier, wo ich wieder täglich alles frisch kriegen kann! In den Bergen ist die Auswahl in den Läden und auf den Märkten viel kleiner und für gute Produkte muss man oft weit fahren. Da habe ich, zugegeben, manchmal keine Lust. Aber hier, mit dem fantastischen Marché Forville vor der Haustür«, sie machte ein enthusiastisches Clown-Gesicht, »das ist doch das Paradies!«

»Wenn du meinst«, Duval war deutlich leidenschaftsloser, was Einkäufe auf dem Markt anging. Er erstand das Nötigste für den Tagesbedarf in der kleinen Epicerie *Aux deux Palmiers* bei Bernard. Brauchte er hingegen einen Rundumschlag von allem und vor allem größere Mengen seines geliebten Luberon-Rosé, erledigte er die Einkäufe in einem mittelgroßen Supermarché am Rande der Stadt. Pragmatisch wie er war, fand er dort alles, was er brauchte, oder brauchte nur, was er fand – vor allem auch einen Parkplatz.

»Erst fahren wir mal an den Bijou Plage und dann, wenn es nicht zu spät ist, schau ich mal, ob ich was finde, was mir gefällt«, sagte Annie gut gelaunt. Die Aussicht auf Aktion und Einkaufen schien sie zu beflügeln.

»Bestimmt findest du was.« Duval sah sie lächelnd an. Es war ihr wirklich ernst. In Gedanken schien sie schon die Marktstände abzulaufen und das Angebot zu einem mehrgängigen Essen zusammenzustellen.

Die Katze maunzte schon wieder. »Na, hast du Hunger, Katze?«, fragte Duval geradezu zärtlich und strich ihr über das Fell. Sie schnurrte und rieb sich an ihm.

»Ich habe ihr eben etwas gegeben«, empörte sich Annie.

»Vielleicht war es nicht genug«, befand Duval und wiederholte die Prozedur mit dem Futter. Und die Katze stürzte sich erneut wie ausgehungert darauf. »Siehst du«, sagte Duval.

Annie verzog das Gesicht. »So wird sie dick und fett.«

»Ach was, das ist eine Jagdkatze«, Duval öffnete die Tür zum kleinen Innenhof, und die Katze spazierte nun langsam und gebieterisch mit hochgerecktem Schwanz hinaus. »Die geht jetzt in den Park Mäuse jagen.« Die Rotgetigerte sprang auf die Mauer, die den Hof vom dahinterliegenden Park trennte, ruckelte sich dort zurecht und besah sich das Leben im Park.

»Jagdkatze, was du nicht sagst.« Annie war spöttisch. »Nach zwei Portionen Futter geht die nicht mehr Mäuse jagen, selbst wenn sie vor ihrer Nase spazieren laufen.«

Duval besah die Katze zweifelnd und zuckte dann mit den Schultern. Er wärmte sich ebenfalls einen Kaffee in der Mikrowelle auf, warf ein Stück Zucker hinein und suchte im Küchenschrank nach ein paar trockenen Keksen.

Annie trank einen Schluck des Kaffees, verzog das Gesicht und ließ ihn dann resigniert stehen. Sie würde unterwegs einen Kaffee trinken. Am Bijou Plage vielleicht.

Bijou Plage. Der kleine Privatstrand zwischen dem Port Canto und dem Palm Beach Casino war ein mythischer Ort, *der Ort* schlechthin, zeitlos und unumgänglich, so hieß es. Zumindest, wenn man etwas auf sich hielt und gleichzeitig dem aufgeregten »Sehen und gesehen werden«-Trubel der Croisette entgehen wollte. Der flache Strand mit dem weichen, natürlichen Sand, den blau-weiß gestreiften Sonnenschirmen und Liegestühlen sowie einem kleinen Strandrestaurant war zwar für alle geöffnet, aber man war hier dennoch unter sich und gleichzeitig in guter Gesellschaft. Hier herrschten Diskretion und ein gewisses Understatement. Man kannte sich und wusste, wer man war, und musste niemanden mit protzigen Diamantcolliers oder mit dem Herumwedeln von goldenen Kreditkarten beeindrucken. Und gleichzeitig war man, obwohl nur ein paar Minuten vom *Carré d'Or* Cannes' entfernt, zumindest gefühlt, weit weg von allem. Man konnte hier essen oder nachmittags auch nur einen Tee trinken: die Füße im warmen Sand, den Blick auf die Iles des Lérins und auf das Esterelgebirge gerichtet. Versteckt geradezu. Man musste es schon wissen oder vom Namen angezogen sein, Bijou Plage. Ein Schmuckstück, ein kleines Juwel. Alle waren hier. Schon immer. Früher war es hier mondäner. Oder vielleicht kamen einem die früheren Stars nur mondäner vor? In den Sechzigerjahren, als der benachbarte Port Pierre Canto noch der erste und einzige Jachthafen von Cannes war, sah man Charles Aznavour und Jean-Louis Trintignant, später kam Alain Delon, und Jean-Paul Belmondo kam immer noch, hin und wieder zumindest, begleitet von Freunden. Und neben den Stars trafen sich hier auch immer schon die Cannois. Nicht jedermann natürlich. Bijou Plage musste man sich schon leisten können.

Für eine Tasse Kaffee aber mischte sich nachmittags häufig auch anderes Publikum zwischen die Stars und betuchten Cannois: junge Mütter, die mit ihren Kindern von einer nahen Grundschule noch einen Abstecher an den Strand machten, bevor es nach Hause und zu den Hausaufgaben ging. Sie gönnten sich einen Moment unter Freundinnen, plauderten oder tippten auf ihren Smartphones herum, während ihre Kinder im Sand spielten oder im flachen Wasser planschten.

Bijou Plage war neuerdings aber auch Veranstaltungsort während des Filmfestivals oder für das *Festival de la musique*. Der große TV-Animateur und Samstagabendshow-Entertainer Patrick Sébastien hatte dort vor Kurzem ein Interview gegeben. Duval erinnerte sich, in *Nice Matin* davon gelesen zu haben. Er war nur einmal mit Annie am Bijou Plage gewesen. Annie hatte eine Schwäche für Bijou Plage, die er nicht ganz nachvollziehen konnte, sonst war sie nicht so vom edlen Lifestyle angezogen. Einen Cocktail, von einem Animateur spektakulär und frisch gemixt, hatten sie dort beim Sonnenuntergang eingenommen. Sicher war es schön dort, aber auch nicht schöner als anderswo, fand Duval und er bevorzugte ganz klar den Strand am anderen Ende von

Cannes. Vor allem, weil er ihn von zu Hause aus in einer Viertelstunde zu Fuß erreichen konnte. Duval war da pragmatisch. Für Bijou Plage brauchte man immer das Auto. Und das bedeutete doppelte Parkplatzsuche. Einmal am Strand und dann wieder zu Hause, was dem schönsten Abend häufig einen angestrengten Ausklang bescherte. Das galt es zu vermeiden. Daran dachte er, als er langsam auf der Suche nach einem freien Platz am versteckten Zugang von Bijou Plage vorbeifuhr. Er war in seinem Privatwagen unterwegs, noch immer fuhr er den kleinen türkisfarbenen Fiat 500, den er für ein paar Hundert Euro erstanden hatte. Es war allerdings nicht das wieder sehr schick gewordene rundliche Retro-Modell, sondern der kleine eckige und vollkommen unmodische Nachfolger. Buchstäblich eine kleine Kiste. Sie hatte noch ein paar Schrammen und Beulen dazubekommen, seitdem sie Duval gehörte, aber ihm war das Aussehen seines Autos vollkommen egal. Hauptsache es sprang zuverlässig an. Die auffällige Farbe war ein Plus. Dank der türkisfarbenen Lackierung konnte er auch von Weitem schon sehen, wo oder wo auch nicht sich sein Auto befand. Denn wenn er spätabends mehrfach die Runde durch das Viertel gedreht hatte, um seinen Wagen abzustellen, wusste er anderntags oft nicht mehr, wo er ihn letztlich geparkt hatte.

Die Stadt versuchte seit Langem des wilden Parkens seiner autoverliebten Bewohner Herr zu werden und den Ruf der südfranzösischen Schlampigkeit loszuwerden. Mehr und mehr wurde daher reglementiert, unerbittliche Politessen verteilten Strafzettel oder man erhielt ein zunächst unsichtbares »Knöllchen« über die sogenannte *Vidéoverbalisation.* Die Überwachungskameras, die zunächst der Sicherheit der Bürger dienen sollten, konnten auch zur

Überwachung von Parkplatzvergehen oder anderen Unkorrektheiten eingesetzt werden. Man wollte kein wildes Parken mehr auf den Bürgersteigen, kein Parken in zweiter Reihe und man sollte sich auch nicht mehr zu dritt auf zwei Parkplätzen drängeln.

Meistens begann es mit einer harmlosen Baustelle. Nach dem gewaltigen Regen im letzten Herbst, der in Cannes zu einer katastrophalen Überschwemmung ganzer Stadtviertel geführt hatte, wurden monatelang ganze Straßenzüge repariert. Das alte und enge System der Kanäle, die Cannes unterirdisch durchzogen, war aufgrund der Schlamm- und Wassermassen, die es nicht mehr aufnehmen konnte, geradezu explodiert und hatte Kanäle und Straßen zum Bersten gebracht. Tatsächlich konnte man die städtischen Dienste für einmal so koordinieren, dass sie gleichzeitig auch die Telefon- und Stromkabel unterirdisch verlegten. Denn nur ein paar Hundert Meter entfernt von der schicken und modern aussehenden Innenstadt hingen im restlichen Cannes noch immer sämtliche Kabel wie durchhängende Wäscheleinen von Haus zu Haus und von Mast zu Mast. Während dieser Bauarbeiten also suchte man sich zähneknirschend einen Parkplatz in einer anderen Straße und natürlich ein Stückchen weiter weg als sonst. Waren die einstigen Straßen nach endlosen Wochen im Baustellenzustand erneut befahrbar, so erkannte man sie nicht wieder. Wunderbar großzügig und ordentlich sahen sie nun aus, ausgestattet mit komplizierten Parkbuchten, detailliert eingezeichneten Parkplätzen sowie Begrenzungspfosten davor und dahinter, nur wurden sie dem Bedarf an Parkplätzen nicht mehr gerecht. Hatten sich vorher Stoßstange an Stoßstange etwa 30 Autos in einer Straße gedrängelt, so reichte es nun gerade noch für die Hälfte. Duval fluchte jeden Tag aufs Neue. Was dachten die sich bei der Stadt? Dass sich die Bürger von ihren Autos trennen würden? Und auf den chaotischen, schlecht getakteten und steten Streiks unterworfenen Nahverkehr umsteigen würden? Lächerlich. Da konnten sie den öffentlichen Nahverkehr noch so subventionieren, das klappte nicht in Cannes. In Nizza vielleicht, da waren sie immerhin so schlau gewesen, einen kostenlosen Großparkplatz an der Autobahnausfahrt zu errichten, der an ein eng getaktetes Straßenbahnnetz angeschlossen war, das einen von dort relativ zügig in die Innenstadt brachte. Aber in Cannes wurde nichts davon zu Ende gedacht. Und auch hier, am hinteren Ende der Croisette, dem Boulevard de la Croisette, wie es offiziell hieß, das durchaus weniger frequentiert war als der Anfang der Prachtstraße mit dem Palais des Festivals und den Luxusboutiquen und auch weniger als der mittlere Teil, rund um das edle Hotel Martinez oder das altehrwürdige Hotel Carlton, auch hier, wie gesagt, gab es immer weniger Parkplätze. Duval stellte seinen Wagen nun kurz entschlossen auf einen der freien Behindertenparkplätze, die es immerhin zahlreich in der Nähe von Bijou Plage gab. Denn kurz hinter dieser kleinen Bucht befand sich der sogenannte Handi-Plage, ein Abschnitt mit barrierefreiem Strand- und Meerzugang.

Annie fuhr an ihm vorbei, hupte kurz und gestikulierte wild. Duval tat so, als verstünde er nicht. Sie zeigte mit empört aufgerissenen Augen auf das Schild, das die Parkplätze als Behindertenparkplätze auswies, aber Duval verzog nur das Gesicht. »Ich bin im Dienst«, rief er ihr zu, »ich darf das!« Kurz darauf sah er sie auf der Gegenfahrbahn langsam in die andere Richtung fahren. Sie warf ihm einen gespielt verzweifelten Blick zu. Aber Duval hatte nur ein

Achselzucken dafür übrig. Siehst du, schien er sagen zu wollen. Nein, es war nicht leicht, einen freien Platz zu finden, da musste man eben nehmen, was es gab. Basta.

Duval ging die paar Schritte zurück Richtung Bijou Plage. Der Zugang war gesperrt. Ein Wachmann hob für Duval das gelbe Absperrband an, sodass er darunter hindurchschlüpfen konnte. Er eilte die wenigen Stufen zum Strand hinunter. Das Morgenlicht fiel warm und gelb auf den kleinen Strand. Noch war es frisch, aber dort, wohin die Sonnenstrahlen fielen, konnte man bereits die frühsommerliche Wärme ahnen, die sich in den letzten Tagen eingestellt hatte.

Auf der untersten Stufe blieb er einen Augenblick stehen und atmete ein und aus. Ankommen am Strand war für Duval noch jedes Mal großartig. Diese Weite und das Blau beglückten ihn immer wieder. Manchmal konnte er gar nicht fassen, *wie* beglückend es war. Und das immer wieder aufs Neue, obwohl er das Meer jeden Tag sehen konnte und obwohl er fast jeden Morgen am Strand lief. Aber dieser Moment, in dem ihn nichts mehr trennte, keine Straße, keine Grünanlage, keine Strandbegrenzung, dieser Moment, wo er sich allein und direkt vor und mit dem großen Blau wiederfand, war immer wieder einzigartig und ließ ihn noch jedes Mal freier atmen. Aufatmen geradezu. Manchmal seufzte er dabei leise, aber es war ihm selbst nicht bewusst. Jeden Tag war das Licht anders, war das Blau anders, war die Luft anders und waren es die Wellen. Eine unendliche Variation von Himmelblau und Meerblau gepaart mit einem ebenso variantenreichen Rhythmus des Wellenrauschens.

Was für ein Glück! Wenn er Richtung Süden blickte und den Wellen lauschte, vergaß er, dass sich oft nur zehn Meter hinter ihm die Autos der Touristen an der Uferstraße aneinanderreihten, die von Einheimischen auf Motorrollern hupend und in rasantem Slalom überholt wurden. Auch das Rattern der TGVs und Regionalbahnen hörte man, wenn überhaupt, nur wie von Ferne. Selbst die leisesten Wellen legten einen beruhigenden akustischen Schleier über all den Lärm der Stadt. Das war, wenn man es genau nahm, vielleicht das einzig Besondere am Leben in Cannes: das Licht, das Blau und das Meer. Denn ansonsten war das Leben hier genau wie überall sonst auch, sofern man nicht zu der kleinen Schicht der wohlhabenden oder zumindest pensionierten Einwohner gehörte, die ihren Tag mit Sonnenbaden, Golf- oder Bridgespielen und Essengehen verbrachte. Die meisten Einwohner von Cannes standen wie Duval jeden Morgen auf und gingen zur Arbeit. Alltag eben. Er atmete noch einmal tief ein und aus, riss sich vom Anblick des Meeres los und scannte das Treiben in der kleinen Bucht ein. Die Terrassentüren des flachen, lang gestreckten Restaurants waren geöffnet, man hatte bereits einige Stühle, Tische und die typischen blau-weiß gestreiften Sonnenschirme auf die Terrasse gestellt, als Zeichen, dass man hier sehr wohl geöffnet habe, aber natürlich war es nur ein leeres Symbol. Niemand kam an einen abgesperrten Strand zum Frühstücken und der muskulöse junge Mann, der wohl dafür zuständig war, die Terrassenmöbel und Liegestühle zu verteilen, stand mit freiem, schon ansehnlich gebräuntem Oberkörper untätig auf der Terrasse, sah dem Treiben der Polizeibeamten zu, wartete ab und rauchte.

Duval war erstaunt, die ganze noble Gerichtsbarkeit aus Grasse anzutreffen. Nicht nur Madame Marnier, sondern sogar Staatsanwalt Tilly hatte sich frühmorgens an den Strand von Cannes bemüht und sprach mit dem Gerichtsmediziner, der gerade die Achseln hob und ein zweifelndes Gesicht machte. Madame Marnier stand auf der Terrasse des Restaurants und telefonierte. Für einen Moment trafen sich ihre Blicke. Duval grüßte sie von Weitem. Sie nickte erkennend zurück, sprach aber weiter in ihr Mobiltelefon.

Die *Police scientifique* war selbstverständlich ebenfalls anwesend: zwei Personen in weißem Overall bewegten sich wie Außerirdische über den Strand. Duval erkannte Dermez und glaubte in dem anderen Overall den »kleinen Martin« zu erkennen, der an jeder Stelle, wo er etwas von Interesse entdeckt zu haben glaubte, kleine Nummernschilder aufstellte. Ein Blitzlicht leuchtete auf. Und noch einmal und noch einmal. Ein Kollege folgte dem kleinen Martin und machte Aufnahmen.

»*Bonjour Commissaire* ...«, der Staatsanwalt begrüßte Duval. »Mit all den Unruhen, die wir zurzeit so haben, dachte ich, es ist besser, wenn ich mir selbst ein Bild mache.«

»*Bonjour Monsieur le Procureur! Bonjour Docteur!*« Duval drückte zunächst dem Staatsanwalt die Hand, dann dem Gerichtsmediziner, der sogleich in seinen üblichen jammernd-aggressiven Ton verfiel, wie immer, wenn man sofort eine verbindliche Aussage von ihm erwartete.

»Wie ich dem Herrn Staatsanwalt schon sagte, ich kann so noch gar nichts mit Bestimmtheit sagen. Es gibt bislang zumindest keinen Hinweis auf Fremdeinwirkung. Keine äußeren Verletzungen, soweit ich das sehen kann. Nirgends Blut ausgetreten. Man hat wohl auch keine Waffe gefunden.«

Der Staatsanwalt nickte bestätigend.

»Es ist also durchaus möglich, dass der Mann ertrunken ist, aber ich würde ihn doch gern erst noch genauer ansehen.«

»Natürlich, Docteur.« Duval hatte nichts anderes erwartet. Er warf einen Blick auf das ovale Gesicht des Toten, dessen, in einem vergangenen Leben, vermutlich tiefschwarze Hautfarbe bereits ein unbestimmtes, fahles Grüngrau angenommen hatte. Duval besah den Körper des Toten und seine Hände und betrachtete dann sein Gesicht. Kein junger Mann, die krausen schwarzen Haare, die unter der verrutschten Wollmütze hervorsahen, waren grau durchzogen. Die Haut des Toten war grobporig, die Lippen des leicht geöffneten Mundes wulstig und das Weiß um die dunklen Augen, die ins Leere starrten, war gelblich und stellenweise blutunterlaufen. Was hatte er erlebt in dieser Nacht? Oft konnte man in den Gesichtszügen eines Toten noch erahnen, was er in seinen letzten Augenblicken erlebt hatte. Ein alter Mensch, der zu Hause vor dem Fernseher friedlich eingeschlafen war, sah anders aus als jemand, der sein Leben in einem angstvollen Todeskampf verloren hatte. Ertrinken war ein grausamer Tod. War dieser Mann ertrunken? Duval konnte es nicht einschätzen. Die offenen Augen und der halb offene Mund gaben jedem Toten diesen erstaunten Ausdruck, als habe er gerade noch etwas sagen wollen.

»Lag er schon so da?«, fragte Duval.

»Auf dem Rücken, meinen Sie?«, fragte der Arzt zurück und gab gleich selbst die Antwort. »Nein, er lag mit dem Kopf nach unten, genauso, wie typischerweise Ertrunkene angeschwemmt werden. Insofern ist es wirklich nicht auszuschließen, dass er heute Nacht ertrunken ist. Gut möglich sogar. Er lag schon ein paar Stunden im Wasser, das ist sicher.«

»Nun, ich lasse Sie dann mal in Ruhe arbeiten …« Der Staatsanwalt machte bereits Anstalten, sich schon zu verabschieden.

»Ich verstehe noch nicht so ganz …«, begann Duval und machte eine umfassende und fragende Geste Richtung Strand. Die Anwesenheit derart vieler Polizisten und Gerichtsbarkeit wegen eines vermutlich ertrunkenen Afrikaners irritierte ihn.

»Sie wissen es nicht?«, fragte der Staatsanwalt.

»Was?«, fragte Duval mit einem leicht verärgerten Ton. Er kam sich vor wie ein Idiot. Was war denn verdammt noch mal vorgefallen in den anderthalb Tagen, in denen er nicht im Dienst gewesen war?!

»Ventimiglia!«, sagte der Staatsanwalt und sah Duval forschend an. Er schien wirklich nichts davon zu wissen, der Commissaire.

Duval schüttelte unmerklich den Kopf.

»Nun«, fuhr der Staatsanwalt fort, »gestern Nacht hat es eine konzertierte Aktion der Flüchtlinge von Ventimiglia gegeben«, fuhr er daher fort. »Eine Gruppe von etwa 200 Personen hat mit allen Mitteln versucht die Grenze nach Frankreich auf dem Landweg zu überwinden und es kam am Grenzübergang Italien–Frankreich zu einer wütenden Auseinandersetzung.« Der Staatsanwalt machte eine Pause und sah Duval prüfend an. »Davon war schon in den Frühnachrichten zu hören!«

Duval zuckte mit den Achseln. Die Frühnachrichten hatte er, wohlig an Annie geschmiegt, verschlafen.

»Anscheinend waren Journalisten vor Ort …« Der Staatsanwalt beendete den Satz nicht, aber Duval verstand die Anspielung auch so. Es hatte sich herumgesprochen, dass der Commissaire mit einer Journalistin verbandelt war.

Diese Paarkonstellation kam zwar vor, war aber nirgends gern gesehen. Polizisten wurde nur allzu leicht unterstellt, dass sie Informationen unter der Hand an die Presse weitergaben. Von Journalistinnen nahm man hingegen an, dass sie nur der Informationen wegen mit einem Polizisten ins Bett gingen. Das Misstrauen in eine derartige Beziehung war groß.

Duval reagierte nicht darauf. Er hatte ein reines Gewissen und Annie war in der vergangenen Nacht ebenfalls nicht in Ventimiglia gewesen. Das konnte er bezeugen. Notfalls mit seinem Knutschfleck. Unwillkürlich zog er den Hemdkragen zurecht und hielt einen Moment lang die Hand an den Hals.

Der Staatsanwalt schien nichts bemerkt zu haben, und wenn, so ließ er es sich nicht anmerken. Er sprach weiter. »Ein kleines Grüppchen war wohl in den Bergen unterwegs und es kann nicht ausgeschlossen werden, dass manche Frankreich über die ehemaligen Zollpfade erreicht haben. Und gleichzeitig hat sich mindestens eine Gruppe mit einem selbst gebauten Floß auf den Seeweg begeben«, erklärte der Staatsanwalt weiter.

»Mit einem selbst gebauten Floß?«, unterbrach Duval.

»Allerdings. Aus Plastikkanistern und Plastikflaschen notdürftig zusammengebastelt.« Der Staatsanwalt schnaufte. »Es war nach einem knappen Kilometer schon fast abgesoffen, weil viel zu viele Personen daraufsaßen und andere sich halb schwimmend daran festklammerten. Keiner wollte es loslassen, also kippelte dieses Ding hin und her und war so stabil wie eine Luftmatratze. Hätte vielleicht klappen können, trotz alledem, aber das wissen wir ja auch, dass die Versuche sich intensivieren, wenn das Meer ruhig ist. Außerdem war es relativ hell. Der Himmel war weniger bewölkt als vorausgesagt. Wir haben so etwas erwartet, früher oder später. Die Grenzpatrouille hat dieses Floß zumindest sofort abgefangen und die Menschen postwendend wieder zurück nach Italien gebracht. Einen Großteil derer, die die Grenze auf dem Landweg überwunden haben, übrigens auch. Die meisten rannten bis zum Hafen und dann wussten sie nicht mehr weiter. Es hat nicht lang gedauert, bis wir sie in Bussen wieder eingesammelt und zurückverfrachtet haben.« Er atmete durch. »Ein paar sind durchgekommen und verschwunden. Als wir erfuhren, dass hier ein toter Schwarzer liegt, hatten wir kurz die Befürchtung, dass die Afrikaner es vielleicht mit einem gestohlenen Boot bis Cannes geschafft haben und hier gestrandet sind. Aber soweit ich das sehe, und Dermez bestätigte es mir, gibt es keine Anzeichen dafür. Keinerlei Spuren irgendeines Bootes. In Menton ist bislang auch kein Boot als gestohlen gemeldet worden, aber das muss nichts heißen. Aber auch weiter draußen hat die Grenzpolizei nichts entdecken können«, schloss er seine Ausführungen und machte eine umfassende Armbewegung, die die gesamte Bucht umschloss. »Auch keine andere Leiche«, fügte er noch hinzu. »Wenigstens das. Und die Fußspuren im Sand zeigen keine Auffälligkeiten. Ganz normaler Strandbetrieb.«

»Aha«, machte Duval verstehend. Eigentlich wunderte es ihn nicht. Es war nur eine Frage der Zeit gewesen, bis die unhaltbare Situation der afrikanischen Flüchtlinge in Ventimiglia in die eine oder andere Richtung eskalierte. Ewig konnte man mehrere Hundert Männer, die seit Monaten in der Grenzstadt Ventimiglia festsaßen, nicht zurückhalten. Diese Männer hatten ganz andere Hindernisse überwunden, um bis nach Europa zu kommen. Teils waren sie schon monatelang unterwegs und sie hatten Tausende von Kilometer hinter sich gebracht. Keinesfalls würden sie, kurz vor dem erhofften Ziel, das für sie zumeist Deutschland oder England hieß, dauerhaft vor einem italienischen Bahnhof oder auf Felsen vor der Grenzstation campieren, nur weil Frankreich ihnen die Einreise oder die Durchreise verweigerte. Sie mussten Frankreich durchqueren und das würden sie eines Tages tun. Sie konnten warten. Sie hatten nichts zu verlieren und alle Zeit der Welt. Wenn sie etwas in Afrika hatten, dann war es das: Zeit. Zeit, um auf den richtigen Moment zu warten. Und der war wohl für einige von ihnen in dieser Nacht gekommen.

»Am besten wäre es, wenn wir das hier«, der Staatsanwalt machte eine Geste Richtung des Toten, »so schnell wie möglich erledigen könnten. Korrekt natürlich, keine Frage. Ich habe Sie dafür gewählt, Duval, weil Sie eine gewisse Sensibilität haben, wenn Sie verstehen, was ich meine. Sie sind über jeden Verdacht erhaben, den Schwarzen nicht den nötigen Respekt entgegenzubringen, nicht wahr?« Er verzog den Mund zu einem unechten Lächeln. »Und noch eins, ich weiß, dass Sie das Rampenlicht und die ... ähm.« Er unterbrach sich und hustete künstlich. »Nun«, fuhr er fort und sah dabei an Duval vorbei, »sagen wir, dass Sie die Journalisten in der Regel nicht mögen, nicht wahr, das ist in diesem Fall auch gut so.«

Duval hob wie zufällig den Blick und nickte, während er zuhörte. Weiter oben an der Absperrung gewahrte er Annies rotes Kleid, das leicht im morgendlichen Sommerwind flatterte.

»Wir brauchen keinen Gutmenschenartikel in der Presse«, sagte der Staatsanwalt in diesem Moment, »keine demonstrierenden *sans papiers* vor dem Rathaus, aber auch keine selbstgerechten Aktionen von Rechtsextremen gegen andere Afrikaner oder Obdachlose. Seien Sie daher diskret.«

»Natürlich«, stimmte Duval zu. Einen Aufruhr konnte man in Cannes ja nie gebrauchen. Hier war quasi immer Saison. Entweder gab es die klassischen Côte-d'Azur-Touristen, die nicht verschreckt werden durften, oder es war die Zeit des Filmfestivals, eines wichtigen Immobilienkongresses oder es tagten hochoffiziell wichtige Politiker. »Und Sie glauben, dieser Mann hier ist ein Flüchtling?«, fragte Duval dann.

»Es ist zumindest nicht auszuschließen.« Der Staatsanwalt machte eine vage Bewegung mit dem Kopf.

»Weiß man denn, wer er ist? Hat man Papiere bei ihm gefunden? Ein Mobiltelefon?«

»Nichts. Gar nichts. Vielleicht hat man ihn zwischenzeitlich bestohlen, ist ja alles möglich.«

Duval verzog das Gesicht.

»Sie machen das schon, Duval. Ich vertraue Ihnen. Und Sie haben Monique Marnier an Ihrer Seite. Sie beide verstehen sich ja gut, nicht wahr?«

Wie schön, dachte Duval ironisch, aber er war nicht sicher, ob der Staatsanwalt das nicht vielleicht ebenso ironisch gemeint hatte.

Während der ganzen Zeit plätscherten die Wellen friedlich an den Strand der lieblichen kleinen Bucht. Der Himmel war exakt so hellblau, wie es sich für einen Frühsommerhimmel gehörte, ein paar weiße Wölkchen hingen wie hingetupft weit oben und mit dem leichten Wind, der aufgekommen war, bewegte sich wie auf Kommando ein kleines Boot mit weißem Segel aus dem kleinen Hafen vor dem Palm Beach Casino. Es segelte zügig von links durch das Bild, wurde zunächst groß, nahm Kurs auf die Iles de Lérins und wurde wieder kleiner, je weiter es sich entfernte. Duval blickte ihm eine Weile nach, aber dann verlor er es aus den Augen. Weitere Segelboote tauchten nun wie von Geisterhand in der Ferne am Horizont auf oder verschwanden dort. Er erinnerte sich plötzlich sehnsüchtig an seine Ausfahrt mit der *Zephyr* im letzten Herbst. Seitdem war er kein zweites Mal mehr gesegelt.

»Hallo! Wie lange geht das denn hier noch? Können Sie den Toten endlich hier wegschaffen?« Eine Frauenstimme schrill und autoritär war zu hören. »Wer ist denn hier verantwortlich?«, zeterte sie. Eine junge Frau näherte sich energisch, soweit man sich in Pumps am Strand energisch nähern konnte. Sie lief nur auf den Spitzen, sank aber bei jedem Schritt in den weichen Sand ein. Duval betrachtete sie mitleidlos. Sie trug ein ärmelloses schwarzes enges Kleid. Kleines Dekolleté, dezent knielang, konstatierte er. Kunstvoll aufgestecktes dunkles Haar, aus dem sich eine Strähne gelöst hatte und nun vor ihren Augen herumhing, die sie mit einem wütenden Schnauben wegblies. Sie war erhitzt, das Gehen im Sand hatte sicher dazu beigetragen.

Das war das Zeichen für den Staatsanwalt, sich zu verabschieden. »Nun Duval, ich lasse Sie arbeiten!« Er machte eine leichte Grimasse. »Mademoiselle«, grüßte er kurz und nickte mit dem Kopf, als er an der erbosten jungen Dame vorüberging. Er machte eine Abschiedsgeste nach links und rechts und entfernte sich über den Sand.

»Sind Sie hier zuständig?« Die junge Frau streckte sich und baute sich vor Duval auf. Gleichzeitig sackte sie dabei wieder etwas in den Sand ein. »Mist«, zischte sie wütend und schleuderte die hartnäckig herunterhängende Haarsträhne mit einer Kopfbewegung zur Seite. Sie funkelte Duval an: »Hören Sie, wir haben hier heute Nachmittag ein *défilé de mode*, ich erwarte dafür mindestens 350 Gäste, darunter Leute vom Fernsehen, wissen Sie, was das heißt? Ich muss noch vor den Gästen, die hier zum Mittagessen kommen, den Aufbau vorbereiten und das hier«, sie zeigte wütend auf den Toten, der, in der Zwischenzeit zumindest abgedeckt, noch immer am Strand lag, »das geht gar nicht! Das kann ich mir nicht leisten!«

»Niemand kann sich einen Toten leisten, Madame«, gab Duval kühl zurück, »aber *das hier*«, fügte er nun schneidend hinzu, »*das hier* ist ein Mensch, der aus noch ungeklärter Ursache am Strand tot aufgefunden wurde. Sie sind ...?«, fragte er dann.

»Emanuelle Lestier, ich bin die Eventmanagerin.«

»Sehr erfreut«, erwiderte Duval vollkommen freudlos. »Sie machen Ihre Arbeit, wir die unsere, das verstehen Sie sicher?!« Er sah die Eventmanagerin kalt an. »Ich muss den Strand vermutlich komplett für drei Tage absperren lassen, Madame Lestier«, fügte er dann mit gespielt sorgenvoller Miene hinzu. »Oder Mademoiselle ...?«, setzte er fragend nach.

»Waaaas?« Emmanuelle Lestier schnappte nach Luft. Sie schien zunächst zu einem lauten Lamento ansetzen zu wollen, blieb dann aber überraschend stumm. Sie starrte Duval fassungslos an. »Ein *défilé de mode!*«, wiederholte sie eindringlich, als habe Duval die Wichtigkeit dieser Veranstaltung nicht verstanden.

»Ja, Mademoiselle, das sagten Sie schon, aber ich sehe schwarz für Ihre Veranstaltung«, sagte Duval ungerührt und fragte sich augenblicklich, ob diese Art von Bemerkung schon unter Rassismus fiel, wenn es sich um einen toten Afrikaner handelte. Keinesfalls war es nötig, den Strand längerfristig absperren zu lassen. Duval hatte es auch nicht vor, zumal er die Worte des Staatsanwalts noch im Ohr hatte. Er war zwar noch nicht sehr lange, aber doch schon lange genug in Cannes, um zu wissen, dass er sich so einen Skandal mit entsprechender Schlagzeile im *Nice Matin* nicht leisten konnte. Wer wusste schon, welche Prominenz extra für dieses Mode-Event angereist war? Das könnte unangenehm werden. Aber einen Dämpfer konnte die Dame schon gebrauchen, fand er.

Sie starrte ihn mit großen Augen an. »Sie meinen, ich muss alles absagen?«, fragte sie fassungslos. Sie schwankte zwischen Verzweiflung und Resignation.

Duval ließ sie einen Moment schmoren. »Ich werde sehen, was wir machen können, Madame«, fügte er dann verbindlich hinzu.

»Huh.« Emmanuelle Lestier atmete sichtlich auf und lächelte ihn etwas gezwungen an. »Ja, bitte Monsieur ... versuchen Sie doch ...« Sie sprach nicht zu Ende.

»Duval.« Na bitte, geht doch, dachte Duval, warum musste man nur immer erst die harten Geschütze auffahren? »Commissaire Léon Duval. Ich leite die Ermittlungen«, stellte er sich dann richtig vor.

»Danke, Commissaire, wenn Sie etwas tun können.« Sie blies noch einmal die Haarsträhne in die Luft. »Ich warte dann auf Ihr Signal, damit wir loslegen können?!«, fragte sie nun lammfromm und höflich. Sie zeigte nach oben zur Straße, wo mehrere junge Männer damit beschäftigt waren, einen Kleinlaster zu entladen. Riesige Lautsprecherboxen und Gestänge eines Gerüsts lagerten bereits an der noch immer abgesperrten Treppe.

»Ich will sehen, was ich machen kann«, wiederholte Duval und nickte vage und die junge Frau arbeitete sich wieder durch den Sand zur Restaurantterrasse zurück. Duval folgte ihr, um Madame Marnier zu begrüßen, die sich keinesfalls der Lächerlichkeit des Balancierens im Sand preisgeben wollte und daher mit ihren hochhackigen Pumps klackernd auf der hölzernen Terrasse hin und her lief und so immerhin dort angemessene Geschäftigkeit vermittelte.

»Ah, Duval!«, begrüßte sie ihn nun und klappte ihr Mobiltelefon zu.

»*Bonjour Madame la Juge.*« Duval wusste, was sich gehörte und dass die Richterin das kleine weibliche *»la«* in ihrem Titel schätzte. Die weiblichen Formen der Berufsbezeichnungen hatten sich bei Weitem noch nicht überall durchgesetzt in Frankreich und schon gar nicht in der konservativen und sich nur langsam verändernden Staatsverwaltung. Die Friseur*in* gab es sehr wohl, nicht selbstverständlich aber waren eine Bürgermeister*in*, Anwält*in* oder Richter*in*.

»Und? Was meinen Sie?«, fragte sie Duval kurz angebunden. »Ein Flüchtling?«

»Hm«, machte Duval unbestimmt.

Madame Marnier, die anscheinend eine andere Theorie hatte, sah sich in seiner wortkargen Antwort bestätigt. »Ich denke, es könnte einer der Straßenhändler sein.«

Das »Hmhm« von Duval wurde etwas länger. Er dachte nach, während Madame Marnier energisch weitersprach. »Verzetteln Sie sich nicht, Duval, wir sollten das schnell hinter uns bringen. Ich bin sicher, wenn Sie mit einem Foto des Toten in den einschlägigen Kreisen in Cannes herumfragen, wissen wir bald, um wen es sich handelt. Die Afrikaner kennen sich alle, das ist eine kleine Parallelwelt und die kooperieren in der Regel. Die haben immer Angst um ihre Aufenthaltsgenehmigung.« Sie sah ihn direkt an und es schien Duval, als mustere sie dabei seinen Hals. Er fuhr sich mit der Hand durch die Haare und nestelte dabei ein bisschen am Kragen. Vorsichtshalber drehte er den Kopf etwas zur Seite und blickte gedankenvoll aufs Meer. »Hm«, machte er dann erneut und nickte jetzt zusätzlich vage mit dem Kopf. Oder war es ein Kopfschütteln?

»Alles in Ordnung Duval?«, fragte Madame Marnier irritiert.

»Ja, ja, doch, doch. Sie haben sicher recht.«

»Gut, dann legen Sie los.« Sie nickte ihm abschließend zu. »Und halten Sie mich gefälligst auf dem Laufenden!«

»Sicher.«

»Zeitnah!«

»Sicher, *Madame la Juge.*«

Noah Villiers stapfte durch den Sand auf sie zu und salutierte. Madame Marnier nickte nur und hatte schon wieder das Telefon am Ohr.

»Villiers! Wo haben Sie gesteckt?«

»Ich habe mit Leroc das junge Paar aufgesucht, das den Toten heute Nacht gefunden hat. Die beiden wohnen im russischen Viertel, im Hotel Alexandra am Boulevard Alexandre III. Léa ist noch dort und nimmt deren Aussage auf.«

»Also?«

»Junges Paar im Urlaub, die sind gestern Nacht um halb drei aus dem Nachtklub Tabou gekommen und anschließend über den Port Canto bis an den Strand von Bijou Plage gelaufen. Wollten hier ein Mitternachtsbad nehmen, allein zu zweit, wenn Sie verstehen ...« Villiers machte eine dramaturgische Pause und sah Duval vielsagend an. »Oh!«, machte er dann mit großen Augen. »Na so was, Sie haben ...«, er schwieg abrupt, als er Duvals Blick sah.

»Kein Kommentar!« Duvals Ton war streng.

»Jawohl, Chef!« Aber Villiers konnte sich ein leichtes Grinsen nicht verkneifen. Duval seufzte nur unhörbar. Manchmal ging ihm Villiers mit seiner andauernden Zweideutigkeit ein bisschen auf die Nerven. »Ja, Villiers, wie Sie sehen, bin ich nicht ganz unbedarft, ich verstehe durchaus. Und weiter ...«

»Die Kleine ist quasi in den Toten am Strand hineingerannt.«

»Geht's auch sachlicher, Villiers? ›Die Kleine‹, damit meinen Sie die junge Frau, ja?«

»Jawohl! Commissaire!«, machte Villiers und salutierte. »Sehr niedlich übrigens, gerade 20 geworden. Es war ihr Geburtstag gestern.«

»Ah«, machte Duval, »wie schön. Gab's vielleicht etwas, was uns irgendwie weiterbringt? Haben die beiden Turteltauben etwas oder jemanden bemerkt?«

»Nein, nichts.« Villiers schüttelte entschieden den Kopf. »Bis das Mädchen buchstäblich über den Toten gestolpert ist, waren die nur auf sich konzentriert, wenn Sie verstehen ...«

Duval sah Villiers streng an. »Ein für alle Mal, Commandant, ich verstehe! Ich kann mir durchaus vorstellen, was ein junges Paar nachts alleine am Strand macht. Sonst noch was?«

Villiers räusperte sich und sagte betont sachlich: »Ich denke, wir sollten die Anwohner befragen. Da waren ein paar, die sich beschwerten, weil sie anscheinend ziemlich lange wie am Spieß geschrien hatte. Vielleicht gab es ja vorher schon eine laute Auseinandersetzung auf der Straße oder am Strand.«

Die Anwohner. Müsste man an alle Türen der gegenüberliegenden Wohnungen klopfen, wären sie den Rest des Jahres nur damit beschäftigt. Aber Anwohner, im engeren Sinne, gab es hier nur wenige. Hier, am Ende der Croisette, reihte sich zwar Wohnanlage an Wohnanlage, aber nur wenige Menschen lebten wirklich das ganze Jahr über hier. Die meisten Wohnungen waren Zweitwohnungen und Ferienappartements und ihre Besitzer kamen nur für vier Wochen im Juli oder August nach Cannes. Pariser vor allem. Nur wenige davon vermieteten die Wohnung in der restlichen Zeit unter. Duvals Mutter hatte selbst lange Zeit eine kleine Wohnung in einer ähnlichen Anlage etwas weiter oben in den Hügeln von Cannes gehabt und sie zunächst selbst an Feriengäste untervermietet. Sie hatte es bald aufgegeben. Man hatte immer nur Ärger mit Feriengästen. Sie hinterließen die Wohnung schmutzig, manchmal vergaßen sie sogar den Müll in der Wohnung und immer ging irgendetwas zu Bruch, sei es durch Nachlässigkeit, sei es durch Dreistigkeit, als müsse man seinem Neid, nicht selbst eine Wohnung in dieser Lage zu besitzen, mit einem achselzuckenden »Die Reichen haben's ja und immerhin habe ich dafür bezahlt« irgendwie Luft machen. Das Vermieten über eine Agentur war nicht besser gelaufen, denn den Agenturen war es völlig egal, an wen sie vermieteten, Hauptsache sie konnten ihre Provision einstreichen, aber im Grunde kümmerten sie sich um nichts. Letztlich verbrachte man seinen eigenen Ferienaufenthalt damit, die Wohnung wieder in Schuss zu bringen und im schlimmsten Fall zu renovieren. Das mit der Vermietung eingenommene Geld konnte die verlorene Ferienzeit und die stete Sorge um die Wohnung nicht aufwiegen. Duval warf einen Blick über die Fassaden der Gebäude. Selbst noch Anfang Juni zeugten die heruntergelassenen Rollläden von der Abwesenheit der Besitzer. Hingegen sah man mehr und mehr großformatige Schilder *A vendre* an den Balkongittern hängen, die Wohnungen zum Verkauf anpriesen. Die Krise. Sie führte dazu, dass sich viele Leute von ihrer Ferienwohnung in Cannes trennen wollten, oder mussten. Denn wenn man es sich sachlich durchrechnete, war es der reine Wahnsinn. Schon allein die Grundsteuer, die man der Stadt Cannes zahlte. Und die Nebenkosten für den Müll, die Wartung des Aufzugs, die Concierge, den Gärtner und den Unterhalt der Grünanlagen einschließlich der Behandlung der von Käfern befallenen Palmen, all das kostete ein Heidengeld. Ganz zu schweigen von dem Aufwand, den die Hausverwaltung trieb, mit ihren Hunderten von Einschreibebriefen, mit denen sie die ständigen Eigentümerversammlungen ansetzte. Das alles musste bezahlt werden. Und die Kinder wollten schon lange nicht mehr nach Cannes. Also Schluss mit der »Liebhaberei«, wie das Finanzamt diese Zweitwohnung klassifizierte. Auch seine Mutter hatte sich von ihrer Wohnung irgendwann wieder getrennt.

Das alles ging Duval durch den Kopf, als er leicht zweifelnd »Anwohner befragen?!« wiederholte. Sein Blick glitt erneut über die Fassaden der gegenüberliegenden Gebäude. Nur wenige Markisen waren an den Balkons der Gebäude gegenüber herausgelassen, hier und da sah man ein paar rote Geranien in Blumenkästen oder waren es Begonien? Und man erblickte auf dem einen oder anderen Balkon Tische und Stühle. »Na gut. Dann fangen Sie da an«, stimmte er dann zu. »Schauen Sie mal, wie weit Sie kommen. Nehmen Sie LeBlanc und Leroc dazu.«

»In Ordnung.« Villiers nickte.

»Ach, und gehen Sie doch auch mal im Tabou vorbei.«

Villiers sah seinen Chef fragend an.

»Das Paar kam ja von dort. Und der Klub liegt ja

nur einen Steinwurf weit entfernt von hier. Man weiß ja nie, vielleicht hat ein Angestellter nachts draußen geraucht und etwas gehört …«, bemühte Duval sich um eine Erklärung.

»Ach so, klar.«

»Und ich wollte da schon immer mal meine Fühler ausgestreckt haben«, fügte Duval hinzu, »das ist doch jetzt ein passender Anlass.«

»Jetzt!« Villiers ging ein Licht auf. Das Tabou gehörte, neben einer Handvoll anderer Etablissements und dem benachbarten Palm Beach Casino, zum Imperium von Louis Cosenza, einem großen Gauner, der sich aber als ehrenwerter Mann der Cannoiser Gesellschaft gab. »Wollen Sie, dass ich mich heute Abend unauffällig unter die Gäste mische?« Die Idee schien ihm zu gefallen.

»Das würde Ihnen so passen, was? Mit einer Blondine am Arm und Eintritt und Getränke als Spesen absetzen. Das würde mir Ihre Frau übel nehmen, glaube ich. Nein, ganz normale Befragung. Wir haben einen Toten nebenan gefunden. Wir ermitteln im Umfeld. Basta.«

»Och …« Villiers war enttäuscht.

»*Wann* Sie da hingehen, bleibt natürlich Ihnen überlassen«, fügte Duval dann noch hinzu. »Tagsüber sind dort vielleicht nur die Putzfrauen anzutreffen. Und jetzt wollten Sie ja auch erst die Anwohner befragen, nicht wahr?!«

»Verstanden!« Villiers grinste, salutierte kurz und lief los.

Yves Dermez näherte sich Duval. »Wir sind so weit fertig, Commissaire.«

»Okay« Duval machte ein Zeichen, damit man den Toten abtransportierte. »Er ist für den Service von Dr. Charpentier«, wies er den Fahrer der Pompiers an. Der nickte: »Schon klar.«

»Warten Sie!«

Abrupt hielten die beiden Männer, die die Bahre in den Wagen hievten, inne.

»Kann ich ihn noch mal sehen?«

Wortlos zog einer der beiden Feuerwehrleute den Reißverschluss noch einmal auf. Duval blickte dem Toten ins Gesicht und nahm ihn mit seiner Kamera im Mobiltelefon auf. »Danke.«

Emmanuelle Lestier lief nervös im Restaurant auf und ab, rauchte und rief laut in ihr Mobiltelefon. »Ich weiß es nicht, Himmelherrgott, das habe ich dir jetzt schon drei Mal gesagt …«, ereiferte sie sich gerade, als sie Duval ankommen sah. »Ah, jetzt vielleicht. Ich ruf dich gleich wieder an.« Sie unterbrach die Verbindung und sah Duval erwartungsvoll an.

»Sie können loslegen, Madame, wir sind fürs Erste fertig.«

»Endlich!« Sie schnaufte hörbar aus und schaffte gerade noch ein knappes Dankeschön, dann drückte sie schon wieder ihr Mobiltelefon ans Ohr, während sie gleichzeitig den Männern oben auf der Straße wilde Handzeichen machte. »He Manu, wir können!«, rief sie. »Manu, *allez, allez!* Es geht los!«, und gehorsam begannen die Männer die Einzelteile eines Gerüsts zu schultern und sie die Treppen zum Strand hinabzutragen.

»Los, los!«, feuerte sie auch den *Plagisten* an, der nur auf ihr Zeichen gewartet hatte und in Windeseile Tische und Stühle aus einem Depot auf die Terrasse zog und beinahe zeitgleich einen riesigen Stapel Plastiksonnenstühle auf den Sand warf, um sie danach in Reih und Glied anzuordnen. Dann warf er im Akkord die blau-weiß gestreiften Polster auf die Liegen, stellte kleine weiße Plastiktische zwischen je zwei von ihnen und steckte zusätzlich Sonnenschirme auf.

Zwei Männer rollten davor einen langen roten Teppich aus. Die Modenschau konnte beginnen.

—

Annie stand neben Duval am Tresen und rührte Zucker in ihren Milchkaffee. Sie nahm einen Schluck. Endlich. Ihr Magen knurrte schon lange. Sie tunkte den Spekulatiuskeks, der mit dem Kaffee gereicht wurde, ein und steckte ihn in den Mund. Sie hatte die ganze Szene nur von der Straße aus beobachtet, ein paar Passanten befragt und zusätzlich mit dem Zoomobjektiv ihrer Kamera das eine oder andere Foto geschossen. »Entschuldigung, kann ich vielleicht noch einen Keks haben?«, fragte sie mit zuckersüßem Lächeln den Barmann, der zwischen Theke und den Tischen hin und her wirbelte, die er für das Mittagessen eindeckte.

»Sicher.« Er beugte sich über die Theke und warf ihr eine Handvoll eingepackter Kekse auf den Tresen. »Wird das reichen?«

»*Merci*«, flötete sie und packte schon den nächsten Keks aus. »Ich habe Hunger«, fügte sie entschuldigend hinzu. »Willst du einen?« Sie hielt Duval einen Keks hin. Er schüttelte den Kopf. »Warum war Tilly da?«, fragte sie unvermittelt. »Der kommt doch nicht aus Grasse nur wegen eines toten Afrikaners, um was geht's denn wirklich?«

»Es geht um einen toten Afrikaner, Annie.« Duval war wortkarg. Wie konnte man als *flic* nur mit einer Journalistin befreundet sein? Er schüttelte leicht den Kopf.

»Was ist los?« Annie war argwöhnisch.

»Kannst du mal recherchieren, was heute Nacht in Ventimiglia los war?«, bat er sie dann.

»Aha!« Sie klang triumphierend. »Habe ich mir schon gedacht. Ich habe vorhin mal die Kollegen angerufen.«

Duval zog die Augenbrauen hoch.

»Na, irgendwas muss man ja machen, wenn man hier vom Strand ausgesperrt wird, nicht wahr?!«

»Und?«

Sie lachte frech. »Wie und? Ich soll dir meine Recherchen preisgeben und du sagst mir nichts?«

»Ich weiß noch gar nichts Annie.«

»Klar.« Sie klang nicht überzeugt.

Duval seufzte resigniert.

»Sehen wir uns später zum Essen, Léon?«, fragte sie dann. Sie rechnete nicht wirklich mit einer Zusage. Duval schien gedanklich schon weit weg zu sein, zu weit weg für banale irdische Genüsse, schien es ihr.

Er sah sie ernst an. »Ich denke gerade darüber nach. Hast du vielleicht Lust, bei einem Italiener zu essen?«, schlug er vor.

»Warum nicht«, gab sie zurück.

»Weißt du«, fuhr Duval fort, »ich kenne ein einfaches, aber gutes Restaurant ...«, er zögerte kurz, »nun ja«, sagte er dann, »man muss ein bisschen fahren, aber es liegt am Strand und ich habe es sehr angenehm in Erinnerung. Herzlicher Service und eine einfache, aber schmackhafte Küche. Bislang habe ich zwar erst einmal dort gegessen, aber ich wollte immer schon mal wieder hin. Ich hoffe, es hat noch denselben Besitzer. Aber, wie gesagt, es ist ein Stück zu fahren.«

»In Ventimiglia?«, fragte Annie leise.

Duval nickte. »In Ventimiglia«, bestätigte er.

»Gute Idee, Léon!« Annie sah ihn ernst an und nickte anerkennend. »Sehr gute Idee.«

»Ha!«, machte Annie und zeigte auf etwas, was hinter Duvals Scheibenwischer klemmte.

Merde!, entfuhr es Duval. »Ein Strafzettel wegen Falschparkens. 135 Euro! Sind die noch ganz dicht? Ich bin im Dienst!«

Annie enthielt sich jeden Kommentars. Sie wusste natürlich, dass Duval das Parkknöllchen auf dem kleinen Dienstweg für nichtig erklären lassen konnte.

Sie fuhren über die A8 Richtung Italien. Auf der rechten Spur krochen vor allem Lkws die stetig ansteigende Strecke hinauf. Die Autobahn bot auf französischer Seite keine verlockenden Blicke, man hatte sie pragmatisch durch die Berge gebaut, die sich überall entlang der Côte d'Azur schon kurz hinter den Stränden erhoben. Ein Tunnel folgte auf den anderen, hin und wieder gab es Baustellen, denn man arbeitete an einer Verbreiterung der stark befahrenen Strecke und sprengte dazu neue Tunnel durch andere Berge. Duval fuhr konzentriert. Annie hatte nicht viel mehr Informationen über die aktuelle Situation als das, was Duval bereits vom Staatsanwalt erfahren hatte.

»Das selbst gebaute Floß hatten die Afrikaner aus leeren Kanistern und Plastikflaschen konstruiert. Unglaublich, oder?«, erzählte sie gerade. »Hast du das nicht mit deinen Kindern gemacht letzten Sommer?«

Duval nickte: »Mit den Kindern haben wir nur ein ganz kleines Ding gebastelt, nur um zu zeigen, dass es geht. Das war eigentlich mehr im Zusammenhang mit dem Plastikmüll, der am Strand herumliegt, und was man daraus machen kann.«

»In Nizza im Museum für Moderne Kunst gibt es eine total schöne Skulptur, die aus dunkelblauen Plastikflaschen hergestellt wurde. Eine Art Königinnenrobe mit langer Schleppe. Musst du Lilly mal zeigen, wenn sie wieder kommt«, schlug sie Duval vor, »gefällt ihr bestimmt. Ich habe sie fotografiert, ich glaube, ich habe das hier noch irgendwo ...« Sie suchte in den Fotos ihres Smartphones. »*Voilà*, hier ist sie!« Sie hielt ihm das Telefon mit der Aufnahme hin. »Toll, oder?«

Duval warf nur einen flüchtigen Blick auf das Foto im Smartphone, dann waren sie schon wieder in einem der zahlreichen Tunnel. »Ich muss fahren, Annie. Kannst du ihr ja zeigen, beim nächsten Mal«, meinte er dann. »Oder wir machen das zusammen, hm?«

»Mal sehen.« Jetzt war Annie ausweichend.

»Aber stell dir mal vor, ein Floß aus Plastikflaschen ...« Annie schüttelte den Kopf. »Wie verzweifelt müssen sie sein, dass sie so etwas wagen?« Sie schwiegen einen Moment.

»Ja, und es war nicht sehr seetüchtig, soweit ich weiß. Hast du eine Ahnung, wie die Lage dort ist?«, fragte Duval dann. »Ich meine ganz generell?!«

»Nicht aktuell. Eine Zeit lang habe ich es verfolgt. Das Letzte, was ich weiß, ist, dass das Rote Kreuz Zelte am Bahnhof aufgestellt hat und dort Wasser, Essen und Kleidung verteilt. Außerdem kümmern sie sich um die Gesundheit.«

»Am Bahnhof, ja, aber was ist los am Grenzübergang? Sitzen die da wirklich auf den Felsen?«

»Ja und nein. Ich denke, auf den Felsen, das machen sie immer mal wieder, das hat mehr diesen demonstrativen

Charakter, eine Art Sitzstreik eben. Kommt gut auf den Fotos für die Presse.« Sie grinste schräg.

»Du willst sagen, das ist von der Presse inszeniert?«

Sie zuckte die Achseln und machte ein vielsagendes Gesicht. »Wie gesagt, es gibt eine Art Camp im und um den Bahnhof«, fuhr sie dann fort. »Dort können sie auch die sanitären Anlagen nutzen. Aber wie aktuell das alles gerade ist, das weiß ich nicht.«

»Wie viele Menschen sind denn zurzeit noch dort?«

»Keine Ahnung. Wirklich nicht. Ursprünglich waren es mal knapp 300, fast nur Männer, soviel ich weiß. Aber na ja, das ist ein Kommen und Gehen. Sie wollen ja gar nicht dortbleiben, die wollen weiter. Und in den Wintermonaten hatte sich das etwas zerstreut. Aber es kommen ja auch immer wieder Flüchtlinge nach. Nicht allzu viele, es hat sich wohl herumgesprochen, dass die Grenze dicht ist. Manche wählen daher jetzt eine andere Route und versuchen, mit einem Zug Richtung Österreich und München weiterzukommen.«

Beide sprachen kaum, jeder hing seinen eigenen Gedanken nach. Sie waren an der Ausfahrt nach Monaco vorbeigefahren und Duval fand es jedes Mal bizarr, dass sich zwischen Monaco und Italien noch dieses kleine eingezwängte Stückchen Frankreich befand. Menton hatte, wie die gesamte Region, eine wechselvolle Geschichte erlebt: mal von italienischen Grafen, dann von den Grimaldis in Monaco erobert, bis es unter dem französischen Kaiser Napoleon III. erstmals französisch wurde. 1861, als die ganze südöstliche Region, die bis dahin zum Herzogtum Savoyen gehörte, sich entscheiden durfte, ob sie zukünftig zu Frankreich oder Italien gehören wollte, hatte man sich hier einheitlich für die Zugehörigkeit zu Frankreich entschieden.

Erst als er die Abfahrt nach Menton nahm und die kurvige Straße hinunter Richtung Stadt fuhr, sagte Annie: »Du weißt, dass meine Mutter in Menton lebt, oder?«

»Ja«, sagte Duval. »Ja, ich glaube, ich wusste das schon. Hat sie nicht ein Restaurant?«

»Na ja, genau genommen hat Ihr Lebenspartner, Maurizio, das Restaurant. Er ist Italiener. Ich sollte vielleicht vorbeischauen und wenigstens Guten Tag sagen. Aber dann müssen wir dort auch essen, sonst sind sie beleidigt.«

Duval sah auf die Uhr. »Ist noch ein bisschen Zeit. Ich würde gern erst an die Grenze fahren, um zu sehen, was dort los ist. Wir können dann aber gern dort essen. Ist bestimmt besser als das Restaurant am Strand, von dem ich sprach. Das war auch nur so eine Idee.«

»Weißt du, wie du vorgehen willst?«

Duval schüttelte den Kopf. »Keine Ahnung. Kommt drauf an, was dort los ist. Ich dachte zumindest, nicht als *flic* aufzutreten. Aber vielleicht muss ich es doch. Sehen wir mal.«

Und dann waren sie am ehemaligen und wieder zum Leben erweckten Grenzübergang angekommen. Er war abgesperrt, nur eine Spur in jede Richtung war geöffnet. Es war ein befremdliches Bild. Man hatte sich in den vergangenen Jahren so daran gewöhnt, dass die Grenze einfach durchfahren werden konnte, dass einem die jetzige Sperrung vorkam, als habe man es mit zwei verfeindeten Staaten zu tun. Auf französischer Seite parkten jede Menge blaue Einsatzwagen der Gendarmerie und blockierten somit gleichzeitig das weite Gelände. Dazwischen standen mehrere weiße Wohnmobile, in die die Beamten, die dort seit Monaten Tag und Nacht Dienst hatten, sich notdürftig zurückziehen konnten.

Zwei Grenzpolizisten winkten die ausreisenden Wagen aus Frankreich zügig durch. Aber die Situation bei der Einreise aus Italien war eine vollkommen andere. Grenzpolizisten, Polizei, Gendarmerie und zusätzlich viel Militär in Tarnkleidung und mit beiden Händen am Gewehr standen in langen Reihen und mit grimmigem Blick vor der Staatsgrenze. Und jeder, absolut jeder Wagen, der aus Italien kam, wurde streng überprüft. »Passkontrolle. Papiere. Fahrzeugpapiere.« Es hatte sich eine lange Schlange gebildet. Manch ein Wagen wurde rausgewunken und genauer durchsucht. »Bitte öffnen Sie den Kofferraum.« Wie früher, als es noch die klassische Ein- und Ausreise mit Zollabfertigung gab. Lange schien das her zu sein. Eine Gruppe Menschen drängte sich gerade grimmig entschlossen von französischer Seite zusätzlich zwischen die Polizeikräfte. Männer und Frauen. Sie entrollten ein riesiges Transparent: »Ihr kommt hier NICHT rein!«, war in blutroten Lettern daraufgesprüht worden. Sie pfiffen laut und schrill durch Trillerpfeifen, wurden aber sofort von mehreren Gendarmen zurückgedrängt. Ein Tumult entstand. Die Menschen skandierten die Botschaft nun laut und machten gehässige obszöne Gesten: »Ihr kommt hier *nicht* rein! Ihr kommt hier *nicht* rein!«

»Oh Gott«, sagte Annie leise. »So habe ich mir das nicht vorgestellt.«

Duval fuhr Schritttempo.

Ein französischer Zollbeamter winkte Duvals Wagen ungeduldig durch. Auf italienischer Seite standen Afrikaner in kleinen Gruppen herum. Andere saßen auf der Begrenzungsmauer, hinter der das Meer an die Felsen klatschte. Wie viele insgesamt? Zehn, fünfzehn, gut zwanzig Personen schätzte Duval. Junge schmale Männer, in europäischer

Kleidung: Jeans, Jogginghosen, Kapuzenpullis. Manche hatten Müllsäcke neben sich stehen, in denen sie vermutlich ihr Hab und Gut transportierten. Duval fuhr langsam. Annie hatte ihre Kamera aus der Tasche geholt und hielt sie auf ihrem Schoß unter einer Jacke versteckt. Sie wirkte angespannt. Ein junger Mann sprang aus dem Nichts vor ihr Auto und hielt einen Karton hoch, auf dem »Freedom« geschrieben stand. Noch bevor Duval etwas sagen konnte, hatte Annie blitzartig ihren Apparat angehoben: *klick*. Sofort tauchten andere Männer auf und umsprangen das Auto mit großen Kartonschildern. »We are humans«, »Let us go!«, Annies Auslöser machte *klickklickklick*. »Please open the border« hatte ein Mann mit blauer Farbe auf sein weißes T-Shirt geschrieben, der jetzt mit ausgebreiteten Armen vor dem Auto stand. *Klickklickklick*. Er lachte in die Kamera, als sei alles ein Spiel. *Klick*.

»*Allez, allez*, los fahren Sie weiter, hier gibt es nichts zu sehen, absolut nichts, weiter, weiter, *allez!*« Der französische Zollbeamte schlug zweimal kurz und heftig mit der Hand flach auf das Autodach, machte wilde Handbewegungen und sein wütendes Gesicht erschien neben dem Fahrerfenster. »Fahren Sie weiter, Mann!«

Jetzt holte Duval doch seinen Dienstausweis heraus und zeigte ihn vor. »Ich suche jemanden«, sagte er. Der Grenzpolizist sah ihn abschätzig an und zuckte dann mit den Schultern. »Fahren Sie weiter und klären Sie das mit den italienischen Kollegen«, knurrte er.

Die italienische Grenzpolizei stand in dunkelblauen Gruppen herum. *Polizia* stand weiß auf ihren Rücken. Niemand kümmerte sich um Duval, der seinen Wagen nur knapp hundert Meter hinter der Grenze rechts am Straßenrand abstellte. Er war auf italienischem Boden. Er hatte keinerlei Befugnisse und die italienische Polizei war im Moment nicht gut auf die französischen Kollegen zu sprechen. Aber niemand beachtete ihn. Die italienischen Beamten wirkten, als warteten sie auf einen Einsatzbefehl.

»Bleibst du hier?«

Annie nickte. Sie stellte sich hinter den Wagen und beobachtete die Szene von Weitem. Hin und wieder hob sie die Kamera und drückte ab.

Duval näherte sich einem ersten Grüppchen Afrikaner und wurde jetzt misstrauisch beäugt. Vorbei die Komödie. Die jungen Männer sahen müde und angespannt aus. Duval holte sein Smartphone heraus und suchte das Bild des toten Afrikaners vom Bijou Plage. »Kennen Sie diesen Mann?«, fragte er die Männer und hielt sein Handy hoch. Sie starrten ihn verständnislos an. Duval wiederholte seine Frage auf Englisch. »Do you know this man?« Ah. Vorsichtig betrachteten sie einer nach dem anderen das Foto auf dem Handy. Erstarrte Gesichtszüge. Abweisende Blicke. Niemand wollte gern einen Toten aus ihren Reihen sehen. Aber nein, Kopfschütteln. *No, no.* Abwehrende Handbewegungen. *No, no.* Niemand kannte diesen Mann. Auch die anderen jungen Männer, die nun teils auf Duval zugegangen, teils abwartend stehen und sitzen geblieben waren, hatten diesen Mann nie gesehen. *No, no.*

»Bist du einverstanden, wenn wir zum Bahnhof fahren?«, fragte Duval.

»Natürlich.«

Auf dem Weg sahen sie immer wieder kleine Gruppen Afrikaner, die sich nur mit einer Plastiktüte oder einem kleinen Rucksack zu Fuß zurück Richtung Ventimiglia bewegten und dabei aufmerksam die Küste betrachteten. Sie hatten aber kein Auge für das hier so wundervoll türkisblau leuchtende Meer, sondern scannten die Küste ab, immer auf der Suche nach einem möglichen Weg, entlang an diesem verdammten Meer, dessen Türkisblau ihnen dabei völlig gleichgültig war. Nur weg wollten sie, weg von hier und weiter, zunächst in das Nachbarland, das ihnen so feindselig verschlossen blieb.

Annie seufzte. »Sie suchen wirklich jede Möglichkeit. Weißt du, dass sie heute Nacht auch auf den Bahngleisen Richtung Frankreich unterwegs waren?«

»Ah wirklich? Nein, wundert mich aber nicht. Da oben haben sie es auch versucht.« Er zeigte den schroffen Berg hinauf. Gerade waren sie an einem Straßenschild vorbeigefahren, das den Weg zu dem weiter oben gelegenen Dorf Mortola Superiore anzeigte. »Da oben gibt es einen superschönen Wanderweg zwischen Menton und San Remo. Eigentlich sind es die ehemaligen Grenzpfade. Heute eine grenzüberschreitende Panoramaroute: *Sentiero Balcone* heißt er auf Italienisch. Sagt alles. Man hat die ganze Zeit einen wundervollen Blick auf die Küste und das Meer. Zumindest, wenn man tagsüber läuft und die Zeit und die Muße hat, die Landschaft zu betrachten. Nachts und mit der Angst im Nacken, entdeckt zu werden, läuft es sich vermutlich weniger entspannt.«

»Bist du den Weg schon gelaufen?«

»Nein, ich habe das nur in einem Wanderführer gelesen. Steht aber seit Langem auf meiner Liste dessen, was ich machen will, wenn ich mal Zeit dazu finde.«

»Aber woher wissen die Leute denn von so einem Wanderweg?«

»Tipps von anderen oder Google Earth. Vielleicht gibt es auch einen Bergführer, der sie leitet, was weiß ich. Not macht erfinderisch, und wo Menschen fliehen wollen, gibt es immer auch Helfer. Gegen Geld oder aus Altruismus, wie diese ›No-Border-Aktivisten‹. Und junge Männer, die aus Afghanistan oder Afrika kommen, die schreckt auch eine nächtliche Bergwanderung nicht. Die können vermutlich lange und gut laufen.«

Sie waren an der Altstadt Ventimiglias vorbeigefahren. Wie eine Festung erstreckte sich die aus dem Mittelalter stammende Stadt noch immer trutzig und pompös über einen Hügel. Dicht drängten sich die Häuser, mit den schmutzig ockergelben Fassaden und den grünen Fensterläden, neben- und übereinander bis hinauf zur alles überragenden Kathedrale. Über eine Brücke gelangten sie in den modernen, deutlich banaleren Teil der Stadt. Das Auto stellten sie in einer Seitenstraße ab und gingen das letzte Stück zu Fuß.

Es war ein Schock. Der Bahnhofsvorplatz musste bereits als Bettenlager herhalten. Dort, wo sonst Autos parkten, stand nun ein großes weißes Zelt des Roten Kreuzes. Zwei Krankenwagen standen bereit. In einer Ecke des Platzes sahen sie vier chemische Toiletten. Die italienische Polizei patrouillierte. Mitarbeiter des Roten Kreuzes eilten zwischen ausgestreckten Körpern auf Decken und Pappkartons hin und her.

Annie blieb an der Straßenecke stehen und machte von dort Fotos. Duval bewegte sich langsam zwischen den Menschen hindurch zum Eingang des Bahnhofs. Sie hatten müde und erschöpfte Gesichter. Niemand sah ihn direkt an. Überwiegend Männer, nur wenige Frauen. Zwei von ihnen hatten je ein Kleinkind an sich gedrückt.

Er betrat den Bahnhof. Menschen überall. Es war trotz der geöffneten Türen stickig und der Geruch nach den Körperausdünstungen zu vieler Menschen war beißend. Angst, Urin, Schweiß. Duval versuchte, den Ekel zu unterdrücken und nicht durch die Nase zu atmen. Es gelang ihm nicht. In einem Korridor, der früher der Durchgang zum Zoll war, reihte sich links und rechts an der Wand ein Körper an den nächsten. Auch hier wieder Kartons, die als Matratzen herhalten mussten. Gleiches Bild im Wartesaal und im gegenüberliegenden Korridor, in dem sich die Toiletten befanden. Eine krächzende, sich wiederholende Lautsprecherdurchsage machte deutlich, dass dieser Ort auch noch die klassische Funktion eines Bahnhofes mit an- und abreisenden Fahrgästen hatte. Der Weg zu den Schaltern war mit Absperrbändern notdürftig freigehalten worden.

Eine Mitarbeiterin des Roten Kreuzes beugte sich über ein Kleinkind, das einen Plastiklaster auf dem Boden herumschob. Duval blickte der apathisch danebensitzenden jungen Frau, die wohl die Mutter des Kindes war, in die Augen. Nahm sie ihn überhaupt wahr? Das Foto in seinem Handy zeigte er nicht mehr.

Er bahnte sich einen Weg nach draußen. Vor dem Bahnhof blieb er stehen und besah sich die triste Situation. Die Luft war hier besser, er atmete auf, aber kaum machte er zwei Schritte nach links, waberte erneut eine Urinwolke um ihn herum. Lange und heftig atmete er aus und versuchte eilig die Cafés auf der anderen Seite des Platzes zu erreichen. Ein kleiner Espresso wäre nicht schlecht. Er sah sich nach Annie um. Sie kam ebenfalls aus dem Bahnhof und blieb suchend stehen. Er machte ihr ein Zeichen.

»Einen Espresso?«, fragte er.

»Ja, aber nicht hier«, sie zog ihn von dem Stuhl, auf den er sich bereits gesetzt hatte.

Er sah sie verwundert an. »Irgendwo anders«, sagte sie ohne weitere Erklärung und lief energisch ein paar Stufen zu einem unterhalb liegenden Platz hinunter. Vor einem kleinen Café blieb sie stehen und machte eine einladende Geste. »Hier vielleicht«, schlug sie vor.

»Was ist hier so anders?«, fragte Duval und setzte sich.

»Ich hatte gerade miterlebt, wie der Besitzer ein paar arabisch aussehende Jungs verscheucht hat. Ich kann das nicht ertragen«, sagte sie, »diesen Rassismus.«

»Die Situation hier ist sicher nicht einfach, für niemanden. Die sind seit Wochen belagert. Ich habe keine Ahnung, aber ich vermute, dass dort kaum noch jemand zum Kaffeetrinken oder zum Essen kommt. Mit Blick auf dieses Elend.«

»Umso mehr hätte er die Jungs ja bedienen können.«

Duval sagte nichts. Drei Flüchtlinge arabischer Herkunft, die stundenlang bei einem Espresso in einem Café sitzen und zusätzlich die kleine Toilette als Badezimmer nutzten, waren sicher nicht die Klientel, die der Besitzer der Bar sich wünschte.

Hier allerdings, nicht mal 50 Meter vom Bahnhof entfernt, war die Situation absurd heiter. Menschen tranken Kaffee oder bereits ein Gläschen Wein zum *Apéro*, plauderten und genossen sorgenlos die Sonne: Nichts, aber auch gar nichts war hier noch von dem Elend vor dem Bahnhof zu spüren.

Der Espresso an frischer Luft tat Duvals aufgewühltem Magen gut. Annie zeigte ihm die Aufnahmen, die sie gemacht hatte. »Schau mal«, sagte sie, »das habe ich im Bahnhof aufgenommen. Es kam gerade der Regionalzug nach Frankreich und auf eine der Türen war ein großes Graffito gesprayt: ›*cherche futur*‹. Das ist doch ein super Motiv bei all den Leuten, die eine Zukunft suchen, oder?«

»Hm«, Duval nickte und sah auf seine Uhr. »Was wollen wir machen, Annie? Wollen wir hier essen oder zu deiner Mutter nach Menton fahren?«, fragte er, obwohl sein Magen noch empfindlich rumorte von all den Gerüchen.

»Im Moment ist mir der Appetit ehrlich gesagt vergangen. Ich verstehe nicht, wie du jetzt an Essen denken kannst.«

»Na ja«, gab Duval zurück. »Du wirst jetzt nicht anfangen zu hungern, um auf die Situation der Flüchtlinge aufmerksam zu machen, oder? Irgendwann müssen wir etwas zu Mittag essen.«

»Was das Essen angeht, bist du schrecklich pragmatisch, Léon«, seufzte Annie.

»Ich habe eben einfach irgendwann Hunger«, zuckte er die Achseln. »Wir können ja vorher noch ein Stück laufen«, schlug er vor. »Bis zum Meer ist es nicht weit.«

Der Spaziergang am Meer allerdings schaffte es auch nicht, Annies gedrückte Stimmung zu verbessern. Alle paar Meter saßen entlang der Strandpromenade fliegende Händler, die abwechselnd imitierte Luxus-Uhren, Sonnenbrillen oder Selfie-Sticks anboten. Der neueste Trend war eine kleine Handnähmaschine, die aussah wie eine Heftmaschine und ausschließlich Annie angeboten wurde. Sogar Regenschirme wurden ihnen an diesem strahlenden Sonnentag entgegengestreckt. »Es regnet doch gar nicht«, meinte Annie, deren Lächeln die Verkäufer ermutigte, zu insistieren. »Funktioniert auch gegen Sonne«, erklärte der schlaksige Afrikaner verschmitzt und zeigte, wie stabil der Schirm sei, indem er ihn öffnete und schloss und die Automatik beim Öffnen immer wieder knallen ließ.

»Oh nein«, Annie blieb unvermittelt stehen. »Schau mal! Flüchtlinge auch hier.« Sie zoomte sie mit ihrer Kamera heran. Kleine Männergruppen saßen auf dem Kieselstrand am Ende der Promenade, wo es keine Strandcafés mit aufgestellten Liegestühlen mehr gab. Sie schwenkte die Kamera langsam und entdeckte immer mehr Menschen auf dem schmaler werdenden Ausläufer des Strandes, der dort endete, wo der Fluss Roya, der die Altstadt Ventimiglias von der Neustadt trennte, ins Meer mündete. Annie betrachtete die Szene durch ihr Zoomobjektiv. Die Männer saßen oder lagen in kleinen oder größeren Gruppen zusammen und starrten aufs Meer oder dösten.

»Lass uns gehen«, sagte Annie. »Lass uns nach Menton fahren. Wir können sicher bei Maurizio essen. Du zumindest. Ich weiß nicht, ob ich etwas runterkriege.«

Sie schwiegen lange auf dem Weg nach Menton. Annie betrachtete auf dem Display ihrer Kamera wieder und wieder die Fotos, die sie gemacht hatte. Lange sah sie die Aufnahmen der Frauen mit den Kleinkindern an. »Was für ein Elend!«, sagte sie bedrückt. »Da hängen sie an diesem blöden Bahnhof fest. Was soll das, die Grenzen dichtzumachen? Hast du gesehen, wie müde sie aussahen?«

»Ja, es ist ein Elend, ich stimme dir zu. Aber ich weiß auch keine Lösung. Wir können doch nicht das ganze Armenhaus der Welt aufnehmen.«

»Das gesamte Armenhaus! Davon ist doch gar nicht die Rede und davon sind wir auch weit entfernt. Weißt du, wie wenige Flüchtlinge Frankreich aufgenommen hat?«, ereiferte sie sich. »Es ist eine Schande!«

»Es ist besser als nichts. Immerhin haben wir Flüchtlinge aufgenommen, so viele, wie wir korrekt aufnehmen können. Es hilft doch nichts, wenn wir Menschen aufnehmen und sie dann wieder dem Elend überlassen. Die Krisensituation in Frankreich wird davon auch nicht besser. Was soll denn langfristig mit denen passieren? Wo sollen sie denn arbeiten? Hast du die aktuelle Statistik zur Arbeitslosigkeit gesehen?«

»Krise, Krise ...« Annie verdrehte die Augen. »Und Italien hat keine Krise? Und Griechenland? Hast du die Italiener gesehen? Dieses Land hat nur Küste. Genau wie Griechenland. Und Krise noch und noch. Und dennoch sind sie großzügig und menschlich.«

»Na ja, so menschlich, wie du meinst, ist es auch nicht überall in diesen Ländern.« Er dachte an die Bilder von der Situation in einem Lager in Griechenland, die er im Fernsehen gesehen hatte. »Beantworte mir nur eines: Wo sollen sie arbeiten, Annie? Meinst du, es ist eine Lösung, wenn sie alle irgendwo Sonnenbrillen oder Regenschirme verkaufen wie in Ventimiglia? Alle drei Meter ein anderer Verkäufer? Ein Afrikaner, ein Tamile, dann wieder ein Afrikaner? Und wer soll das alles kaufen? Willst du jeden Tag eine neue Sonnenbrille kaufen, nur um irgendeinem armen Teufel vorzugaukeln, dass seine Geschäftsidee funktioniert?«

Annie schwieg. »Trotzdem«, sagte sie irgendwann. »Jedes andere Land ist großzügiger und menschlicher mit den Flüchtlingen als unseres. Ich schäme mich für Frankreich. Hast du Deutschland gesehen? Eine erzkonservative Bundeskanzlerin, aber sie hat menschlich gehandelt! Und wir haben einen linken Präsidenten und machen die Grenzen dicht! Pah! Was für eine Schande!«

»Na, so rosig sieht's in Deutschland auch nicht mehr aus.

Dort sind die Aufnahmekapazitäten erschöpft und die Grenzen schließen sich auch. Und die Begeisterung für die Flüchtlingshilfe hat sich gelegt. Weißt du, wie viele Menschen dagegen demonstrieren?«

»Und weißt du, wie viele Menschen sich ehrenamtlich dafür engagieren, ohne dass man es ständig zeigt?«, gab Annie giftig zurück.

»Wenn wir die Grenzen aufmachen, lassen wir automatisch auch das ganze terroristische Gesocks rein. Reicht es dir noch nicht, mit den Attentaten?«

»Ach, das ist doch alles Quatsch. Hast du die Leute am Bahnhof gesehen? Das sind doch keine Terroristen. Es könnten allerdings zukünftig welche werden, wenn wir sie weiterhin hängen lassen. Sollen sie in ihrem eigenen Land verhungern? Oder sich erschießen lassen? Ich würde auch gehen wollen, wenn hier Krieg wäre.«

Duval schwieg.

»Du nicht?«

Er schüttelte den Kopf. »Nein, ich glaube nicht.«

»Und wenn man dich verfolgte? Ins Gefängnis steckte? Deine Familie umbringen wollte?«

»Ich weiß es nicht, Annie. Ich bin zum einen Polizist und zum anderen bin ich irgendwie fatalistischer eingestellt. Dies ist mein Land. Was soll ich woanders? Warum sollte ich wegrennen, wenn es hier nicht gut läuft?«

»Du würdest dich also brav wie ein Lamm abschlachten lassen?«

Duval seufzte.

»Was?«, fragte sie aggressiv.

»Du bist so dramatisch, Annie. Nein, das sage ich auch nicht. Aber ich glaube nicht, dass ich fliehen würde. Und die meisten fliehen ja auch nicht vor dem Krieg.«

»Und wenn schon. Alle Menschen haben ein Recht auf eine menschenwürdige Zukunft! Sind nicht sogar deine Urgroßeltern deswegen aus Italien nach Frankreich gekommen?« Sie sah Duval streng an. »Und würdest du nicht dasselbe machen für deine Kinder? Würdest du die nicht beschützen oder ihnen wenigstens eine bessere Zukunft geben wollen?«

»Annie, hör auf, was sollen denn diese pathetisch-theoretischen Gedanken-Konstrukte? Ja, meine Urgroßeltern kamen zum Arbeiten nach Frankreich. Aber damals gab es noch Arbeit, verstehst du?! Und natürlich will ich, dass meine Kinder eine gute Zukunft haben. Schon deswegen will ich, dass die Grenzen wieder überwacht werden, damit nicht alle und jeder hier einfach so in mein Land, in das Land, in dem meine Kinder eine Zukunft haben sollen, hineinspazieren kann. Es ist wie im Flugzeug. In einer Notsituation hilft man erst sich und wenn man in Sicherheit ist, hilft man den anderen.«

»Aber Frankreich IST doch in Sicherheit. Wir könnten doch noch Menschen aufnehmen.«

»Annie!« Duval klang genervt. »Frankreichs Wirtschaft ist in einem kritischen Zustand und die Kassen sind leer, ich sehe schwarz, was unsere Zukunft angeht.«

Annie schwieg eine Weile. Sie sah verärgert aus. »Warum hast du dein Foto nicht mehr gezeigt«, fragte sie schließlich.

»Ich glaube nicht, dass unser Toter ein Flüchtling von hier ist. Eine andere Ethnie. Die Leute, die wir gerade gesehen haben, kommen vermutlich aus dem Sudan oder aus Eritrea. Sie haben ganz andere Gesichtszüge und sind viel schmaler. Hast du gesehen, wie jung sie alle sind? Der Mann, den wir am Bijou Plage gefunden haben, ist viel älter. Und er ist groß und kräftig. Ich denke, er ist Senegalese oder Ivoirien. Und Madame Marnier hatte vielleicht recht und es ist möglicherweise einer der Straßenhändler.«

»Und? Hat es euch geschmeckt?«

»*Delizioso!*«, sagte Annie schwelgerisch und leckte noch etwas von der cremigen *torta al limone* von dem Dessertlöffel. »Maurizio, Sie sind ein Chefkoch! Ein Sternekoch würde ich meinen.«

»Siehst du, du konntest doch etwas essen!« Maurizio Catalanotti sah zufrieden aus. Das wäre ja auch noch schöner gewesen, seine Küche zu verschmähen. »Aber Annie, sag ›Du‹ zu mir, bitte, warum sagst du nicht schon längst ›Du‹ zu mir? Wir kennen uns doch schon so lange. Und du hättest schon lange kommen sollen und uns deinen *amoroso* vorstellen sollen, eh, was sagst du, *principessa?*« Er sprach mit Annie und Annies Mutter gleichzeitig und warf Duval verschmitzte Blicke zu. »Sie sind also *polizia*, ein *commissario*, ja?«

Duval nickte. Sie hatten in dem kleinen Restaurant *Il girasole* am Fuße der Altstadt von Menton ausgezeichnet gegessen. Maurizio Catalanotti hatte es sich nicht nehmen lassen, sie persönlich zu bewirten. Der klassische Salade Chèvre chaud mit Ziegenkäsecrostinis wurde mit ein paar frischen Himbeeren geschmacklich zu einer kleinen Überraschung. »Und Balsamico!«, hatte Maurizio Catalanotti erklärt. »Aber wirklich guten Balsamico! Nur ein paar Tropfen genügen. Ich bevorzuge weißen Balsamico, er macht nicht aus allem eine braune Soße.«

Danach servierte er ihnen ein Petersfischfilet an einer bittersüßen Soße aus Zitrusfrüchten und zum Dessert gab es eine italienische Variante einer *tarte au citron*. »Aber natürlich mit den Zitronen von Menton! Diese Zitronentarte ist also eine italienisch-französische Mischung, *perfetto!*« Er zwinkerte ihnen zu. »Wir haben einen Zitronenbaum im Garten, das ist wundervoll, so habe ich immer meinen eigenen hochwertigen Zitronenvorrat. Ich bin mein eigener *producteur*! Zitrone ist nämlich nicht Zitrone, das kann ich Ihnen sagen. Aber mit diesen Zitronen hier kann man alles machen. Nachher lasse ich Sie meinen Limoncello probieren.« Maurizio hörte nicht auf zu reden.

»Und jetzt einen echten italienischen *caffè?*«, fragte er in seinem italienisch gefärbten Französisch und sprach *caffè* dabei auf italienische Art aus.

»Oh ja, das wäre schön.«

»Wie möchten Sie ihn, *commissario? Ristretto?*«

»Ah, nein, ganz normal, bitte.«

»Normal, aber italienisch?«, fragt er nach.

Duval nickte. »Sicher, gern.«

»Kein Problem *commissario*, und Annie, wie möchtest du deinen Espresso?«

»Kann ich vielleicht eine *Noisette* haben?«

»Ah, *les français*, aber sicher, eine *noisette*, wir sagen *macchiato, un caffè macchiato*, aber *noisette*, ein Haselnüsschen ist natürlich poetischer als ein Fleck in einem Kaffee, kein Problem, Annie, kommt sofort.«

Kurz darauf kam er mit einem Tablett wieder, beladen mit den verschiedenen Espressi, Limoncello und kleinen Schokoladetäfelchen in unterschiedlichen Kakaointensitäten. Er plauderte im Vorübergehen noch mit den anderen Gästen und setzte sich dann zu Annie und Duval. »Wirklich schön, dass du endlich mal vorbeigekommen bist, Annie!« Er strahlte und tätschelte ihr den Arm. »Nini, komm, lass das doch mal und setz dich zu uns«, rief er Annies Mutter hinzu, die irgendwo im Hintergrund leise, aber hörbar werkelte.

»Ich komme gleich!«, rief Annies Mutter.

»Deine Mutter heißt auch Annie?«, fragte Duval halblaut.

»Nein, sie heißt Denise. Aber aus unseren beiden Namen kann man schön die Koseform Nini machen.«

»Annie heißt nach ihrer Urgroßmutter«, erklärte ihre Mutter, die die letzten Worte aufgeschnappt hatte. »Ist ein bisschen ungewöhnlich, dieser altmodische Name für ein Mädchen ihrer Generation. Uns hat es damals gefallen, einen Namen aus der Familie zu nehmen, und meine Großmutter, Annies Urgroßmutter, war eine moderne Frau. Sie war Grundschullehrerin und für ihre Generation sehr gebildet. Aber dann haben eben alle auch aus diesem Vornamen sehr schnell Nini gemacht.« Denise zuckte mit den Schultern und machte ein strenges Gesicht. »So ist es eben. Man sucht mühsam einen Vornamen und dann wird er zu einer debilen Koseform verunstaltet.« Das Letzte hatte sie mit einem strengen Ton gesagt.

»Oh Nini!« Maurizio Catalanotti empörte sich. »Es ist doch nicht debil, wenn ich dich Nini nenne!«

»Nein, finde ich auch nicht«, stimmte Duval zu. »Ich finde Nini sehr charmant.« Er sah Annie liebevoll an.

»Ah, Léon, Sie gefallen mir!« Maurizio Catalanotti schlug Duval kumpelhaft auf die Schulter. Er stutzte, als er den dunklen Fleck an Duvals Hals entdeckte, und Duval stellte automatisch den Kragen seins Poloshirts erneut auf. Maurizio Catalanotti zwinkerte Duval verschwörerisch zu und schlug ihm noch einmal auf die Schulter. »Ahlala«, machte er dazu. »Möchten Sie noch einen *caffè* vielleicht? War er gut, der *caffè*?«

»*Allez*, warum nicht. Er war ausgezeichnet, der Espresso. Sehr italienisch.«

Catalanotti war schon aufgesprungen »Und du, Annie?«

Annie schüttelte den Kopf. »Danke nein, aber er war wirklich sehr gut.«

»*Ah oui*, wir Italiener können guten Kaffee machen, das kriegen die Franzosen einfach nicht hin.«

Warum eigentlich nicht, fragte sich Duval. An der Technik konnte es ja wohl nicht liegen. Die großen Espressomaschinen funktionierten doch überall gleich. Er stellte die Frage dann auch Maurizio, als der mit einem zweiten Espresso wiederkam. »Ah, der Kaffee ...«, setzte Maurizio Catalanotti an, »wissen Sie, Léon, mit dem Kaffee ist es wie mit dem Wein. Italienischer Wein ist italienischer Wein, französischer Wein ist französischer Wein. Ist anders und den Unterschied schmeckt man.« Er zuckte mit den Schultern. »Und mit dem Kaffee ist es genauso. Italienischer Kaffee ist eben italienischer Kaffee. Ist so.« Aber dann fügte er dennoch eine Erklärung hinzu. »Schauen Sie, das fängt mit der Kaffeebohne an. In Frankreich machte man traditionell Kaffee aus der Robusta-Bohne. Das hat mit den ehemaligen Kolonien zu tun. Frankreich hatte Kolonien in Westafrika und in Indochina und dort gedieh wegen klimatischer Gegebenheiten eben nur diese Robusta-Bohne. Also haben sich die Franzosen an diesen Kaffeegeschmack gewöhnt. Wir in Italien machen Kaffee aus der Arabica-Bohne, die kam früher aus Ostafrika, Äthiopien zum Beispiel, da hatten wir Italiener unsere Kolonien. Und so beeinflusst unsere jeweilige koloniale Vergangenheit bis heute unseren Kaffeegeschmack, unglaublich nicht?« Er zwinkerte kurz mit den Augen. »Aber Robusta-Kaffee ist nicht schlechter, nur anders. Ich habe zum Beispiel einen Kaffeelieferanten, der mir eine Mischung aus Arabica-Bohnen mit einem kleinen Anteil Robusta-Bohnen liefert. Aber natürlich ist es nicht nur das, es kommt auch auf die Röstung an. Und da, das muss ich einfach sagen, da sind wir Italiener einfach noch Spezialisten.« Er machte eine kleine Kunstpause. »Denn wir in Italien, wir haben noch viele kleine Kaffeeröstereien, die alle ihre eigene Tradition haben!« Er sah jetzt stolz von einem zum anderen. »Andere Bohne, andere Röstung, das ergibt einen vollkommen anderen Kaffee, *basta così*!« Er machte eine Geste mit den ausgebreiteten Händen und zog eine Grimasse. »Ich kaufe meinen Kaffee daher in Italien. Denn der sogenannte italienische Kaffee, den man in Frankreich kaufen kann, das ist italienischer Kaffee für den Export und das ist ab-so-lut nicht dasselbe!« Er schüttelte abschätzig den Kopf. »Aber das ist so, weil die Franzosen ihren Kaffee so lieben, wie sie ihn gewohnt sind. Schon immer. Ist eben Geschmackssache.« Er zuckte die Achseln. »Die Franzosen wollen im Alltag nicht wirklich italienischen Kaffee, sie wollen vielleicht Kaffee ›Italian Style‹ oder ›Goût Italien‹ haben, aber eigentlich soll er so schmecken wie immer, denn der Franzose mag seinen französischen Kaffee. Da sollte man sich nicht täuschen. *Sie* mögen vielleicht italienischen Espresso«, sagte er zu Duval gewandt, »aber die meisten Franzosen sind nicht zufrieden mit dem Kaffee, den ich ihnen mache.« Er schüttelte den Kopf. »Ist so. Kann man nicht ändern. Ist kulturell. Wir Italiener lieben den Kaffee. Wir lieben es, Kaffee zu machen. Ich persönlich finde, der Espresso am Ende, er ist das Letzte, was von einem Essen bleibt. Der Geschmack, den der Gast mitnimmt. Der kann alles verderben, wenn er nicht gut ist. Die ganze Erinnerung an ein gutes Essen geht dahin. Deswegen ist mir ein guter Espresso am Ende so wichtig. Aber die meisten Franzosen finden ihn gar nicht gut. Schütten Wasser dazu, damit die Tasse voll ist. Furchtbar, aber was wollen Sie machen? Ich frage also immer, wollen sie ›italienischen *caffè* oder französischen *café*‹, und …«, er breitete die Arme zu einer hilflosen Geste aus, »und was glauben Sie?« Er sah mit gespielt fragendem Blick von Annie zu Duval, »*eh ben*, die meisten wollen eine volle Tasse, was wollen Sie machen, so ist es eben.« Er machte eine abschließende Geste mit den Händen.

»Aber jetzt erzählt ihr mal, was habt ihr heute in Menton gemacht?« Maurizio wechselte das Thema. »Wart ihr schon in der Altstadt? Die Altstadt ist sehr schön! Viel sauberer als in Ventimiglia, das muss ich leider sagen. Und es gibt all die schönen Parks und Gärten. Und wir haben ja jetzt auch dieses neue Museum, deine Mutter mag es sehr, Annie, wie heißt es noch, Nini, dieses Museum?«, wandte er sich an Denise.

»Cocteau« , ergänzte sie, »das Musée Jean Cocteau. Ganz fantastisch«, fügte sie hinzu, »aber ich würde an eurer Stelle eine Führung machen, sonst ist man doch ein bisschen allein mit all den Exponaten, also wenn man sich nicht so mit Cocteau auskennt, meine ich …« Sie lächelte vor allem Duval gewinnend an, in dem sie zu Recht keinen Cocteau-Experten vermutete, und schien schon zu einem kulturbeflissenen Vortrag ansetzen zu wollen, als Annie sie ungeduldig unterbrach.

»Nein, Maman, wir machen leider gar nichts dergleichen. Kein Tourismus, kein Cocteau. Wir waren dort«, sie zeigte mit dem Finger Richtung Grenze, die von hier zwar nicht sichtbar, aber zu erahnen war. In einer Viertelstunde zu Fuß könnte man sie locker erreichen. »Wir sind wegen der Situation der Flüchtlinge an der Grenze hier«, fügte sie dann deutlicher hinzu.

»Oh«, machte Annies Mutter und schwieg betroffen.

»Ah, schreibst du darüber?« Maurizio sah sie ernst an.

»Nein, das heißt«, sie überlegte kurz, »ja, vielleicht, warum nicht. Ich habe zumindest keinen Auftrag, sagen wir so. Aber ich wollte mir schon lange selbst einen Eindruck verschaffen. Das ist es vor allem.«

»Und Sie *commissario*? Sie haben sie begleitet?«

Noch ehe Duval antworten konnte, war Annie ihm zuvorgekommen. »Nein, es ist eher so, dass ich Léon begleitet habe. In Cannes ist ein Afrikaner tot am Strand aufgefunden worden und es hätte gut einer der Flüchtlinge sein können. Léon wollte rausfinden, ob einer der Flüchtlinge hier den Toten kannte.«

»Ach, diese armen Menschen.« Maurizio Catalanotti verzog sein Gesicht schmerzhaft. »Und mein armes Land ...«

»Ja«, Annie stimmte ihm zu. »Das habe ich vorhin auch zu Léon gesagt. Es ist eine Schande, dass wir Franzosen die Grenzen dichtgemacht haben und Italien mit all den Flüchtlingen alleinlassen.«

»Genau.« Maurizio ereiferte sich. »Natürlich bleiben sie bei uns irgendwo hängen, wir haben ja quasi nur Küste. Und wir Italiener sind großzügig, wir haben ein Herz, wir helfen überall, nicht so wie ... die Franzosen.« Er sah niemanden an. »Ich verstehe nicht, warum ihr Franzosen euch so anstellt«, brummelte er. »Die Menschen wollen ja nicht mal in Frankreich bleiben, die allermeisten wollen nur durch, um nach Deutschland zu kommen oder nach Skandinavien. Und wir müssen sie trotzdem festhalten. In Ventimiglia sind langsam alle müde und ich kann meine Landsleute verstehen. Im Laufe des letzten Jahres hatten wir mehr Flüchtlinge an der Grenze, als Ventimiglia Einwohner zählt!«

»Du fühlst dich noch als Italiener, Maurizio?«, fragte Annie. »Du lebst doch schon so lange in Frankreich.«

»Ja, natürlich bin ich Italiener. Ich lebe in Frankreich, aber ich bleibe doch Italiener. *Je suis rital et je le reste*«, begann er zu singen. »Kennst du doch, das Lied von Claude Barzotti? Das bin ich«, grinste er, »ich bin in Italien geboren und aufgewachsen. Ich kam nach Frankeich, um bessere Arbeitsbedingungen zu haben. Ich bin auch ein Flüchtling, wenn du so willst. Sogar ein böser Wirtschaftsflüchtling. Denn so schön wie mein Land ist, so kaputt ist es auch. Mafia, Korruption, alles ist unterwandert. Ich hatte es satt.«

»Und hier ist es besser?«, fragte Duval vieldeutig.

»Na ja«, Maurizio grinste kurz und wurde wieder ernst. »Doch schon. Man hat das Gefühl, dass grundsätzlich alles noch funktioniert. Der Staat, die Stadt. Die Leute haben noch ein bürgerliches Gewissen, halten sich noch an Regeln, zahlen Steuern. In Italien zahlt niemand Steuern. Man kümmert sich um seine Familie, seine Freunde, der Rest ist einem egal.« Er seufzte. »Es ist aber auch teurer, das Leben hier, die Mieten sind doppelt so hoch wie in Ventimiglia, und die Menschen ...«, er stockte, er wollte ja niemanden beleidigen. »Wir Italiener sind vielleicht chaotisch, aber ich finde, wir haben doch mehr Herz«, sagte er schließlich, sah aber keinen der Franzosen direkt an. »Egal«, fügte er dann schnell hinzu, »ich bin hier und es ist auch gut. Aber ich konnte ja legal kommen. Und ich kann diese Menschen durchaus verstehen. Die wollen eben auch eine bessere Zukunft.«

»Genau, schaut mal ...«, Annie zeigte wieder das Foto mit dem Grafitto »Cherche Futur«.

»Ja, aber die finden sie hier doch nicht. Nicht mehr vielleicht. Es ist doch unrealistisch, was all die Leute sich vorstellen.« Duval war streng. »Die haben doch keine Ahnung, auf was sie sich einlassen. Skandinavien.« Duval verdrehte die Augen. »Was wollen Eritreer bitte schön in …«, er suchte nach einem skandinavisches Land, »was weiß ich, in Finnland? Die haben doch keine Ahnung, was sie dort erwartet, weder kulturell noch von den Temperaturen und der Dunkelheit im Winter. Von der Sprache mal ganz abgesehen.«

»Na, aber schon alleine in Sicherheit zu sein in einem Land, das ist doch schon mal was«, empörte sich Annie. »Nicht verfolgt zu sein. Die Juden sind im Zweiten Weltkrieg auch in die absonderlichsten Länder ausgereist, nur um vorübergehend in Sicherheit zu sein. Und wer sagt denn, dass man in Finnland nicht glücklich sein kann?«

Duval schüttelte zweifelnd den Kopf. »Ich glaube nicht, dass das funktioniert. Dann ist man in Sicherheit und was sonst? Gut, die Leute, die aus einem Kriegsgebiet fliehen, wollen vielleicht wirklich nur vorübergehend in Sicherheit sein und nach ein paar Jahren wieder zurück, schön und gut. Aber es gibt doch all die, die aus wirtschaftlichen Gründen kommen. Die wollen bleiben, aber letzten Endes kommen sie in ein Land, dessen Geschichte, Kultur und Struktur und vor allem dessen Sprache sie nicht verstehen. Und das zusätzlich klimatisch eine Zumutung ist. Das wird nicht gut gehen. Das kann nicht gut gehen.«

»Na, jetzt mach mal einen Punkt. Die Skandinavier leben sehr gut in Skandinavien. Von wegen klimatisch eine Zumutung! Und die Sprache und die Kultur. Das kann man doch alles lernen. Die meisten Flüchtlinge sind doch jung, die wollen sich hier integrieren. Und Englisch spricht man doch heute fast überall. Vor allem in Skandinavien.«

»Ich glaube, du täuschst dich, Annie, die Skandinavier leben mit ihrer Kälte, dem Schnee und der Dunkelheit, weil es in ihrem Land so ist. Aber das sucht man sich doch nicht freiwillig aus, vor allem nicht, wenn man aus Schwarzafrika kommt.«

»Nein«, ereiferte sich Annie, »sie kommen auch nicht freiwillig, sie kommen aus Not, diese Menschen! Verstehst du das?«

Duval ging nicht darauf ein. »Und ich glaube nicht, dass deren erste Sorge die Integration ist. Ich denke, die machen sich keine Vorstellungen davon, wie anders das Leben in Europa ist. Sie wollen raus aus ihrem Land in eine bessere Welt und Europa ist so ein Schild mit blinkender Leuchtschrift in ihren Träumen. Das Paradies. Europa ist generell nur eine vage Idee. Sie haben davon gehört, dass wir in Europa Sozialleistungen zahlen, ohne zu verstehen, dass dieses System nicht unendlich strapaziert werden kann. Es müssen auch Leute in das Sozialsystem investieren.«

»Ja, aber sie wollen doch arbeiten!«, empörte sich Annie erneut. »Nur lässt man sie in Frankreich nicht. Asylbewerber dürfen nicht arbeiten.«

»Ja, aber *wo* denn, Annie? Wo denn? Ob qualifiziert oder unqualifiziert, es gibt doch keine Arbeit. Siehst du das nicht?«

Maurizio Catalanotti nickte. »Ja, es stimmt. Es gibt immer weniger zu tun. In Menton suchen selbst die Hotels für die Saison immer weniger Leute. Und die suchen Servicekräfte, Zimmermädchen, Wäscherinnen, Spüler und Aushilfen für die Küche. Für drei, vier Monate und dann? Und …«, fügte er dann hinzu, »die Abgaben sind so gestiegen, Steuern für dies und das, ich zahle hier Steuern, das könnt ihr glauben! Und die Sozialleistungen, die ich zahlen muss für meine Aushilfskräfte«, er schüttelte den Kopf, »ich kann auch niemanden zusätzlich einstellen, auch wenn ich das möchte.

Höchstens schwarz, aber nix da, mache ich nicht!« Er machte eine mahnende Geste mit erhobenem Zeigefinger. »Als Italiener bin ich der Erste, der hier kontrolliert wird. Kaum läuft es bei mir gut, kriege ich eine Kontrolle vom Finanzamt. Die Nachbarn mögen nicht, wenn es einem Ausländer besser geht als ihnen. Sagt natürlich keiner. Alle sind freundlich, *bonjour* Maurizio, *ça va* Maurizio, aber irgendein *salaud* zeigt mich ständig wegen irgendwas an. Glaubt mir, gerade ich kann mir hier keine krummen Geschäfte leisten.«

»Echt, ist das so?« Annie sah fragend von ihrer Mutter zu Maurizio. Annies Mutter nickte leicht.

»Ja, aber wir kommen schon klar, nicht wahr, Nini?« Maurizio sah seine Denise liebevoll an und tätschelte ihren Arm. »Deine Mutter hilft mir bei allem, wir sind ein gutes Team«, beteuerte er.

Denise sah halb stolz, halb verlegen aus.

»Aber lasst uns das Thema wechseln. Probiert lieber mal meinen Limoncello, bevor er zu warm wird.« Maurizio Catalanotti schenkte jedem ein kleines Gläschen des hellgelben und dickflüssigen Zitronenlikörs ein. »Salute!«, sagte er und hob sein Glas. »Auf ... auf ...«, er überlegte kurz. »Auf die Liebe!«, sagte er dann entschieden.

»Auf die Liebe zwischen allen Menschen!«, setzte Annie hinzu.

Duval verzog ein bisschen das Gesicht.

»Wir könnten auch auf den Weltfrieden trinken«, setzte sie noch eins drauf und sah Duval herausfordernd an.

Duval reagierte nicht darauf. »Ich trinke gern auf die Liebe!«, sagte er dann, hob das Glas und nickte allen zu.

»Auf die Liebe!«, rief nun auch Denise feurig und prostete erst Maurizio und Annie, dann Duval zu, dem sie zusätzlich ein großes Lächeln mit aufgerissenen Augen schenkte.

Duval trank seinen Limoncello in einem Zug. »Oh!«, japste er dann, hustete und krümmte sich. »Der ist stark!«

»Aber ja! Der ist selbst gemacht. Das ist was anderes als der gekaufte Limoncello«, bestätigte Maurizio stolz, während Denise Duval mehrmals hektisch auf den Rücken klopfte. »Geht's wieder?«

»Merci, Madame«, Duval richtete sich wieder auf.

»Denise, sagen Sie Denise zu mir, ich bitte Sie!«

»Denise«, wiederholte Duval folgsam.

Annie hatte nur genippt und nickte nun. »Wirklich fein, was du aus den Zitronen so alles zauberst.«

»Ich mache noch viel mehr, Zitronensorbet zum Beispiel. Möchtest du probieren?«

Annie schüttelte den Kopf. »Ich kann nichts mehr essen, wirklich nicht.«

»Aber ein Sorbet ist genau dafür gemacht. Es macht Platz im Magen.«

»Nein, nein, wirklich nicht. Beim nächsten Mal probieren wir das, Maurizio, versprochen.«

»Ah, nächstes Mal, das muss aber wirklich bald sein. Nicht dass wir dich wieder erst in drei Jahren sehen.«

»Aber das stimmt doch gar nicht«, wehrte Annie ab.

»War nur ein Scherz, Annie, nur ein kleiner Scherz. Aber wir haben dich wirklich nicht mehr gesehen, seitdem du in den Bergen bist. Erzähl mal, wie geht es dir dort? Was machst du da oben eigentlich? Langweilst du dich nicht?«

»Nein«, Annie schüttelte den Kopf, »also meistens nicht, sagen wir so. Es ist eine andere Welt, ein anderer Rhythmus, das ist vielleicht das Schwierigste, dass alles so langsam läuft ...« Und sie begann aus ihrem Alltag als Journalistin im Hinterland zu erzählen.

3

»Villiers! Wenn alle da sind, tragen wir mal zusammen, was wir haben«, rief Duval über den Flur. Kurze Zeit später fanden sich Léa Leroc, Michel LeBlanc und Noah Villiers in Duvals Büro ein.

Villiers nahm die Kanne aus der Kaffeemaschine und wollte sich einen Kaffee einschenken, aber es kam nichts heraus.

Er drehte sie auf den Kopf, aber die Kanne war offensichtlich leer.

»Léa, du hast schon wieder vergessen, Kaffee zu kochen«, sagte er streng.

»Ich geb dir gleich Kaffee kochen«, empörte sie sich, »das kannst du schön selbst machen.«

»Ich kann das nicht. Wie viel muss ich nehmen?«, fragte er gespielt hilflos und hielt ihr die Dose hin. Sie verdrehte die Augen.

»Oh!«, rief Villiers nun, als er die Dose geöffnet hatte. »Es ist gar kein Kaffee mehr da!« Er zeigte die leere Dose. »Léa!«, sagte er vorwurfsvoll. »Da hättest du dich wirklich drum kümmern können.«

»Idiot«, zischte sie.

»Oh, Schätzchen, ich mache nur Spaß«, lenkte Villiers ein. »Komm, ich gebe dir einen Automatenkaffee aus, wer will noch einen?«

Duval nickte. LeBlanc schüttelte den Kopf. »Nicht für mich, danke.«

»Alles in Ordnung, Michel?« Duval sah LeBlanc prüfend an. Der rundliche Mann mit dem schütteren Haar war nie wirklich sonnengebräunt, aber er wirkte heute noch blasser als sonst und es schien Duval, als habe er abgenommen.

»Jaja«, wehrte LeBlanc ab.

»LeBlanc macht Detox«, witzelte Villiers, »Ingwertee mit einem Spritzer Zitrone. Hat ihm Mimi verordnet«, spottete Villiers weiter.

Duval sah LeBlanc fragend an. Der winkte verärgert ab.

»Können wir?«, rief Duval Richtung Flur, wo der Kaffeeautomat schon mehrmals sein summendes Geräusch hatte hören lassen. Das Rückgeld klackerte hinter dem Metall-Kläppchen.

»*Et voilà*«, Villiers stieß die Tür mit dem Fuß auf, da er die drei Pappbecher mit beiden Händen zusammenhielt, dann tänzelte er mit einem weichen Hüftschwung in Duvals Büro und sang schmelzend ein spanisches Lied voller *tristeza, amor* und *noche* und reichte Léa mit großem Augenaufschlag ihren Pappbecher. *Moliendo caféééé* schluchzte er dabei.

Sie verdrehte die Augen, grinste aber leicht.

»Du darfst Julio zu mir sagen, *muchacha*«, säuselte er ihr zu.

»Villiers!«, rief Duval ihn zur Ordnung.

»Jawohl, Chef!« Villiers salutierte gespielt. Duval seufzte. Villiers war ein Kindskopf. Seine stets gute Laune machte die Zusammenarbeit mit ihm zwar angenehm, doch die vielen launigen Witzchen, Zweideutigkeiten und Wortspiele gingen ihm manchmal auch auf die Nerven. Aber er war ein fähiger Polizist, außerdem kam er durch seine fröhliche und unbeschwerte Art mit jedem in Kontakt, er kannte Gott und die Welt, hatte viele Freunde. Und jede Menge Freundinnen, oder besser amouröse Abenteuer mit allen möglichen Mädchen. Duval war es schleierhaft, dass sie Villiers nicht schon lange gevierteilt hatten und er sich immer noch frei und ungezwungen in Cannes bewegte. Er hatte noch nicht einmal erlebt, dass eine junge Frau dem untreuen Casanova eine Szene gemacht hatte. Sie blieben ihm alle gewogen. Außer vielleicht seine Ehefrau. Die litt mehr und mehr unter dieser Situation. Villiers war zwar ein leidenschaftlicher Vater für seine kleine Emilie, aber für seine junge Frau schien die Leidenschaft erloschen zu sein. Duval hatte die eher schüchterne Audrey nur ein-, zweimal gesehen. Sie hatte Ringe unter den Augen gehabt und müde ausgesehen. Aber, wischte er diesen Gedanken beiseite, mit kleinen Kindern sah man vermutlich immer müde aus und hatte oft Ringe unter den Augen.

»Konnten Sie erfahren, wer der Tote war? Haben Sie ihn in irgendeiner Kartei gefunden? Fingerabdrücke, was weiß ich?«

»Nein«, LeBlanc schüttelte den Kopf. »Ist kein Kunde von uns. Im System vollkommen unbekannt.«

»Schon Nachricht von Docteur Charpentier?«

»Wo denken Sie hin«, Léa Leroc verdrehte die Augen. »Rufen Sie nicht an, wir rufen Sie an«, fügte sie ironisch hinzu.

Duval nahm es kommentarlos zur Kenntnis. »Haben Sie gestern etwas erfahren, bei der Anwohnerbefragung? Etwas, was uns im Fall weiterbringt«, fügte er sofort hinzu, um Léas Weitschweifigkeit von vornherein abzukürzen.

»Ja und nein.« Es war wie erwartet Léa, die das Wort ergriff. »Es gibt nur wenige richtige Anwohner in diesen Wohnanlagen, die allermeisten Wohnungen werden als

Ferienwohnungen genutzt und nur wenige sind im Moment besetzt. Angetroffen haben wir etwa 15«, sie zählte kurz auf ihrem Zettel, den sie in der Hand hielt, nach, »nein, exakt 15 Anwohner in den beiden Wohnanlagen, *La Voile Blanche* und *La Voile Bleue*, die dem Bijou Plage am nächsten liegen. Überwiegend ältere Personen, drei Paare, alle schon pensioniert. Das erklärt sich von selbst, wer soll auch sonst da sein, in der Vorsaison, außerhalb der Ferien«, fügte sie hinzu. »Bedauerlicherweise hat dort trotz der teilweise geöffneten Fenster niemand etwas Besonderes bemerkt, was sicher damit zu tun hat, dass die Wohnungen allesamt so konzipiert sind, dass die Schlafzimmer nach hinten hinaus liegen. Zum Meer hin liegt der Wohn-Ess-Raum, wo sich nachts in der Regel niemand aufhält. Toller Blick übrigens, ich hatte das Vergnügen, eine alte Dame im vierten Stock zu befragen, das macht Laune, dieser Blick auf das Meer und die Inseln.« Sie sah kurz lächelnd in die Runde. »Und auf Bijou Plage«, fügte sie hinzu.

Das lässt ja hoffen, dachte Duval und hörte den Ausführungen Léas aufmerksam zu.

»Die Dame heißt Pierrette de Luca«, fuhr Léa fort, »und sie ist übrigens die Einzige auf dem Flur, die dort ganzjährig lebt. Sie ist 95 und ihr gehört in der Wohnanlage eine weitere Wohnung, die sie ganzjährig vermietet. Diese liegt im Erdgeschoss, dort wohnt ihre Haushälterin, die jeden Tag bei ihr vorbeischaut. Das ist allerdings auch schon eine ältere Dame, um die 70, aber die beiden haben sich wohl in all den Jahren, in denen die Haushälterin, Rosalie Renaud, schon für Madame arbeitet, so aneinander gewöhnt, dass sie ihr trotz des Alters immer noch zur Hand geht.«

»Gut, Léa«, unterbrach Duval, »haben die beiden Damen etwas gehört oder gesehen, was verwertbar ist?«

»Nicht direkt.«

Duval runzelte ein wenig die Stirn. »Indirekt aber schon?«

»Ja.« Léa nickte. »Die Haushälterin hat zwar nichts von dem mitgekriegt, was am Strand passiert ist, wohl aber, dass ihr Wohnungsnachbar mitten in der Nacht laut aus dem Fenster gebrüllt hat und danach das Fenster so zuschlug, dass das ganze Haus vibrierte.«

»Gut. Und haben Sie den Nachbarn auch befragen können?«

»Nein.«

»Warum nicht?«

»Ist vermutlich beruflich unterwegs. Rosalie Renaud sagte uns, er sei Vertreter und reise viel. Sie hat ihn gegen sechs Uhr morgens weggehen hören.«

»Das ist alles?«

»Im Prinzip ja. Alles, was für uns interessant ist, meine ich.«

»Und Madame de Luca mit dem Blick auf Bijou Plage? Ich dachte, da käme noch was«, fragte Duval nach. »Sie hat nichts gehört oder gesehen gestern Nacht? Weder die Schreie des Mädchens noch sonst etwas vorher auf der Straße oder am Strand? Wenn sie denn schon einen Blick auf den Strand hat?!«

»Nein. Sie hat geschlafen und sie hat außerdem ein Hörgerät, das legt sie nachts ab. Und das Schlafzimmer liegt ...«

»Nach hinten raus, das habe ich verstanden«, vollendete Duval etwas unwirsch ihren Satz. Er sah keinen Sinn darin, die Berichterstattung zu vertiefen. »Was haben denn die beiden ausgesagt, die die Leiche gefunden haben?«, fragte er stattdessen.

»Ah. Nicht viel. Die junge Frau steht noch immer unter

Schock, ich habe ihr übrigens eine Psychologin organisiert. Sie erinnert sich an nichts, außer daran, dass sie über den Mann gestolpert ist und sich furchtbar erschrocken hat. Dass sie geschrien hat, ist ihr nicht mal bewusst. Ihr Freund hingegen bestätigt das, auch dass Anwohner reagiert haben und ein Passant an eine Vergewaltigung glaubte. Er selbst glaubte zunächst, dass seine Freundin in einen Quallenschwarm geraten sei. Die sind in der letzten Zeit vermehrt gesehen worden. Feuerquallen«, fügte sie hinzu.

»Hm«, machte Duval. Er hatte im letzten Jahr beim Schwimmen das Vergnügen gehabt, mit einer Feuerqualle in Berührung zu kommen, es war schmerzhaft und die Verbrennungen am Bein waren lange sichtbar gewesen. »Und?«

»Keine Quallen«, antwortete Léa prompt.

»Die Wassertemperatur haben Sie nicht?«, fragte er sarkastisch nach.

Léa sah Duval irritiert an. »Äh, was?«

»Wieso die Wassertemperatur?«, fragte jetzt auch LeBlanc nach.

Duval rollte die Augen. Er hätte es sich denken können. Seine Ironie wurde nicht immer verstanden, schon gar nicht von LeBlanc. Er zwang sich einen Satz ab. »Nein, Léa, das interessiert mich nicht, ob Quallen oder keine, und auch nicht die Wassertemperatur«, fügte er Richtung Michel LeBlanc hinzu.

LeBlanc nickte zwar, schien aber weiterhin verwirrt. Warum hatte Duval nach der Wassertemperatur gefragt, wenn er sie gar nicht wissen wollte?

Villiers, im Grunde ein gutmütiger Kerl, kam ihm zu Hilfe. »War ironisch gemeint, Michel!«

»Aha«, meinte LeBlanc erleichtert. LeBlanc verstand keine Ironie. Wenn es ironisch gemeint war, musste er es nicht verstehen. Er entspannte sich.

»Ich wollte eigentlich wissen, ob es noch etwas gibt, das für uns interessant sein könnte«, erklärte Duval nun deutlicher. »Das meine ich.« Er würde es sich ein für alle Mal merken müssen. Er konnte nichts, aber auch gar nichts abkürzen, wenn er ironische Bemerkungen machte, es zog sich im Gegenteil alles in die Länge.

»Nein.« Léa schüttelte bedauernd den Kopf. »Wir versuchen, den Vertreter noch zu erreichen, und es bleiben noch drei Wohnungen, wo wir weder gestern Morgen noch gestern Abend jemanden angetroffen haben. Die alte Dame aus dem vierten Stock weiß ziemlich genau, wer im Haus anwesend ist, und ist überhaupt über allerhand informiert. Sie kommt kaum noch raus. Ist ihre einzige Ablenkung, abgesehen vom Fernsehen, scheint mir.«

Duval seufzte. »Sie weiß alles, aber dennoch nichts, was uns weiterbringt. Das ist ja nicht wirklich viel. Versuchen Sie, diesen Vertreter noch zu erreichen und die anderen, noch nicht befragten Anwohner. Auch wenn ich nicht glaube, dass wir viel mehr erfahren werden.« Er wandte sich an Villiers. »Waren Sie gestern im Tabou?«

»Aber ja. Und sie haben mich hochkant hinausgeworfen.«

»Ach was? Waren Sie zu frech?«

»Wo denken Sie hin! Ich war dezent und charmant wie immer.« Er grinste. »Nein, Spaß beiseite, ich musste denen schon meinen Dienstausweis zeigen, um hineinzukommen, meine Klamotten waren sicher nicht stylish genug und die Türsteher sind harte Burschen. Die haben mein Kommen natürlich sofort weitergeleitet, ich konnte mich nicht mal richtig umsehen, plauderte gerade ein wenig mit einem Barkeeper und schon hat mich der Geschäftsführer wieder hinauskomplimentiert. Im Tabou sei alles rechtens, ich solle sein Personal in Ruhe lassen und die Gäste seien da, um sich zu amüsieren, und wenn ich nicht gleich verschwände ... so in diesem Stil. Dabei habe ich noch nicht mal irgendeinen Promi gesehen.«

»Ist Ihnen sonst etwas aufgefallen?«

»Am auffälligsten war, dass ich so schnell wieder verschwinden sollte.«

»Und der Barkeeper?«

»Die Zeit hat nicht ausgereicht, um wirklich eine tiefe Freundschaft entstehen zu lassen«, frotzelte Villiers. »Nix.« Er schüttelte den Kopf.

»Hm. Werde ich wohl bei Gelegenheit mal selbst reinschauen.«

Duval berichtete nun seinerseits von seinem vergeblichen Versuch, in Ventimiglia jemanden zu finden, der den toten Schwarzen gekannt haben könnte. »Wenn es ein Straßenhändler von hier ist, dann kennen ihn vermutlich die anderen. Ich will dazu gleich mal eine Runde in der Stadt machen.«

»Soll ich mitkommen?«, fragte Villiers.

Duval überlegte kurz. Villiers oft kumpelhafte Freundlichkeit und seine dunklere Hautfarbe konnten auf die Straßenhändler beruhigend wirken, die über eine wachsame Nervosität verfügten und in brenzligen Situationen in Windeseile verschwinden konnten. Mit einer Hand schnappten sie ihre große Tasche oder ihren Karton, auf dem sie ihre Ware befestigt hatten, mit der anderen nahmen sie zaubertrickartig die vier Ecken ihres ebenso vor ihnen ausgebreiteten Tuches zusammen und weg waren sie. Innerhalb von Sekunden konnten sie unsichtbar werden. Als würden sie alle Wege, Nebenstraßen, Eingänge und Schlupflöcher in der Stadt kennen. Vermutlich war das auch so.

Aber wenn sie zu zweit auftauchten, sahen sie so eindeutig nach *flic* aus, dass auch Villiers Hautfarbe nichts mehr retten konnte. Vielleicht sollte er Villiers alleine losschicken, dachte er. Aber er wollte gern selbst raus. Bei diesem wundervollen Frühsommerwetter. Ein bisschen Sonne, ein bisschen durch die Stadt schlendern. Gelegentlich durfte der Job einem doch auch mal Spaß machen, aber das musste er ja niemandem sagen. Er winkte ab.

»In der Presse steht übrigens nur das«, LeBlanc hielt Duval die Ausgabe des *Nice Matin* hin. In einer knappen Meldung auf Seite 6 wurde von dem Tod eines Unbekannten »vermutlich afrikanischer Herkunft« berichtet, den man am hinteren Ende der Croisette am Strand gefunden hatte. Kein Foto. Keine weitere Ortsangabe. »Vermutlich afrikanischer Herkunft«, wie albern. Was wollte man mit dieser Verschleierung erreichen? Weiter hinten, auf Seite 12, unter einem großen Foto der Richtung Menton rennenden Flüchtlinge, fand er eine kurze, aber neutral klingende Zusammenfassung der Ereignisse von Ventimiglia. Das Ganze war natürlich vorbereitet worden, wie sonst hätten Journalisten vor Ort sein können, um Fotos zu machen? Man hätte diese Geschichte auch größer aufziehen können mit dramatischen Fotos und Texten. Aber *Nice Matin* war kein sozialkritisches Medium. Hier hielt man sich bedeckt. Er blätterte noch ein wenig in der Zeitung herum. Auf Seite 4 hingegen fand man unter dem Titel »Magnifaique« großformatige Fotos und einen Bericht über die Modenschau, die am Bijou Plage am gestrigen Tag stattgefunden hatte. Bademoden. Überwiegend Fotos von langbeinigen Blondinen, die mit drei winzigen Stoffdreiecken bekleidet waren. Für so einen unwichtigen Mist gab man eine Dreiviertelseite her.

»*Voilà*«, sagte er und legte die Zeitung offen auf den Tisch. »Wenn Sie wissen wollen, was gestern passiert ist, nicht etwa ein Toter am Bijou Plage, nein, ein paar Blondinen in Bikinis.«

Léa Leroc warf einen Blick darauf. »Oh Noah, du hast Cristina Cordula verpasst!«, rief sie aus. »Sie hat das ganze Spektakel moderiert!«

»Nein? Echt?« Villiers zog die Zeitung zu sich. »Ach so was aber auch! So viele nette Mädels und ich wusste von nichts. Ach Cristina ...«, alberte er herum, begann dann eifrig den Artikel zu lesen.

»Welche ist Cristina Cordula?«, fragte Duval.

»Die mit den dunklen kurzen Haaren«, erklärte Noah Villiers. »Sagen Sie bloß, Sie kennen sie nicht?«

Duval schüttelte den Kopf.

»Hihi«, Léa kicherte. »Da haben Sie nichts verpasst. Cristina Cordula ist ein ehemaliges Model, das seit einiger Zeit im Fernsehen eine Relooking-Sendung hat«, erklärte sie ihm dann aber dennoch. »Irgendwann spätabends auf M6 oder so, läuft aber ziemlich gut. So wie's aussieht ist sie erfolgreich damit, unattraktive Männer und Frauen in Schönheiten umzuwandeln. Aber ganz ehrlich, es ist grau-en-haft! Außerdem sagt sie ständig auf diese alberne Art ›magnifaique‹ statt ›magnifique‹.« Sie verdrehte die Augen.

»So schlecht ist es nicht«, ließ sich Michel LeBlanc hören. »Sie hilft Männern und Frauen, ihren wahren Typ zu finden. Ich finde, das macht sie ganz gut.«

»Hört, hört«, sagte Léa spöttisch.

»Und sie sieht ziemlich klasse aus«, ergänzte Villiers.

»Oooh, *magnifaique*«, sagte Léa geziert und machte ein betont dummes Gesicht.

»Gut«, beendete Duval das Geplänkel. »Danke für die außerordentlich spannende Einführung in die Welt der Mode. Noah, können Sie sich von der Zeitung losreißen? Machen wir weiter, bitte.«

Duval lief über die Croisette und genoss die Sonnenstrahlen und den Blick auf das Meer. Auf den azurblauen Stühlen, die sich längs der Promenade fanden, saßen Menschen allein, zu zweit oder in kleinen Grüppchen, genossen den Blick, die Sonne oder das Ambiente. Man nahm sich gegenseitig auf mit Smartphones, Fotoapparaten und Filmkameras. Wahlweise vor dem Carlton oder vor dem Meer. Wir! Sind! In! Cannes! Das musste doch dokumentiert werden.

Gerade war er am Carlton vorbeigelaufen, das in der Mitte der prächtigen Croisette lag. Ein Lamborghini in auffälliger Metalliclackierung stand in der Zufahrt zum Hotel. Entlang der Promenade sah man schwarze Porsche, rote Ferraris und hin und wieder einen gediegenen silberfarbenen Bentley oder einen Rolls-Royce und die stolzen Besitzer warfen von der Terrasse des Carlton gelangweilte Blicke und registrierten doch mit heimlichem Stolz jedes davor aufgenommene Selfie-Foto.

Schon war er am Ende der Croisette angelangt, zumindest am Ende dessen, was die meisten Spaziergänger von der Prachtstraße mitnahmen. Den sich daran anschließenden Spielplatz und den Weg entlang des Port Campo, vorbei am Bijou Plage und weiter zum Cap Croisette wählten nur die Urlauber, die sich länger in Cannes aufhielten, sowie

Familien mit ihren Kindern, die dort unbeschwerter Roller und Rad fahren konnten, Spaziergänger mit Hunden oder Einheimische. Aber keine Straßenhändler mehr, für die lohnte es sich dort nicht. Die Straßenhändler. Eigenartig. Erst jetzt fiel ihm auf, dass er bislang keinem einzigen Straßenhändler begegnet war, die entlang der Croisette in der Regel allein, manchmal zu zweit und zu dritt saßen, auf der kleinen zementierten Promenadenbegrenzung, auf einer Bank oder einem der azurblauen Stühle. Aber heute? Keiner. Duval blieb stehen und übersah von hier den Strand. Hier lagen die edlen Privatstrände von Cannes, die den Luxushotels wie dem Martinez oder dem Carlton angeschlossen waren. Die Betreiber der Strandcafés schoben ihre Liegestühle so weit ans Meer, wie es die Wellenverhältnisse zuließen. Keinen Zentimeter vergeben. Hin und wieder musste man sie daran erinnern, dass der Strand trotz aller Privatisierung öffentlich zugänglich bleiben musste, und sie entfernten widerwillig die vorderste Reihe der Liegestühle, nur um sie am nächsten Tag wieder genauso exponiert aufzustellen. Natürlich dürfe man am Strand entlanggehen, beteuerten sie. Gern gesehen wurde es nicht. Und die ärmlich aussehenden Straßenhändler, mal exotisch-afrikanisch, mal europäisch gekleidet, die den Touristen herausfordernd lachend oder freundlich demütig ihre Waren anpriesen, waren hier sicher alles andere als beliebt. Immer waren sie bepackt wie Lastesel. Auf dem Kopf zehn verschiedene Hüte übereinandergestapelt, über beiden Schultern große Plastiktaschen mit Waren und in der Hand zusätzlich einen Karton, der als Schaufenster eine Auswahl dessen zeigte, was sich in anderen Farbvarianten in den Taschen befand. Nicht so heute. Kein Straßenhändler. Nirgends. Duval sah nur eine Handvoll Menschen in Badekleidung, die sich entspannt auf Liegestühlen sonnten, am Meer spazierten oder schwammen. Dazwischen jonglierten Kellner Tabletts voller Getränke. Noch war Vorsaison und es war nicht allzu viel los. Duval schlenderte zurück, blickte jetzt aber hochkonzentriert um sich. In der Nähe des Carlton saß ein Grüppchen orientalisch aussehender Männer herum, zwei davon spielten Schach, drei andere sahen zu und wieder andere plauderten. Es waren die Taxifahrer, die sich hier die Zeit bis zum nächsten Fahrgast vertrieben. Ansonsten nur Spaziergänger: ältere Paare, Familien mit kleinen Kindern. Es wurde trubeliger, je näher er dem Palais des Festivals kam. Die Menschen drängten sich um die Kioske und um einen Softeisverkäufer, Familien umstanden das altmodische zweistöckige Karussell und ließen ihre Kinder eine Runde auf einem Holzpferd oder einem Elefanten reiten. Hier müsste doch etwas zu holen sein für Straßenverkäufer. Ein Stofftier für die Kleinen. Ein Selfie-Stick, mit dem man sich noch besser vor dem Meerespanorama aufnehmen konnte, ein Hut vielleicht, gegen die nun doch stechende Junisonne. Aber nein. Nichts dergleichen. Was war los? Unruhig und schnellen Schrittes, aber aufmerksam eilte er vorbei am Palais des Festivals und umrundete den Hafen. Der Quai Laubeuf entlang des Hafens war vor Kurzem neu gestaltet worden. Eine breite Promenade mit Bänken lud zum Verweilen ein. Von hier konnte man die edlen weißen Jachten bestaunen, die aneinandergereiht hier lagen, oder weiter hinten die alten Segelschiffe mit ihrem polierten Holz und den funkelnden Messingbeschlägen bewundern. Seit Duval auf der *Zephyr*, einer großen, alten Segeljacht, eine Ausfahrt gemacht hatte, betrachtete er die Segler im Hafen mit anderen Augen. Er sollte noch einmal segeln, dachte er jedes Mal. Was war wohl aus der

Zephyr geworden und ihrem Kapitän? In Cannes hatte er sie nicht mehr gesehen.

Spaziergänger flanierten denn auch in Gruppen und blieben bewundernd vor den Schiffen stehen und nahmen sich gerne davor auf. Aber auch hier eilte kein Händler hinzu, um seine Selfie-Sticks anzupreisen. Ebenso wenig am Fährableger an der äußersten Spitze des Hafens. Hier, entlang des großen Parkplatzes, wo Reisebusse die Touristen in Cannes ausspuckten, wo die Fähren zu den vorgelagerten Iles des Lérins und die Touristenzüglein für eine Tour durch die Stadt abfuhren, standen die Händler an manchen Tagen in langer Reihe und hatten ihre Waren auf der Kaimauer ausgebreitet. Wenn es windstill war, zumindest, denn bei Wind flogen ihnen hier die ausgebreiteten Hüte davon, aber heute wäre ein idealer Tag für Geschäfte, es war fast windstill, die Meeresoberfläche war so gut wie unbewegt und man sah so gut wie kein Segelschiff draußen im weiten Blau. Und keinen Straßenhändler weit und breit.

Duvals Mobiltelefon klingelte. Es war Annie.

»Léon, wo bist du? Kommst du zum Essen?«

»Ich bin am Hafen. Wohin soll ich denn kommen?«, fragte er irritiert zurück und sah auf seine Armbanduhr. Viertel vor zwölf. Schon.

»Na, nach Hause, zu dir.« Annie klang verschmitzt.

»Willst du nicht in die Stadt kommen und wir essen irgendwo am Strand eine Kleinigkeit?«

»Ein andermal. Heute habe ich gekocht.«

»Tatsächlich? Na, ein solches Angebot kann man ja nicht ablehnen. Ich bin in einer Viertelstunde da, ja?«

»Prima.« Sie klang sehr zufrieden. »Bis gleich. Bringst du vielleicht ein Brot mit? Das habe ich heute Morgen vergessen.«

»In Ordnung. Bis gleich.«

»Ah, und Leon …!«, rief sie noch hinterher.

»Ja?«

»Katzenfutter! Kannst du noch Katzenfutter für deine gefräßige Jagdkatze mitbringen?«

»Ja.« Duval seufzte. Brot sollte ja kein Problem sein, Bäcker gab es an jeder Straßenecke, aber wo bekam man denn mitten in der Innenstadt Katzenfutter her? Er nahm es sonst immer im Supermarkt mit, wenn er dort gelegentlich seine Großeinkäufe tätigte.

Nach kurzer Überlegung wählte er die kleine Straße schräg gegenüber dem Rathaus, die zum Markt führte. Hier war gleich rechts ein kleiner, sympathischer Bäckerladen. Er war hier einmal mit den Kindern gewesen, denn im Fenster lagen weiße und rosafarbene Meringues, fast so groß wie Fußbälle und Lilly MUSSTE einfach eine rosafarbene Meringue haben, an der sie dann aber nur herumnagte und womit sie überall, wo sie lief, rosafarbene Staubspuren hinterließ. Den Rest hatte er entsorgt, nachdem auch die ganze Wohnung mit rosa Krümelspuren überzogen war und er das letzte Stück angeknabberter, klebriger Meringue aus der Sofaritze entfernt hatte. Hier, in dieser kleinen Bäckerei, wo man sich sofort Auge in Auge mit der Verkäuferin wiederfand, gab es nur eine überschaubare Anzahl von verschiedenen Baguettes, was das Brotkaufen extrem vereinfachte. Heutzutage war eine Baguette ja keine Baguette mehr, sondern man musste sie aus einer Vielzahl langer Brotstangen auswählen, wobei einem eine dominante Verkäuferin mit drallen Oberarmen gern in schrillem, hohem Lehrerinnenton die intellektuellen Namen des gesamten Brotsortiments zurief.

Völlig überfordert hatte er in der Bäckerei in seinem Viertel am Ende auf eine Brotstange gezeigt und gesagt: »Ich nehme das!«

»Das *Grand Siècle*, mit Sauerteig gebacken«, erläuterte die Verkäuferin wie aus der Pistole geschossen.

»Grand Siècle«, wiederholte er folgsam und zu seiner Überraschung war das Brot ein Genuss und es war, anders als das klassische Baguette, auch am Folgetag noch nicht trocken.

Hier hingegen war das Sortiment überschaubar, nur vermochte er die Namen am Regal nicht zu entziffern.

»Ein *Grand Siècle*«, versuchte er es der Einfachheit halber.

»*Grand Siècle* ist aus, Monsieur, aber ich habe noch *Ancestrale, Tradition* und einmal *Ancienne.*«

Herrjeh. »Was ist das?«, fragte er und zeigte auf ein Baguette mit spitz zulaufenden Ecken.

»Ein *Ancienne* Monsieur. Mit Hefe gebacken.«

»Gut.«

»Einmal *Ancienne*?«

Duval nickte bestätigend.

»Ein *Ancienne* für den Herrn«, flötete sie. »Darf es sonst noch was sein?«

Wo lernten sie das? Gehörte das zum neuen Jargon einer Bäckereifachverkäuferin? Er schüttelte den Kopf.

»Einen Euro zehn, bitte.«

Aufatmend verließ Duval die Bäckerei. Jetzt noch Katzenfutter. Am Marché Forville blieb er stehen und betrachtete das bunte Treiben. Er warf einen prüfenden Blick über die Menschen, immer noch darauf fixiert, irgendwo in all dem

Gewimmel vielleicht einen afrikanischen Straßenhändler auszumachen. Der Markt war gut besucht, die Leute drängten sich zwischen den Ständen. Hier kauften die Cannois ihr tägliches Obst und Gemüse. Aber Duval erwarb dort nur hin und wieder etwas. Meist beim erstbesten Stand, weil ihm das Gedränge im Inneren zu anstrengend war. Immer rief einem ein Händler etwas zu: »Monsieur, nehmen Sie meine Pfirsiche! Heute Morgen frisch geerntet!« Oder man hielt ihm ein Stückchen Brot mit Olivenpaste vor die Nase, das man kaum ablehnen konnte: »Probieren Sie die Tapenade Monsieur, *allez*, probieren Sie, ist kostenlos!« Und: »Eins a Kirschen aus der Provence! Probieren Sie, wenn Sie nicht zufrieden sind, gibt's Geld zurück!« Ein Mann stand hinter einer Pyramide von Melonen: »Hier die echten Melonen aus Cavallion, aromatisch und süß.« Auch er hielt einem auf einem Teller kleine orangefarbene Melonenstücke entgegen. »Probieren Sie!« Wagte man sich bis ins Innere des Marktes, stieß man auf die kleinen Bauern der Region, die selbst angebautes Gemüse, Kräuter und Salat anboten. Eine ältere Dame saß hinter ein paar Körbchen selbst geernteter Erdbeeren, ansonsten hatte sie nicht viel auf ihrem Campingtischchen stehen: Eine Steige mit Zwiebeln, ein paar Kartoffeln, frische Lorbeerblätter und drei Flaschen Olivenöl bot sie noch an. »Aus eigenen Oliven hergestellt«, stand in ungelenker Kinderschrift auf einem Kärtchen.

Manchmal führte ein Reiseleiter mit erhobenem Regenschirm ein Grüppchen neugieriger oder verschüchterter Asiaten zügig durch den Markt. Immer fanden sich auch andere Touristen, die die prächtige Auswahl an Obst, Gemüse, Käse und Fisch bestaunten, fotografierten und sich manchmal mutig für das Mittagspicknick ein paar Oliven und einen frischen Ziegenkäse leisteten oder eine Socca bei dem gesprächigen Soccabäcker kosteten. Immer darauf bedacht, sich im Getümmel nicht zu verlieren, den Fotoapparat oder die Handtasche dabei fest in der Hand. Der Markt an sich war kein Terrain für die Straßenhändler, aber an den kleinen Tischen der Cafés und Bars rundherum, an denen sich manch einer nach dem Marktbesuch erschöpft niederließ, um sich mit einem Kaffee oder durchaus schon mit einem *Apéro* zu stärken, gab es vielleicht willige Käufer. Eine Sonnenbrille, die von Weitem nach Prada aussah, für 15 Euro, warum nicht. Duval blickte die Fußgängerzone mit den Cafés auf und ab und erkannte nirgends einen von ihnen. Sein Blick war an den Blumenständen hängen geblieben und kurzerhand erstand er einen Strauß fast violetter Pfingstrosen für Annie.

Zügig ging er weiter. An der Ecke befand sich der Tierarzt, bei dem er einmal mit der Katze gewesen war. Hélène hatte ihn gedrängt, die Katze, die ihm zugelaufen war, untersuchen und impfen zu lassen, bevor sie mit den Kindern in Kontakt kam. Tatsächlich war die Katze ein Kater, wie er hier erfuhr, und zudem voller Flöhe und der Rotgetigerte bekam nun regelmäßig ein Antiflohmittel verpasst und hin und wieder eine Wurmkur. Wenn er daran dachte. Gerade dachte er daran, also kaufte er einen Vorrat dieser Spot-ons, die angeblich so leicht zu verabreichen waren, aber sein Kater, den er weiterhin nur Katze nannte, auch wenn Lilly einen Tigrou aus ihm gemacht hatte, wehrte sich mit allen vier Füßen und unzufriedenem Gekreisch. Es war jedes Mal ein Kampf. Der Kater schien es schon zu spüren, wenn Duval sich mit dem Tübchen in der Hand näherte. Beim Tierarzt nahm er dann auch Katzenfutter mit, wobei ihn auch hier die Auswahl überforderte. Musste es 50 oder mehr Sorten Katzenfutter geben? Er wusste nicht, wie alt seine ihm zugelaufene Straßenkatze war, und schon gar nicht, ob sie Hühnchen oder Lachsgeschmack bevorzugte, wie die junge Arzthelferin ihn treuherzig befragte. Sie schlug ihm tatsächlich vor, ihm mehrere Sorten als Pröbchen mitzugeben, damit die Katze ihr zukünftiges Lieblingsfutter auswählen könne. Das fehlte noch, dachte Duval und entschied sich kurzentschlossen für ein Futter für erwachsene Katzen mit Lachsgeschmack. »Gute Wahl.« Die Tierarzthelferin lächelte ihn süß an. Es kostete ein Vermögen. Erschüttert verließ er den Tierarzt und wählte dann den Weg durch den Suquet. Bepackt mit Katzenfutter, Blumen und Brot stieg er das enge Sträßchen hinauf, in dem die Restaurants schon die Tische auf den niedlichen kleinen Terrassen gedeckt hatten und auf Kunden warteten. Tatsächlich saßen hier und da schon Menschen mit erwartungsvollen und fröhlichen Urlaubergesichtern. Es war weniger voll als während des Filmfestivals im Vormonat, in dem alle Restaurants in Cannes erstmals im Jahr gut besucht gewesen waren, aber man sah und spürte es: Langsam begann die Sommersaison.

Auch Annie hatte den Tisch draußen gedeckt. Sie hatte den blauen ausgebleichten Sonnenschirm gefunden, der ein wenig Schatten auf die Terrasse warf. Eine Terrasse war es in dem Sinn nicht, eher ein Hinterhof. Im Winter drang die Sonne kaum durch, im Sommer jedoch knallte sie zum frühen Nachmittag unbarmherzig auf die hellen Steinfliesen. Nicht nur das gleißende Licht, auch die Hitze machte den Aufenthalt dort schnell unangenehm. Weshalb Duval diesen Ort vernachlässigte. Mittags war er ohnehin selten zu Hause, da er in der Regel auswärts aß. Annie schien das ändern zu wollen. Er sah es mit gemischten Gefühlen.

Aber er wollte sie in ihrem Enthusiasmus nicht gleich bremsen.

»Oh, Pfingstrosen liebe ich! Du bist so ein Schatz, Léon! Es ist Urzeiten her, dass man mir Blumen geschenkt hat. Und so eine tolle Farbe habe ich ja noch nie gesehen. Danke!« Sie strahlte und küsste ihn und Duval freute sich doppelt über seinen Einfall. Eine Vase hatte er allerdings nicht, nur einen riesigen roten Steinkrug, den er vom Küchenschrank hievte, in dem die Blumen allerdings beinahe verschwanden. Letzten Endes hatte Annie die Pfingstrosen gekürzt und in ein großes Einmachglas gestellt, das sie auf dem Gartentisch platzierte, den sie in die Mitte des Hofes geschoben hatte.

»Ich fand, wir müssten den Hof mehr nutzen«, erklärte sie.

»Ich seh's.«

»Gefällt's dir nicht?«

»Doch, doch.«

»Aha«, sie sah ihn zweifelnd an. »Aber jetzt essen wir erst mal«, fuhr sie fort. »Setz dich schon mal, ich muss nur noch mal ganz schnell in die Küche.« Kurz darauf hörte er sie in der Küche werkeln. »Oder, Léon, willst du uns vielleicht erst einmal einen *Apéro* einschenken?«, rief sie ihm durch das offene Küchenfenster zu.

»Gern.« Er kam in die Küche und sah ihr zu, wie sie erhitzt herumwirbelte.

»Annie, du willst dich unentbehrlich machen, was?« Er umfing sie und küsste sie innig. Sie gab den Kuss nur flüchtig zurück. Er umfing sie erneut und küsste sie heftiger. Sie aber löste sich von ihm. »Wenn wir so weitermachen, kommen wir nicht zum Essen«, wehrte sie ab. Duval ließ sie resigniert los. »*Apéro* also. *Apéro* kann ich«, beteuerte er. »Ich nehme einen Pastis. Was willst du trinken, Nini?«

»Gibt es noch von dem Orangenwein, den dir deine Mutter geschenkt hat?«

»Sicher.«

»Dann nehme ich den.«

»Eiswürfel?«

»Ja bitte.«

Duval selbst schenkte sich einen Pastis 51 ein und warf einen Eiswürfel in das hohe schmale Glas. »*Tchin, tchin*«, er hob das Glas und prostete Annie zu. »Oh!«, machte er staunend, als er neugierig das Küchentuch angehoben hatte. »Du machst frittierte Zucchiniblüten«, sagte er ehrfürchtig.

»Ja, aber ich brauch noch ein, zwei Sekunden«, sagte Annie. Sie zog die Zucchiniblüten durch den Teig und gab schnell eine nach der anderen in heißes Fett. »Ich komme gleich«, sagte sie, »geh ruhig schon mal raus.«

Kurz darauf kam sie mit einer Platte, auf der die noch warmen frittierten Zucchiniblüten ruhten. »*Voilà*«, präsentierte sie sie stolz. »Jetzt können wir anstoßen.«

»Ouaah, Annie, das sieht toll aus. Ich weiß nicht, wann ich das das letzte Mal gegessen habe. Bei meiner Großmutter wahrscheinlich. Umwerfend.« Er schnappte sich eine lauwarme, knusprige Blüte und biss hinein. »Hmmmm, sagenhaft! *Tchin*, mein Mäuschen!«

»*Tchin*, freut mich, wenn sie dir schmecken. Ich habe sie heute zum ersten Mal gemacht.« Sie lächelte stolz.

»Komm her«, sagte er und küsste sie mit fettigem Mund. »Bravo!«

»Das ist noch nicht alles«, kündigte sie verheißungsvoll an.

»Das denke ich mir.«

»Es gibt Fisch und als Dessert habe ich noch Mara des Bois gefunden.«

»Mara des Bois?«

»Ja, Erdbeeren, DIE Erdbeeren eigentlich, die schmecken so toll, danach isst du nie mehr andere Erdbeeren. Es gibt noch welche«, erklärte sie ihm so ernsthaft, als wüsste Duval über die Erntezeiten von Erdbeeren Bescheid. »Du glaubst es ja nicht, aber in den Bergen sind wir, was das angeht, zwei Monate zeitversetzt mit der Côte d'Azur. Da oben fängt die Erdbeersaison gerade erst an, hier ist sie schon zu Ende. Ich war richtig froh, dass ich bei einer der alten Damen auf dem Markt noch welche entdeckt habe«, erzählte sie. »Du kannst dir gar nicht vorstellen, wie sehr mir so ein Markt da oben fehlt. Frischer Fisch zum Beispiel! Ich konnte daher nicht widerstehen und habe Fisch gekauft. Aber ich habe ihn gerade erst in den Ofen geschoben, als du kamst«, sie sah auf die Uhr. »Weißwein habe ich übrigens schon in den Kühlschrank gestellt.«

»Habe ich gesehen.«

»Tchin«, wiederholte sie, erhob erneut ihr Glas und nahm nun auch eine frittierte Zucchiniblüte. »Wie war dein Vormittag?«, fragte sie dann kauend.

»Angenehm, ich bin die Croisette entlanggelaufen. So etwas mache ich ja sonst nicht. Schön eigentlich. Noch war nicht allzu viel los.«

»Was machst du denn auf der Croisette?«

»Ich habe nach den afrikanischen Straßenhändlern gesucht. Normalerweise sind sie da immer.«

»Und?«

»Keiner da. Kein einziger. Auch nicht am Fährableger übrigens und nicht am Hafen. Nirgends.«

»Vielleicht warst du zu früh unterwegs«, vermutete

Annie. »Vor zehn, elf sind ja auch die Touristen nicht unterwegs. Da lohnt es sich für die Händler nicht. Du hättest besser nachmittags suchen sollen«, sagte sie und nahm sich noch eine Zucchiniblüte. »Lecker, oder?«

»*Delicieux!*«, bestätigte Duval und bediente sich ebenfalls. »Hast du die auch vom Markt?«

»Ja, natürlich. Sie haben mich schon jedes Mal gereizt, wenn ich sie auf dem Markt gesehen habe, und heute habe ich sie einfach gekauft. Die Rezepte für die Zucchiniblüten habe ich mir dann von Maurizio geben lassen. Ich kann dir aber nicht versprechen, dass es so schmeckt wie bei ihm. Er lässt dich übrigens noch mal grüßen, er fand dich sehr sympathisch.«

»Ich fand ihn auch sympathisch, grüß ihn zurück, wenn du ihn wieder am Telefon hast. Deine Mutter natürlich auch. DIE Rezepte?«, fragte Duval dann nach. »Was hast du denn noch alles gemacht?«

»Überraschung«, lächelte sie. Duval hatte sich die letzte frittierte Zucchiniblüte einverleibt. »Mhhhmmm, sehr fein, Annie, du kannst gern dableiben.«

»Und jeden Tag für dich kochen? Wenn ich es jeden Tag machen muss, werde ich auch etwas pragmatischer, mach dir keine Hoffnungen. Vielleicht hättest du auf den Marché Gambetta gehen sollen«, sagte sie unvermittelt. »Dort sind auch immer ein paar afrikanische Händler mit einem festen Stand.«

Duval war perplex. »Stimmt. Du hast absolut recht, dass ich daran nicht gedacht habe!« Er schüttelte den Kopf. »Aber lass uns beim Essen von etwas anderem reden, ja? Was hast du gemacht heute Morgen?«

Annie lachte auf. »Ich habe auf dem Markt eingekauft und dann habe ich gekocht«, sagte sie nachdrücklich.

»Verzeih, Nini, ich dachte, du hättest vielleicht etwas geschrieben.«

»Du bist lustig. Mit Einkaufen und Kochen war der Vormittag gut ausgefüllt. Was glaubst du denn?! Hätte ich geschrieben, wäre das Essen einfacher ausgefallen.«

»Verstehe«, sagte Duval und sah Annie lange an. Ernst fügte er hinzu: »Annie, ich schätze das sehr, dass du so aufwendig gekocht hast, aber ich erwarte das nicht. Wenn du etwas anderes machen willst oder musst, dann mach das, verstehen wir uns da?«

»Klar, keine Sorge«, nickte sie. »Ich denke auch schon seit gestern über einen Text nach«, fügte sie hinzu. »Aber wir sehen uns so selten, also so richtig lang, meine ich, und wir hatten diese Woche doch eigentlich für uns geplant ...«, sie stockte, »na ja, da wollte ich es uns wenigstens einmal schön machen. Ich wollte einen kleinen Moment, der ein bisschen leuchtet im Alltag.«

Er beugte sich zu ihr und küsste sie. »Danke, Annie.«

Sie lächelte. »Dann können wir ja zur Vorspeise kommen.«

»Vorspeise? Und was war das?« Er zeigte auf die Platte, die sie hinaustrug.

»Der *Apéro*.«

»Ach so.« Fieberhaft überlegte er, ob heute nicht vielleicht doch auch irgendetwas Besonderes war, weshalb sie ausgerechnet heute so aufwendig gekocht hatte. Annies Geburtstag? Ihr Kennenlerntag? Es fiel ihm nichts ein.

Schon kam sie mit zwei Tellern wieder, auf denen wie ein Yin-und-Yang-Symbol je zwei Zucchiniblüten lagen, dieses Mal waren sie aber gefüllt. »Fleurs de Courgettes gefüllt mit frischem Ziegenkäse und Tapenade.«

»Annie ... du machst mich sprachlos.«

Sie lächelte.

»Habe ich unseren Hochzeitstag vergessen?«, versuchte er zu scherzen.

»Aber du hast mir doch Blumen mitgebracht«, antwortete sie und sah ihn groß an.

Duval wurde es heiß. Irgendetwas hatte er also tatsächlich vergessen. Für ihn war es ein banaler Mittwoch und die Blumen hatte er einfach so gekauft. Er schwieg vorsichtshalber.

»Warum hast du mir die Blumen mitgebracht?«, forschte sie nun nach.

»Einfach so«, bekannte er.

»Siehst du.«

»Was sehe ich?«

»Na, mir ging es mit dem Essen genauso. Ich hatte einfach Lust, es zu machen, nachdem ich all diese leckeren Sachen auf dem Markt gefunden habe.«

Uff. Ihm fiel ein Stein vom Herzen.

Sie grinste. »Alles gut?«

»Ja. Aber wenn du wüsstest, was ich schon alles vergessen habe ... Hélène hat mich vor allem verlassen, weil ich ständig ihren Geburtstag vergessen habe, glaube ich.«

»Ja, ich denke, das würde mir auf Dauer auch nicht gefallen.«

»Wann war noch mal dein Geburtstag?«, fragte er sofort nach.

Sie lachte. »Schon vergessen? Im August. Am 24. In der Bartholomäusnacht. Kein schönes Datum, so kannst du es dir vielleicht merken.«

Die Bartholomäusnacht. Das blutige Massaker an den Protestanten war ein besonders dunkler Punkt in der Geschichte Frankreichs. »Ach«, erwiderte Duval und sah sie verliebt an, »ich glaube, in dieser Nacht werden seither nur besonders liebevolle Menschen geboren, um all das Schreckliche wiedergutzumachen.«

»Oh, du bist süß«, lächelte sie, »*allez*, lass uns essen«, sagte sie dann energisch. »Der Fisch ist gleich fertig und Fisch kann nicht warten.« Sie schnitt die Blüte an und steckte sich ein Stückchen in den Mund. »Ich habe immerhin ein bisschen recherchiert und telefoniert«, erzählte sie dann. »Aber darüber reden wir später«, hielt sie sich sofort zurück.

»Genau. Lass uns das Essen wirklich genießen. Du hast es mit so viel Liebe zubereitet, da finde ich, es verdient unsere ganze Aufmerksamkeit. Erklär mir lieber, wie du das mit diesen Blüten gemacht hast, das sieht fantastisch aus und schmeckt fa-bel-haft!«

Sie strahlte. »Ja, ich bin auch ganz angetan. Wusstest du, dass es zwei Sorten Zucchiniblüten gibt?«

Duval machte ein fragendes Gesicht, während er sich noch etwas von der Vorspeise in den Mund steckte. Über solche Details machte er sich beim Essen in der Regel keine Gedanken. Annie hatte seine eventuelle Antwort auch nicht abgewartet, sondern bereits weitergesprochen. »Weibliche und männliche, nämlich. Die weiblichen haben wir gerade frittiert gegessen, die männlichen haben, typisch eigentlich«, sie zog eine kleine Grimasse, »diesen Stiel mit dran, das hier«, sie tippte mit der Gabel auf die blättrig aufgeschnittene Zucchini, »das wie eine kleine Zucchini aussieht, aber keine ist.« Sie grinste vergnügt. »Witzig, oder?«

Duval verzog kauend den Mund zu einem ansatzweise zustimmenden Grinsen.

»Nun, grundsätzlich muss man den Stempel aus der Blüte nehmen, ganz egal, was man mit ihr macht. Die weiblichen Blüten eignen sich mehr für Beignets und zum Füllen nimmt man die männlichen Blüten. Das hat mir natürlich Maurizio verraten«, fügte sie hinzu. »Er hat mir auch gesagt, wie ich es machen soll, und das Rezept für die Füllung ist auch von ihm. Eigentlich gehört noch etwas Piment des Espelettes dran, aber das hatte ich nicht, also in deinem Küchenschrank ist außer Pfeffer und Salz nicht viel …«

»Nein, tut mir leid, mehr brauche ich in der Regel nicht.«

»Nicht schlimm, ich habe übrigens Kräuter gekauft«, sie zeigte auf ein paar Töpfe mit Pflanzen, die in einer Ecke des Hofes standen. »Nur das Wichtigste«, sagte sie. »Thymian, Rosmarin, Basilikum, und Petersilie. Wenn du sie nicht willst, nehme ich sie nächste Woche mit in die Berge und pflanze sie bei mir ein. Den Winter werden sie nicht überleben, aber im Sommer habe ich das gern um mich.«

Duval hatte der Hinweis auf Annies Abreise tatsächlich einen kleinen Stich gegeben. Er legte die Gabel auf den Teller, nahm ihre Hand und küsste sie. Dann sah er ihr in die Augen und sagte ernst: »Erst mal bleibst du noch ein paar Tage, ja? Ich verspreche dir, Zeit für uns zu finden, trotz der Ermittlung. Ich glaube auch nicht, dass der befürchtete Gau eintritt, von wegen Flüchtlinge und so weiter. Alles ist ruhig. Die Presse ist auch ruhig …«

Annie lachte kurz auf.

»Etwa nicht?«, fragte Duval misstrauisch nach.

»Doch, doch, die Presse ist ruhig«, erwiderte Annie und verzog das Gesicht, »zu ruhig, wenn du mich fragst, aber na ja, das kennen wir ja schon …«

»Im Moment kommt es uns zugute, also lass es uns genießen.«

Sie lächelte und gab ihm einen Kuss. »Iss«, sagte sie, »der Fisch ist gleich so weit.« Dann erhob sie sich und verschwand in der Küche. Kurz darauf kam sie zurück und hielt Duval, mit zwei Topflappen bewaffnet, eine flache Auflaufform entgegen, in der ein mittelgroßer Fisch auf einem Kräuterbett, zwischen Kapern und Zitronenscheiben lag.

»Darf ich vorstellen«, alberte sie herum, »Madame la Liche, der Commissaire. Monsieur le Commissaire, Madame la Liche!«

»Eine *liche*, eine Stachelmakrele?«, fragte Duval.

»Ja, schmeckt ähnlich wie eine Dorade, ist aber viel billiger und sie hat sehr wenige Gräten.«

»Sympathisch.«

»Ja, finde ich auch.«

»Der Weißwein!«, erinnerte sich Duval und eilte zum Kühlschrank, während Annie den Fisch in der Mitte aufschnitt, um ihn zu filetieren. »Kätzchen!«, rief sie, als sie Gräten mitsamt dem Kopf herauszog und auf einen Teller legte. »Minouuuu«, rief sie noch einmal lockend, »Tigrou, Katze! Oder wie immer du heißt«, sang sie, »hmm, komm, kooomm ...«, rief sie lockend.

Als habe sie nur darauf gewartet, erschien augenblicklich der Kater auf der Mauer und sprang laut maunzend herab. »Das willst du ihm nicht alles geben?«, fragte Duval alarmiert.

»Warum nicht? So viel ist da nicht dran, siehst du ja. Wenn du wüsstest, was er für ein Theater gemacht hat, als ich den Fisch zubereitet habe. Ich habe ihm gesagt, er kriegt später was. Das muss ich auch einhalten, oder?«

Der Kater miaute laut und lief nervös vor dem Tisch auf und ab.

»Aber erst holen wir die Bäckchen noch raus«, widersprach Duval und löste nacheinander die zarten Bäckchen aus dem Fischkopf, steckte sich eines selbst und das zweite

Annie in den Mund. Muääääää, maunzte der Kater nun in höchsten Tönen und sprang auf einen Gartenstuhl und machte Anstalten, weiter auf den Tisch zu springen. »So. Jetzt kannst du ihm meinetwegen den Kopf geben«, sagte Duval gnädig und schubste die Katze zurück. »*Oh làlà*, es reicht Katze!«

Er maunzte erneut.

»Hier«, Annie legte den Fischkopf auf den Boden. »*Bon appetit.*«

Der Kater schnurrte aufgeregt und besah sich den Fischkopf von allen Seiten, dann stupste er ihn an und leckte daran herum.

»Na, Hunger hat er nicht wirklich, dein toller Jagdkater«, meinte Annie trocken. »Jetzt aber zu uns«, sagte sie dann, filetierte den Fisch und reichte Duval den Reis. »Und etwas Zitrone.«

Duval betrachtete das Etikett der Flasche, ein Chardonnay Côteaux Bourguignons, schenkte zwei Gläser ein und probierte. Er nickte anerkennend. Dann kostete er vorsichtig ein Stück des weißen, festen Fleisches. »*Delicieux,* Annie. Wirklich ausgezeichnet. Und der Wein passt gut dazu. Aber was hast du an den Reis gemacht?«

»Kardamom. Aber nur ganz wenig zum Parfümieren. Gut, oder?«

»Hm. Sagen wir, interessant.«

Annie sah ihn erstaunt an. »Magst du es nicht?«

»Doch, doch. Versteh mich nicht falsch, es ist nicht, dass ich es nicht mag, aber mit neuen Geschmacksrichtungen muss ich mich immer erst anfreunden. Ich bin da wohl etwas altmodisch. Aber die *liche* ist fantastisch. Die hast du auch vom Markt?«

»Aber ja. Es gibt diese kleine Ecke für den lokalen Fischfang, hinter den Blumen«, erklärte sie. »Aber das weißt du, oder?«

»Sicher.« Er war schon ein paarmal durch den kleinen hellblau gekachelten Bereich gelaufen. Eine Handvoll Frauen verkaufte dort das, was ihre Männer oder Söhne in aller Frühe gefangen hatten. Manchmal hatten sie viel, manchmal nur wenig Fisch vor sich auf dem Eis liegen. Schwertfisch, Barrakuda, Petersfisch hatte er dort schon gesehen. Aber meistens war das Angebot weniger spektakulär. Doraden, Meerbarben, kleine Bonitos und oft eine Ansammlung kleiner gemischter Fische für die Fischsuppe.

»Es ist wirklich lokaler Fischfang. Es ist saisonabhängig und immer unsicher, was sie haben«, hatte Annie schon weitergesprochen, »du kannst nicht einfach losgehen und sagen, ich kaufe heute eine *liche* oder eine Dorade. Wobei, Dorade gibt es oft, ist aber teuer. Man muss einfach schauen, was es gibt. Heute gab es auch viel Tintenfisch, aber Tintenfisch zubereiten, ganz ehrlich, das bringe ich nicht übers Herz. Die schauen einen immer so vorwurfsvoll an mit ihren großen Augen.« Sie machte ein gespielt verzweifeltes Gesicht mit weit aufgerissenen Augen.

Duval musste lachen. »Ich werde dich zukünftig Tintenfisch nennen, Nini.«

Sie grinste. »Na ja, und diese *liche* gab es«, sagte sie, während sie sich etwas davon in den Mund steckte. »Mit den Augen der Fische habe ich, wie du siehst, nicht so ein Problem.« Sie kaute und überlegte einen Moment. »Obwohl ... vielleicht die *rascasse. Rascasse* kennst du?«

Duval nickte. *Rascasse*, der rote Drachenkopf mit seinen Stacheln sah wirklich kämpferisch aus.

»Die schauen so finster. Die würde ich auch nicht freiwillig zubereiten wollen.«

»Schmeckt aber ausgezeichnet«, gab Duval zurück. »Habe ich mal bei Angel und Bormia gegessen. Da sollten wir übrigens noch mal hingehen. Bevor die Saison losgeht und man nicht mehr durchkommt. Ich hasse es, mit all diesen Sonntagsfahrern im Stau zu stehen.«

»Ah *oui*«, machte Annie. Sie hatte gute Erinnerungen an das kleine sympathische Restaurant in Théoule. »Gerne. Da waren wir schon lange nicht mehr.«

»Nein, wir beide zusammen nicht. Ich habe da letztens als Vorspeise eine ausgezeichnete Fischsuppe gegessen. Hast du schon mal eine Fischsuppe gemacht?«, forschte Duval nach.

»Frisch, nein«, sie schüttelte den Kopf. »Habe ich bislang immer fertig gekauft. Ich glaube, es ist viel Arbeit. Ich kann's aber mal probieren, vielleicht hat Maurizio ein Rezept ... Nicht gleich morgen«, fügte sie vorsorglich hinzu. »In der Zwischenzeit essen wir sie in Théoule«, schlug sie vor.

Den Käse ließen sie aus. Es hatte ja schon eine Ziegenkäsecreme in der Vorspeise gegeben. Die kleinen rundlichen Erdbeeren waren so aromatisch, dass sie keines Zusatzes bedurften. Das fand Annie zumindest, aber Duval stupste sie dennoch zusätzlich in etwas grobkörnigen Zucker. »Sehr fein, diese Erdbeeren.«

»Das sind die besagten Mara des Bois.«

»Aha«, machte Duval. »Nie gehört. Ich erinnere mich nur an eine Sorte, die Gariguette heißt.«

»Ja, die sind auch gut, zumindest, wenn sie aus der Region stammen und vor der Ernte viel Sonne bekommen haben. Die Sorte Mara des Bois ist leider eine Züchtung. Hat mich ehrlich gesagt enttäuscht, dass es keine alte Sorte Erdbeeren ist, aber sie schmecken wirklich so erdbeerig, wie man sich das vorstellt, oder?«

»Ja, sehr fein«, bestätigte Duval.

»Möchtest du einen Kaffee?«, fragte Annie.

»Ja gern.«

Nach dem Essen lehnte Duval sich in seinen Gartenstuhl zurück und sah Annie an. »Ich glaube, der Kaffee reicht heute nicht.«

»War er nicht stark genug? Möchtest du noch einen?« Annie machte Anstalten aufzustehen.

»Ach Nini, was bist du fürsorglich«, er beugte sich vor und küsste sie. »Nein«, sagte er und stand seinerseits auf. »Ich glaube, ich brauche heute zusätzlich eine kleine *sieste*, was meinst du?« Er sah sie verschmitzt an.

»*Pourquoi pas*«, lächelte sie und ließ sich von ihm widerstandslos ins Schlafzimmer ziehen.

Der Schlüssel drehte sich im Schloss. »*Bonjour Monsieur*!«, rief eine Frauenstimme, während gleichzeitig die Tür aufgestoßen wurde.

Annie, die sich, nur bekleidet mit einem kurzen Hemd und Höschen, in der Küche zu schaffen machte, flüchtete sich in das angrenzende Zimmer. »Léon«, zischte sie von dort halblaut Richtung Innenhof, aber er schien sie nicht zu hören. »LEON!«, rief sie jetzt laut.

»Was ist?«

»Da ist eine Frau und ich bin nicht angezogen!« Sie machte eine verzweifelte Grimasse.

»Warum hast du dann die Tür aufgemacht?«, fragte er verständnislos.

»Ich habe nicht aufgemacht, sie kam einfach rein, sie hat einen Schlüssel«, zischte Annie.

»*Bonjour*«, sagte es jetzt fröhlich hinter ihr. Annie zuckte zusammen und verschränkte die Arme vor der Brust.

»Ah, Jeanne, *bonjour,* wie geht's Ihnen? Darf ich Ihnen Annie vorstellen, sie verbringt ein paar Tage bei mir«, Duval, nur mit einem Slip bekleidet, war keine Spur verlegen. »Annie, das ist Jeanne, sie kommt einmal die Woche, um bei mir aufzuräumen«, stellte er nun Jeanne umgekehrt vor.

»*Bonjour Monsieur, bonjour Madame*«, kicherte Jeanne mit leicht abgewandtem Kopf.

»*Bonjour* Jeanne«, Annie, streckte kurz die Hand aus, um Jeanne zu begrüßen, und zog sie gleich wieder zurück, um sich weiterhin mit den Armen vor der Brust vor ihrem Blick zu schützen. »Aber sagen Sie bloß nicht Madame zu mir, ich bin Annie«, erklärte sie dann.

Jeanne nickte. »Soll ich vielleicht ein andermal kommen, Monsieur?«, wandte sie sich an Duval.

»Nein, nein Jeanne, alles in Ordnung. Wir überlassen Ihnen das Feld.« Er machte eine Kopfbewegung zu Annie und sie sauste mit gesenktem Kopf, »*pardon*« flüsternd an Jeanne vorbei, in den anderen Teil der Wohnung. Dann huschte sie noch einmal zurück, schnappte sich eine Tasse mit Kaffee, verdrehte gespielt dramatisch die Augen und brachte sich endgültig außer Sichtweite.

Jeanne kicherte.

»Verzeihen Sie Jeanne, ich habe völlig vergessen, dass Sie heute kommen.«

»Nicht schlimm, Monsieur«, sie kicherte wieder leicht, sah ihn aber nicht offen an. »Ich freue mich, dass es Ihnen gut geht. Ist nicht gut, immer alleine zu sein«, fügte sie noch hinzu, während sie vorgab, in ihrer Handtasche etwas zu suchen.

»Ja, da haben Sie recht, Jeanne. Ich gehe dann auch mal und lasse Sie hier loslegen.«

»Kein Problem, Monsieur. Ich mache sowieso erst die Küche.«

»Danke, Jeanne.«

»Oh Mann, hab ich mich vielleicht erschreckt. Peinlich ist mir das auch«, sagte Annie, die sich in Windeseile angezogen hatte und die noch herumliegenden Kleider ordnete.

»Muss dir nicht peinlich sein. Warum machst du Ordnung«, fragte er dann, »das kann Jeanne doch machen, deshalb kommt sie doch.«

»Ja, aber es ist deine Hilfe, nicht meine, und ich will nicht, dass sie meine Unterwäsche vom Boden aufheben muss. Es gibt Grenzen, oder?«

»Hm«, machte er und hob dann seinerseits ein gebrauchtes T-Shirt vom Boden auf, das er mit Schwung in die Wäschetonne im Bad beförderte.

Annie lächelte zufrieden.

»Warum fragst du sie nicht«, schlug Annie vor.

»Was?«

»Ob sie etwas weiß wegen den Straßenhändlern. Vielleicht kennt sie einen?«

»Weil sie schwarz ist, meinst du?«

»Hm.«

Duval schwieg einen Moment. »Jeanne kommt ursprünglich von den Seychellen«, erzählte er dann. »Sie hat aber schon fast ihr ganzes Leben in Frankreich verbracht, sie war lange Jahre Hausmädchen bei einer schwerreichen Reederfamilie. Dort hat man sie übrigens Jeanne genannt. Eigentlich heißt sie Zelia. Bizarrerweise gefällt ihr der französische Name nun besser als ihr eigener, klingt eben französischer. Sie arbeitete in einem anderen Umfeld, verstehst du? Das hat ein bisschen abgefärbt. Sie ist sehr stolz, in der Zwischenzeit Französin geworden zu sein, das war so ziemlich das Erste, was sie mir von sich erzählt hat. Und sie wohnt in einer gehobenen Wohnanlage. Dort kann sie sich zwar nur ein winziges Appartement leisten, aber sie zieht es jeder größeren Wohnung in einem HLM vor. Sie zeigt, dass sie den sozialen Aufstieg geschafft hat. Verstehst du? Ich denke, zwischen ihr und den Händlern liegen Welten.«

»Nichts ist tiefer als die soziale Kluft zwischen den Haussklaven und den Feldsklaven«, sagte Annie in bitterem Ton.

»So ungefähr«, stimmte Duval trocken zu.

»Was für eine Scheiße«, Annie schüttelte den Kopf. »Okay. War eine blöde Idee von mir. Nur weil man die gleiche Hautfarbe hat, muss man ja noch lange nichts miteinander zu tun haben.«

»Nein, so blöd ist die Idee gar nicht. Ich kann sie trotzdem mal vorsichtig fragen. Wenn man fast sein ganzes Leben durch die Personaleingänge gehen musste, kennt man die ›Unberührbaren‹ vermutlich trotzdem.«

»Die Unberührbaren?«, fragte Annie streng nach.

»Ich hoffe, du hast die Anführungszeichen mitgehört.«

Annie seufzte.

Tatsächlich hatte Jeanne fast unmerklich die Nase gerümpft, als Duval ihr angelegentlich vom Tod des vermutlichen Straßenhändlers erzählte. Mit »diesen« Leuten hatte sie nichts zu tun, stellte sie sofort klar.

»Sicher«, antwortete Duval, »das denke ich mir, obwohl ich glaube, die meisten sind grundanständige Menschen, die versuchen, ein bisschen Geld zu verdienen, um ihre Familien zu ernähren. Und irgendwo ist jetzt eine Familie ohne ihren Vater oder Bruder und sie wissen noch von nichts. Na gut«, schloss Duval. »Verzeihen Sie, Jeanne, dass ich Sie damit belästigt habe.«

»Nicht schlimm, Monsieur«, Jeanne polierte lange Zeit und mit Eifer den Wasserhahn und wischte das Waschbecken aus. Mit mehreren Mitteln und mehreren Lappen, bis es funkelte wie neu. Duval ordnete Papiere auf seinem Schreibtisch.

»Rue Marcel Berthaud«, sagte sie dann halblaut.

»Wie bitte, Jeanne?« Duval sah von seinen Papieren auf.

»Neben meinem Friseur. Ich gehe jeden Samstag zum Friseur. Ich muss zu einem speziellen Friseur mit meinen Haaren.« Sie deutete auf ihre geglätteten schwarzen Haare, die sie streng nach hinten und zu einem kleinen Knoten frisiert hatte. »Ich gehe jede Woche. Immer samstags«, erzählte sie weiter. »Und neben dem Friseur wohnen ein paar *Mamadous*. Rue Marcel Berthaud.«

»*Mamadous*?«, fragte Duval nach.

»*Oui, les mamadous,* so heißen die. Alle sagen das. Wissen Sie das nicht, *Monsieur le Commissaire*?« Jeanne erlaubte sich einen ganz leichten Spott in der Stimme.

»Die Straßenhändler?«

»*Voi-là!*«, sagte Jeanne, als habe sie einem begriffsstutzigen Kind endlich etwas erklären können.

»Und die wohnen in der Rue Marcel Berthaud?«

»Neben dem Friseur. Ich weiß nicht, wer und wie viele, aber dort sind immer *Mamadous*. Sitzen auf der Treppe und vor dem Haus und telefonieren und reden. Sie reden sehr laut. Immer denkt man, sie streiten, aber sie reden einfach so laut.« Sie sagte es mit einem strengen Ton.

Duval, der, während Jeanne sprach, eine Straße dieses Namens im Internetstadtplan suchte, fragte noch einmal nach. »Wo ist die denn, die Straße? Marcel Berthaud, sagten Sie, oder?«

»Das ist eine kleine Querstraße zum Boulevard de la République. Gleich vorne, da wo der Intermarché war, und der Apotheker, die beide bei der Überschwemmung völlig zerstört worden sind, wissen Sie? Hinter dem Parkplatz. An der Ecke ist mein Friseur. Und dann ist da eine Bäckerei. Und daneben ist es.«

»Ah, ja, ich ahne, wo.« Er blickte noch einmal auf den Stadtplan und fand eine Rue Marcellin Berthellot. »Rue Marcellin Berthellot?«, fragte er laut.

»*Voi-là!*«, sagte Jeanne wieder im gleichen Ton für begriffsstutzige Kinder.

»Danke, Jeanne.«

»Nichts zu danken, Monsieur.«

»Annie, Jeanne hat mir tatsächlich einen Tipp geben können, ich gehe noch mal los, was machst du?«

»In Ordnung.« Annie suchte in Duvals Plattensammlung herum und nickte abwesend.

»Was suchst du?«

»Aznavour. Seit Ventimiglia habe ich dieses Lied im Kopf.«

»Ah.« Duval verstand augenblicklich. Mit einem Griff hatte er die CD gefunden und legte sie in den CD-Spieler ein. »*Emmenez-moi au bout de la terre*«, sang Charles Aznavour. »*Emmenez-moi au pays des merveilles. Il me semble que la misère serait moins pénible au soleil.*«

»Ja, das denken sie alle, die hier gestrandet sind, dass man das Elend hier weniger spüren würde, nur weil die Sonne scheint. Aber das ist eine Illusion.«

»Aznavour ist mit seiner armenischen Familie übrigens auch mal ein Flüchtender gewesen«, antwortete Annie. »Und Frankreich war damals stolz darauf, ein Land zu sein, das Menschen in Not aufnahm.«

Duval seufzte. »Ich weiß das, Annie. Ich weiß. Aber das war vor 100 Jahren. Jetzt ist eine andere Zeit. Und es gibt so viele Menschen in Not. Wir müssen heute anders mit dem Problem umgehen.«

»Indem wir die Grenzen zumachen, die Leute in irgendwelche Länder zurückschubsen, wo sie in Lagern vor sich hin vegetieren, sich mafiösen Fluchthelfern anvertrauen und dafür bezahlen, dass sie im Bauch eines Containerschiffs ersticken oder im Mittelmeer ersaufen?«

»Herrgott noch mal, Annie. Ich habe auch keine Lösung. Ich bin Polizist, kein Politiker. Es ist ihre Aufgabe, sich darum zu kümmern.«

»Aber sie tun es nicht!« Annie war laut geworden. »Nicht genug zumindest. Ich denke, wir müssten auch etwas tun. Ich, du, jeder von uns!«

»Sehr schön. Mach das, Annie. Aber ich habe schon genug zu tun, vielen Dank! Und ich gehe jetzt los, meinen Job machen.« Für Duval war die Diskussion beendet. Er küsste Annie flüchtig. Sie sah ihn unwillig an.

»*Allez*, Annie«, versuchte er einen versöhnlichen Ton. »Wir sind nicht einer Ansicht, aber das bedeutet doch nicht, dass wir uns jetzt die ganze Woche streiten müssen, oder?«

»Hm«, brummelte sie unwirsch.

»Also ich bin weg, bis später. *Salut!*« Duval ließ die Tür ins Schloss fallen.

Annie schnaufte. Sie hörte noch einmal das Chanson, dann wählte sie ein weiteres Lied von Aznavour: »*Les Emigrants*«.

Comment crois-tu qu'ils sont venus? Ils sont venus, les poches vides et les mains nues ...

Sie schnappte sich ihr Laptop, öffnete ein neues Dokument und begann zu schreiben.

Zwei Afrikaner sah Duval, als er sich näherte. Junge schmale Männer, die auf ihren Smartphones herumtippten. Einer von ihnen hatte den Kopfhörer eines Headsets in einem Ohr. Sie saßen auf den Steinstufen eines schmalen Hauses, das, wie Jeanne gesagt hatte, neben einer Bäckerei lag. Duval ließ den Blick über die Straße und den Platz gleiten. Arabisch aussehende Passanten gingen vorbei, Frauen, die trotz der Wärme mit langen Röcken und langärmeligen Blusen bekleidet waren und ihre Haare mit Tüchern bedeckt hatten. Sie schleppten schwere Einkaufstüten. An der Ecke waren arabischstämmige Jugendliche versammelt, ein paar von ihnen saßen auf Skootern und erzählten mit großen Gesten. Sie lachten. Ab und an spuckte einer auf den Boden.

»*Bonjour*«, sagte Duval und sein Schatten fiel auf die beiden Afrikaner. Erschrocken sahen sie auf. Duval sah den Fluchtreflex in ihren Augen. »Entschuldigung«, versuchte er es in ruhigem Ton. »Ich habe eine Frage.« Einer der Männer aber war aufgestanden und machte Anstalten, in den dunklen Flur hinter der offenen Tür zu verschwinden.

»Bitte«, hielt Duval ihn zurück, »ich habe wirklich nur eine Frage.«

Der Mann blieb unentschlossen zwischen Tür und Angel stehen, rief aber laut ein paar Worte in einer fremden Sprache in das Innere des Hauses. Dort schien es andere Menschen in Alarm zu versetzen. Duval hörte laute Stimmen und hektisches Räumen, Türen knallten. Na prima, das habe ich ja perfekt hingekriegt, dachte er, dabei habe ich nicht mal gesagt, dass ich von der Polizei bin.

Noch immer stand der eine Mann wie in Alarmbereitschaft halb drin, halb draußen und der andere saß angespannt auf den Stufen. Er hatte sein Headphone aus dem Ohr genommen und starrte ihn an.

Duval zog langsam sein Smartphone aus der Tasche und suchte das Foto, das er von dem toten Afrikaner gemacht hatte. »Ich suche jemanden, der diesen Mann kennt«, sagte er und blickte von einem zum anderen. Sie reagierten nicht. »Sie verstehen mich doch?«, fragte Duval nach. »*Vous me comprenez?*«, wiederholte er langsam. Beide nickten. »Gut. Ich möchte Ihnen ein Foto zeigen.« Er hielt dem jungen Mann auf den Stufen das Foto auf dem Smartphone hin. Bingo. Er kannte ihn. Auch wenn er es nicht sagte. Duval hatte für den Bruchteil einer Sekunde etwas in seinen Augen gesehen, bevor er den Blick senkte. Schreck. Schmerz. Wut. »Wissen Sie, wer das ist?«, fragte er nun den anderen Mann, der in der Tür stand. Dieser nickte, sagte laut in einer fremden Sprache etwas zu dem jungen Mann auf den Stufen und sah dann mit düsterem Blick zu Boden. »Wohnte er hier? Ein Freund von Ihnen? Ein Kollege? Wie ist sein Name?«, forschte Duval nach und sah von einem zum anderen. »Ich bin von der Polizei«, fügte er nun doch noch hinzu. Aber die Männer schienen das schon zu wissen.

»Nix hier.« Dann folgte eine Erklärung, die Duval nicht verstand. Der in der Tür stehende Mann rief wieder laut ins Innere des Hauses. Von dort wurde zurückgerufen.

Durch das laute Gerede angelockt stand Duval nun umringt von einer Traube von Menschen vor dem Haus. Vor allem die jugendlichen Maghrebins, junge Männer aus den nordafrikanischen Ländern, waren aufmerksam geworden, von ihren Skootern gestiegen und mischten sich ein. »Was gibt's?« »Ein *flic*?« »Was ist los?« »Ein Foto! Was für ein Foto? Zeig mal Foto!« Aus der halb geöffneten, halb geschlossenen Tür des Hauses steckte nun noch ein weiterer Afrikaner seinen Kopf. Er rief laut etwas in seiner Sprache dazwischen und zumindest kurzzeitig verstummten alle. *»Bonjour M'sieur«*, sagte er nun zu Duval und musterte ihn kurz. »Was ist los?«

»Ich suche Informationen über diesen Mann.« Er suchte noch einmal das Foto und zeigte es dem neu hinzugekommenen Afrikaner.

Der Gesichtsausdruck des Mannes wurde hart und undurchdringlich.

»Sie kennen ihn?«

»Polizei?«, fragte der Mann wiederum zurück. »Sie sind Polizei?«

»Ja. Polizei.«

Die Maghrebins um ihn herum raunten unruhig und gerieten in Bewegung. »Ein *flic*.« Einer spuckte verächtlich auf den Boden. »Natürlich. Was glaubst du? Hab ich dir gleich gesagt, dass das ein *flic* ist.«

»Ganz ruhig!« Duval wurde laut und blickte durchdringend von einem zum anderen. »Ich bin von der Polizei, jawohl.« Duval suchte seinen Dienstausweis. Der schnelle Griff in die Innentasche seiner leichten Weste ließ die Afrikaner zusammenzucken. »Herrjeh«, dachte Duval und zeigte nun mit einer betont langsamen Bewegung seinen Dienstausweis vor, den niemand weiter beachtete.

»Sie kennen diesen Mann?«, wiederholte er, nun wieder an die Afrikaner gewandt.

»Ja, *M'sieur,* kennen wir.« Der hinzugekommene Mann stand nun groß in der Tür. Er war nur mit einem Handtuch, das er um die Hüften geschlungen hatte, bekleidet.

»Wohnt nix hier.«

»So weit habe ich das schon verstanden. Das haben mir Ihre Kollegen hier schon gesagt. Wie heißt er? Sein Name? Wie ist sein Name?«, fragte er.

»Dschamalique.«

Das war zumindest das, was Duval verstand. »Dschamalique?«, wiederholte er fragend. »Das ist sein Name? Dschamalique?«

»Nein, nicht Dschamalique. Dcha-malik!«

Duval hörte keinen Unterschied. »Dschamalique«, wiederholte er dumm. »Ist das der Vor- oder der Nachname?«

Der Afrikaner lächelte leicht. »Nicht leicht unsere Sprache für Franzosen. DCHA-MA-LIK«, wiederholte er langsam und deutlich.

»Gut, Dscha-ma-lique«, versuchte Duval mit der gleichen Betonung nachzusprechen. »Ist das der Familienname?« Die Afrikaner amüsierten sich. Irgendwie sprach er es falsch aus. Aber es war ein Anfang.

»Ist sein Name. Dchamalik. Nix hier.«

»Ja, das hatte ich eben schon verstanden, aber wo wüsste ich gern. Wo wohnte er?«, wiederholte er deutlich die Frage. »Wo?«, fragte er. »Hier im Viertel? Welche Straße?«

Die drei Afrikaner sprachen untereinander schnell und

laut in ihrer Sprache. Es klang wütend und aggressiv. Zumindest kam es Duval so vor.

Letztlich ergriff wieder der neu hinzugekommene Mann das Wort. »Broussels« verstand Duval. »Bruxelles?«, wiederholte er fragend. »Rue de Bruxelles?« Der Mann schüttelte den Kopf. »*Non*, nix Bruxelles, Broussels.« Er gestikulierte und zeigte vage mit der Hand in eine Richtung.

Broussels, Brousselles, überlegte Duval. Welche Straße lag in dieser Richtung? »Broussailles?«, fragte er laut. »Wie das Krankenhaus?«

»Ja.« Der Afrikaner nickte nun eifrig. »Ja, Broussels. Krankenhaus.«

Vermuteten sie, dass ihr Kollege im Krankenhaus lag? Oder hatte er in der Avenue des Broussailles gewohnt? Letzteres glaubte Duval verstanden zu haben.

»Dschamalique wohnt in der Avenue des Broussailles, ja«, versuchte er es.

»*Voi-là*«, sagte der Afrikaner im gleichen Ton wie seine Haushaltshilfe Jeanne und strahlte ihn an. Der begriffsstutzige französische *flic* hatte es endlich verstanden.

Endlich, dachte auch Duval. Dann seufzte er. Die Avenue des Broussailles war lang. »Wo genau?«, fragte er daher. »Wissen Sie, in welchem Haus in der Avenue des Broussailles? Welche Hausnummer?« Er zeigte vorsichtshalber auf die Hausnummer des Hauses, vor dem sie sich gerade befanden. Nein, allgemeines Kopfschütteln, die Nummer wusste niemand, aber man lieferte ihm eine lange, unverständliche und gestenreiche Erklärung. Krankenhaus und dann noch ein Stück weiter, so viel glaubte Duval davon verstanden zu haben.

»Dschamalique ist tot, das wissen Sie, oder? Sie wussten es sogar schon, bevor ich kam, oder?!« Fragte er dann doch noch nach. Die Gesichter der Afrikaner, eben noch lachend angesichts der Begriffsstutzigkeit Duvals, verschlossen sich. Ihr Blick war dunkel und keiner sprach mehr. Drei Afrikaner starrten ihn wortlos an. Die Maghrebins hatten sich, bis auf einen, nach und nach davongemacht.

»Er war doch ein Kollege von Ihnen, Dschamalique?«, fragte er dann weiter. Keine Reaktion.

»Dchamalik«, korrigierte der Afrikaner.

»Dschamalique, Dchamalique«, wiederholte Duval leicht genervt. »Sie kannten ihn doch?«

»Ja. Guter Mann.«

»Ja, das will ich gern glauben, aber jetzt ist er tot, der gute Dschamalique. Ich will wissen, warum er sterben musste. Wollen Sie das nicht auch wissen?« Er wandte sich an den jungen Mann, in dessen Augen er eine deutliche Reaktion wahrgenommen hatte. »Sie kannten Dschamalique näher, nicht wahr?«

Der junge Mann sagte etwas in seiner Sprache, woraufhin der Wortführer ihn ebenfalls in einer fremden Sprache anherrschte.

»Entschuldigung«, wandte er sich dann Duval zu und sagte mit einer autoritären Endgültigkeit: »Dschamalique nix hier.«

»Ja«, seufzte Duval. »Avenue des Broussailles, ich weiß.«

»*Voi-là*. Avenue des Broussels. *Merci M'sieur. Merci. Merci, au revoir.*« Er machte Anstalten, die Tür zu schließen.

»Ich danke Ihnen«, sagte Duval noch, »vielen Dank.« Er nickte allen zu, vor allem dem jungen Mann auf den Stufen, der schon wieder sein Headphone ins Ohr gestöpselt hatte. Der aber sah es nicht, er hatte die Augen auf den Boden gerichtet. »Auf Wiedersehen. *Au revoir.*«

»*Au revoir, au revoir, merci M'sieur*«, rief der ältere Afrikaner ihm erneut mit einer aufgesetzten Freundlichkeit nach und schloss hart die Tür.

Duval entfernte sich ein paar Schritte und drehte sich noch einmal um. Der junge Mann saß jetzt alleine auf der Eingangsstufe und starrte auf das Display seines Mobiltelefons. Die jugendlichen Maghrebins hatten wieder die Stellung an der Straßenecke eingenommen und saßen auf ihren Skootern und dem Geländer der Parkplatzbegrenzung wie ein Krähenschwarm. Alles schien wie vorher. Er ging zurück und reichte dem jungen Mann seine Visitenkarte. »Für den Fall, dass Ihnen noch etwas einfällt oder …«, er ließ das Ende des Satzes offen. »Sie verstehen mich doch, oder?«, fragte er vorsichtshalber. Der Mann nickte unmerklich. »Mein Name ist Léon Duval«, er zeigte auf den Namen auf der Visitenkarte, die der junge Mann anstarrte. »Das ist meine Nummer«, Duval tippte auf das Kärtchen. »Falls Sie mir etwas sagen wollen.« Der junge Mann sah Duval nur wortlos an und steckte das Kärtchen in seine Hosentasche.

»Jederzeit, Sie können mich jederzeit anrufen, verstehen Sie?«

Der Mann sah ihn weiterhin nur wortlos an. Dann senkte er die Augen und widmete sich wieder dem Mobiltelefon.

»Stell dir vor, sie haben heute Nachmittag demonstriert!« Annies Stimme vibrierte.

»Wer?«

»Die Afrikaner in Ventimiglia. Und ich war nicht da!« Sie klang aufgebracht. »Ich hätte es wissen können, wenn ich ein bisschen aufmerksamer gewesen wäre.«

»Was hättest du davon gehabt?« Duvals Frage schien Annie noch mehr zu verärgern.

»Ich wäre gern dabei gewesen.«

»Aha.«

»Dich lässt das kalt oder was? Das Schicksal all dieser Menschen?«

Duval atmete hörbar aus. Er hatte sich seinen Abend mit Annie irgendwie anders vorgestellt. »Erzähl mal«, forderte er sie dann auf. »Was ist los in Ventimiglia?«

»Ich weiß es nicht genau, das ist es.« Sie klang bitter und unzufrieden. »Ich hatte einen Kollegen am Telefon. Anscheinend haben etwa zweihundert Afrikaner vor dem Rathaus in Ventimiglia friedlich demonstriert. Aber die Polizei war ...« Sie sprach nicht weiter. Sie wusste nicht, wie sie das gewaltsame Vorgehen der Polizei, und sei es die italienische, mit Duval erörtern sollte. »Und es soll Deportationen gegeben haben«, fügte sie dann hinzu.

»Die Polizei war was?« Duval hatte es durchaus gehört. »Und was meinst du mit ›Es soll Deportationen gegeben haben‹? Sie haben Flüchtlinge *deportiert*?« Er betonte das Wort.

»Es wäre mir lieber, wenn du zukünftig nicht mehr ›Flüchtlinge‹ sagen würdest, Léon.«

»Ach du liebe Güte, Annie! Wie soll ich sie denn nennen? Schwarzafrikaner in der Migrationsphase?« Duval klang sarkastisch.

»Flüchtende oder Geflüchtete zum Beispiel. Flücht-*ling* ist eine negativ konnotierte Verkleinerungsform ...«

Duval unterbrach Annie fast sofort: »Annie, das sind doch intellektuelle Spitzfindigkeiten, die irgendwelche Spinner von außen an das Problem herantragen und die nichts an der Sache an sich ändern. Ich bin sicher, es ist den

Menschen in Ventimiglia oder wo auch immer völlig egal, wie man sie nennt. Erzähl mir lieber, was bei der Demonstration passiert ist. Gewaltsame Begegnung mit der Polizei, ist es das, was du nicht sagen willst? Und mit welcher Begründung wurden die Demonstranten abtransportiert und wohin?«

»Ich finde nicht, dass das intellektuelle Spinner sind, nur weil sie sich um eine adäquate Sprache bemühen. Der Ton macht die Musik.«

»Gut, ja. Man sagt nicht mehr Neger, nicht mehr Zigeuner, aber alle nennen uns ungehindert immer noch ›*flic*‹. Das findet anscheinend niemand schlimm. Für mich ist das Wort ›Flüchtling‹ völlig neutral und ich spreche es auch wertneutral aus. Nichts wird besser an der Situation dieser Menschen, dieser *Flüchtenden*«, er versah das Wort mit einem genervten Unterton, »nur weil ich ein anderes Wort verwende.«

»Nein, vor allem nicht, wenn du es so aussprichst, als seien es Aussätzige.«

Duval ging nicht darauf ein. »Erzählst du mir jetzt, was los war?«

»Ich weiß es nicht genau. Es gab, wie gesagt, eine Demonstration und danach hat die italienische Polizei wohl Hunderte von Menschen gewaltsam in Busse verfrachtet und deportiert.«

»Hunderte von Menschen *deportiert*!«, wiederholte Duval verärgert. »Wenn wir schon politisch korrekt sprechen, dann bitte ich dich ebenso vorsichtig zu sein mit deiner Wortwahl!«, empörte sich Duval. »Die Polizei, auch die italienische, ›deportiert‹ niemanden. Eine Demonstration wofür oder wogegen?«

»Für die Freiheit, die Grenze zu passieren, natürlich.«

»Gab es Ausschreitungen?«

»Nur vonseiten der Polizei«, sie sah ihn streng an, als sei die Reaktion der italienischen Polizei seine Schuld.

»Annie, das ist doch Propaganda! Es war bestimmt wie immer, irgendwelche Kerle randalieren und provozieren, aber das wird nicht gesagt, nur die Reaktion der Polizei, die wird wie immer gezeigt.«

»Vielleicht. Ich war ja nicht da.« Sie schnaufte. »Ich kann mir nicht mal vorstellen, dass die Menschen, die wir am Bahnhof gesehen haben, demonstrieren. Schon gar nicht gewaltsam. Sie sahen alle so müde aus. Obwohl, wenn sie lange genug in diesen elenden Verhältnissen in Ventimiglia festhängen, verwandelt sich die Müdigkeit vielleicht auch wieder in Lebensenergie. In Wut. Verständlich wäre es.«

»Hm.« Duval klang nicht überzeugt. »Wenn, dann sind sie vermutlich von irgendwelchen Aktivisten aufgewiegelt worden, diese No-Border-Typen. Wer soll denn sonst die Journalisten, die natürlich mal wieder rechtzeitig vor Ort waren«, sagte er sarkastisch und sah Annie provokant an, »benachrichtigt haben? Die Flüchtlinge? Die kennen doch niemanden. Die Idee, dieses Floß aus Kanistern zu bauen, stammte auch von ihnen, wie ich erfahren habe. Schön spektakulär, aber sie haben das Leben von Menschen riskiert, weil sie sich nicht vorstellen konnten, wie viele Leute auf dieses idiotische Floß wollten. Für die ist es nämlich kein Spiel, sondern bitterer Ernst!«

»Hm«, machte Annie unwillig und runzelte die Stirn. Sie starrte auf ihr Smartphone und klickte sich durch die Neuigkeiten. »Ich werde noch ein bisschen herumtelefonieren, um mehr zu erfahren«, entschied sie dann und scrollte in ihrem Mobiltelefon die Kontaktliste herunter.

»Ich hatte gedacht, wir könnten ein bisschen rausgehen, ein Glas trinken irgendwo am Strand …«, schlug Duval vor.

»Nicht jetzt.« Sie schüttelte verneinend ihre blonden Locken und sah ihn abwesend an, während sie das Telefon ans Ohr hielt. »*Allô*? Hervé Colombani? Entschuldigung, wenn ich Sie störe … Annie Châtel am Apparat. Ich bin freie Journalistin und ich habe von Ihnen im Zusammenhang mit den Flüchtenden in Ventimiglia erfahren …«

Duval hörte mit einem Ohr dem Gespräch zu, während er sich resigniert einen Pastis 51 einschenkte. Wenn Annie nicht ausgehen wollte, dann trank er eben ein Glas zu Hause. »Möchtest du …?«, fragte er unhörbar, während er ihr die Flasche zeigte.

»Nein!« Sie schüttelte erneut ihre Locken und sah ihn streng an. »*Pardon*? Doch, doch natürlich, Entschuldigung«, sagte sie dann ins Telefon, »ich war hier gerade abgelenkt. Doch gerne. Morgen? In Ordnung. Ja, das ist nett, vielen Dank!« Sie beendete das Gespräch. »Ich habe morgen eine Verabredung mit Hervé Colombani«, sagte sie dann und sah sehr zufrieden aus.

»Aha.«

»Ist noch etwas von dem Weißwein übrig?«, fragte sie dann unvermittelt. »Dann könntest du mir vielleicht einen Kir machen?!«, schlug sie vor.

»Einen Kir, sehr wohl die Dame«, Duval suchte im Schrank nach der Flasche mit dem Cassislikör. »Wer ist Hervé Colombani?«, fragte er dann.

»Jemand, der etwas tut! Er gewährt Flüchtenden für eine gewisse Zeit Zuflucht. Er lebt in Tourette sur Loup.«

»*Pling*« machte es in ihrem Smartphone. »Ah, das ging ja flott, das ist er. Er wollte mir eine Wegbeschreibung schicken.« Sie öffnete ihr Telefon und überflog die Nachricht.

Duval beobachtete sie. Sie las versunken. Dann sah sie auf, nahm lächelnd das Glas Kir entgegen und prostete ihm zu. »*Tchin!*«

»*Tchin, Annie!*« Er beugte sich zu ihr und küsste sie.

Sie küsste ihn leicht zurück und trank einen Schluck. »Ich werde nur schnell antworten, in Ordnung?«, sagte sie und tippte schon auf dem kleinen Display herum.

4

Die Avenue des Broussailles zog sich. Soeben waren sie am lang gestreckten weißen Neubau des Krankenhauses vorbeigefahren, das mit der langen Reihe hoher Fächerpalmen und einem Kunstwerk aus riesigen gebogenen und verrosteten Stahlträgern aussah, als sei es einem amerikanischen Film entsprungen.

Duval zeigte auf die Bushaltestelle, an der zwei ältere Frauen warteten. »Lassen Sie uns mal fragen.« Villiers fuhr rechts ran und Duval ließ die Scheibe herunterfahren.

»*Bonjour Mesdames,* wir suchen ...«, er stockte, »... kennen Sie sich hier aus?« Fragte er dann zunächst. Beide Damen schüttelten den Kopf und wiesen auf das Krankenhaus. »Wir haben hier nur einen Krankenbesuch gemacht.«

»Danke«, konnte Duval gerade noch murmeln, so schnell war Villiers weitergefahren, um ein paar Meter weiter neben einer anderen Passantin anzuhalten.

»Entschuldigung, Madame, kennen Sie sich hier aus?«

»Ja«, nickte die Dame und näherte sich dem offenen Autofenster.

»Wir suchen jemanden«, erklärte Duval. »Vielleicht können Sie uns helfen. Hier in der Straße sollen Afrikaner wohnen.«

Die Dame sah die Polizeibeamten misstrauisch an. »Wozu wollen Sie das wissen?«, fragte sie.

»Wir sind von der Polizei«, ergänzte Duval und zeigte seinen Dienstausweis. Sie waren mit einem neutralen Dienstwagen unterwegs.

»Ah«, machte die Frau und sah erleichtert aus. »Ich dachte schon … kommen Sie wegen der Plakate?«

»Welche Plakate?«

»Na, die hier«, sie drehte sich um und wies auf die kleinen schwarz-gelben Plakate, die auf einem Stromversorgungskasten und an einem Zaun klebten. »Die hängen jetzt die ganze Straße entlang. Irgendjemand hat die heute Nacht hier aufgehängt.«

»Aha«, machte Duval. Immer öfter sah man jetzt die in schwarz und gelb gehaltenen Plakate der *Génération Identitaire*, der Identitären Bewegung, einer jungen Splittergruppe am extrem rechten Rand der Politik. Die Botschaft der Plakate war deutlich: *»On est chez nous!«* stand groß darauf. Klein gedruckt stand in einer Ecke zwar zu lesen, dass man sich »nur« gegen den terroristischen Islamismus richte, den man damit bekämpfen wolle. Aber von Weitem signalisierte dieses »On est chez nous!« ganz allgemein Xenophobie. »Wir sind bei uns« war nur eine andere Variante von »Frankreich den Franzosen« oder »Ausländer raus!«.

»Wohnen Sie hier?«

»Ja. Nicht weit entfernt von dem Haus, das Sie vermutlich suchen. Ich finde es unerträglich«, sagte sie bitter.

»Was finden Sie unerträglich, *Madame*?«

»Diese Plakate plötzlich überall, diesen Rassismus in der Nachbarschaft. Man glaubt, die Menschen zu kennen, neben denen man wohnt, und dann so etwas.« Sie schüttelte den Kopf. »Das sind anständige Menschen, die Afrikaner, ganz reizend, fleißig, höflich, immer freundlich. Ich gebe ihnen oft etwas. Bettwäsche oder Decken, manchmal auch Kleidung. Für Afrika«, fügte sie hinzu.

»Und äh ... *wo* ist das Haus?«

»Fast am Ende der Straße, kurz vor Rocheville«, sie zeigte mit der Hand geradeaus. »Ich könnte auch sagen ›immer den Plakaten nach‹«, sagte sie bitter. »Es ist ein rosafarbenes Haus mit Oleanderbüschen davor. Die Afrikaner wohnen im Erdgeschoss.«

»Sie kennen sie also?«

»Na ja, kennen ist vielleicht zu viel gesagt. Man kennt sich vom Sehen und man sagt sich ›Guten Tag‹. Ich wohne ja gleich um die Ecke, im Chemin des Oliviers. Manchmal sind wir im gleichen Bus, manchmal sieht man sich morgens beim Bäcker. Das sind wirklich *ganz* anständige Leute«, wiederholte sie eindringlich. »Und heute Morgen waren da wieder überall diese Plakate. Widerlich.«

»Sie meinen, das richtet sich gegen die Afrikaner?«

»Natürlich«, sie sah die Polizisten verwundert an. »Gegen wen denn sonst?«

»Und Sie meinen, die hat einer Ihrer Nachbarn plakatiert?«

Sie zögerte kurz. »Keine Ahnung«, sagte sie dann. »Gesehen habe ich niemanden, aber wundern würde es mich nicht.«

»Gut, danke Madame. Ein rosafarbenes Haus also?!«

»Ja, kurz vor Ende der Straße auf der linken Seite. Sie werden es erkennen, es stehen zwei wundervoll blühende Oleander in Weiß und Dunkelrot im Vorgarten. Die Hausnummer ist 93 oder 95, glaube ich.«

»Danke schön!«

»Keine Ursache. Ich hoffe, Sie finden ihn.«

»Wen?«

»Na, den, der die Plakate geklebt hat! Deswegen kommen Sie doch, oder?«

»Ja, sicher.« Duval nickte freundlich und machte Villiers ein Zeichen, der wieder anfuhr.

So ganz erschloss sich ihnen die Logik der Dame erst, als sie vor dem besagten Haus standen. Die Menge der Plakate entlang der Straße hatte zugenommen und schien sich hier, wo die Afrikaner wohnen sollten, zu einem Höhepunkt verdichtet zu haben. Ein ganzes Garagentor war damit zugeklebt. »Schönes Ambiente«, konnte Villiers sich nicht verkneifen.

»Bonjour Monsieur«, Duval zögerte und sah noch einmal auf das Klingelschild. »Monsieur Richard?«, fragte er dann.

»Ja«, antwortete der groß gewachsene grauhaarige Mann. »Und Sie sind …?« Er ließ die Frage in der Luft hängen.

»Commissaire Duval von der Police Nationale«, stellte Duval sich vor, »und mein Assistent Commandant Villiers.«

»Bonjour.« Der Mann sah sie aus hellen Augen ernst an. »Ist etwas passiert?«

»Können wir vielleicht einen Moment hineinkommen?«

»Sicher, entschuldigen Sie. Bitte …«, er machte eine einladende Geste mit der Hand und öffnete die Tür zum Salon.

Duval und Villiers betraten den hellen, hohen Raum, an dessen rechter Wand eine Vielzahl unterschiedlichster Gemälde hing, eine andere Wand bestand aus gut bestückten Bücherregalen. Zwei Fenstertüren führten auf einen Balkon. Zur linken, auf einem Sideboard, stand ein Fernseher.

»Bitte«, forderte Monsieur Richard Duval und Villiers mit einer weiteren Geste auf, auf einem der Sofas Platz zu nehmen. Er selbst setzte sich ihnen gegenüber. »Was kann ich für Sie tun?«

»Wir kommen wegen Monsieur Dschamalique«, begann Duval.

Monsieur Richard sah sie ausdruckslos an. »Kenne ich nicht«, sagte er dann.

»Monsieur Richard, Sie sind Eigentümer dieses Hauses?!«

»Ja.« Der Blick des älteren Herrn war wachsam.

»Und Sie kennen Monsieur Dschamalique nicht?«

»Wer soll das sein?«

»Einer Ihrer Mieter. Sie kennen die Namen Ihrer Mieter nicht?«

»Natürlich kenne ich die Namen meiner Mieter.« Monsieur Richard schien verärgert.

»Monsieur Dschamalique kennen Sie aber nicht.«

Monsieur Richard verzog leicht den Mund, antwortete aber nicht.

»Monsieur Richard, seit wann vermieten Sie ein Zimmer oder eine Wohnung an Monsieur Dschamalique?«

»Aber ich sage Ihnen doch, ich kenne keinen Herrn Dschamalique. Also vermiete ich auch nicht an ihn.«

Villiers schob eine Fotografie des toten Afrikaners über den niedrigen Couchtisch. »Um Missverständnissen vorzubeugen«, sagte er und sah Monsieur Richard aufmerksam an. »Wir reden von diesem Mann hier. Er ist Dschamalique.«

Monsieur Richard nahm die Fotografie und blickte kurz darauf. »Oh«, sagte er. Er sah bestürzt aus.

»Sie kennen ihn?«

»Ja. Ja natürlich. Und er heißt *Dschamalique*? Sind Sie sicher?«

»Sagen wir, das ist das, was ich verstanden habe«, räumte Duval ein. »Vielleicht heißt er Djamal Alique oder Jamalic?« Das erschien ihm plötzlich auch viel logischer. »Der Name wurde uns von … nun sagen wir von Kollegen, von anderen Afrikanern, gegeben.«

Monsieur Richard schien nachzudenken. »Er wohnt hier, in der Saison zumindest«, sagte er dann. »Ich kenne seinen Namen nicht, aber ich kenne ihn, sicher. Dschamalique«, wiederholte er nachdenklich wie für sich. »Was ist passiert?«, fragte er dann.

»Er wurde tot am Strand gefunden. Haben Sie nichts davon gehört?«

Monsieur Richard schüttelte den Kopf.

»Wann haben Sie ihn denn das letzte Mal gesehen?«

Der Mann überlegte. »Keine Ahnung«, sagte er dann. »Wirklich, ich weiß es nicht.«

»Er wohnt aber hier? Oder wohnte«, fragte Duval noch einmal.

»Ja.« Monsieur Richards Antwort war knapp.

»Gut, das müssen Sie mir erklären, Monsieur Richard. Sie sagen, er wohnte hier. Wie kann es dann sein, dass Sie seinen Namen nicht kennen?«

»Ich kenne nicht die Namen von allen Afrikanern, die hier logieren. Das wechselt.«

»Wie viele Afrikaner ›logieren‹ denn hier?«, Duval war jetzt hellhörig geworden.

»Auch das wechselt.« Monsieur Richard atmete durch. »So genau weiß ich das nicht. Jetzt, in der Saison sind sie zu fünft. Oft sind es nur drei. Im Winter manchmal nur einer.«

»Aha.« Duval betrachtete Monsieur Richard ausdruckslos. »In der Saison«, wiederholte er. »Und alle diese Leute, die hier logieren, das sind in Ihren Augen keine Mieter?«

Monsieur Richard antwortete ruhig. »Es sind nicht *meine* Mieter. Es sind Untermieter. Untermieter von Monsieur Ndiaye Massar, mit dem ich einen regulären Mietvertrag habe. Dieser Herr hier«, er tippte leicht auf das Foto, »wohnt hier zur Untermiete bei Monsieur Ndiaye, das nehme ich zumindest an. Aber das müssen Sie mit Ndiaye klären.« Er hatte nun einen leicht aggressiven Ton und sah die Polizisten direkt an. »Und er hier ist also tot?«, fragte er dann. »Weiß man, was passiert ist?«

»Im Moment wissen wir noch nicht viel. Man hat ihn vorgestern Nacht am Strand gefunden. Ohne Papiere, ohne Geld. Ist Ihnen irgendetwas aufgefallen in der letzten Zeit? Vielleicht ein Streit bei Ihren ...«, er zögerte kurz, »Mietern?«

Monsieur Richard schüttelte den Kopf. Überlegte und schüttelte erneut den Kopf. »Nein«, sagte er dann. »Nein, ich wüsste nicht ...« Er beendete den Satz nicht.

»Monsieur Richard, wie muss ich mir das vorstellen, mit Ihren Mietern? Sie haben also einen regulären Mietvertrag?«

Monsieur Richard wurde schmallippig. Seine Mundwinkel zogen sich noch weiter nach unten. »Es sind nicht meine Mieter. Das sagte ich schon.«

»Aber an einen der Afrikaner vermieten Sie regulär?«

»Ja.«

»Es gibt also einen Mietvertrag?«

»Sicher.«

»Mit Monsieur, wie sagten Sie? Djah?«

»Mit Monsieur Ndiaye. Ndiaye Massar.«

»Ah ja, diese Namen klingen alle gleich, nicht wahr?«

Monsieur Richard verzog keine Miene. »Ich habe einen Mietvertrag mit Monsieur Ndiaye«, sagte er dann ruhig. »Seit fünf Jahren, wenn Sie es genau wissen wollen.«

»Haben Sie den Mietvertrag vielleicht zur Hand?«

»Aber Sie sind doch wegen dem Tod dieses Mannes hergekommen.« Er zeigte auf das Foto. »Was hat denn der Mietvertrag, den ich mit Ndiaye habe, damit zu tun?« Monsieur Richard machte keine Anstalten, den Mietvertrag zu suchen.

»Vielleicht nichts. Aber ich würde ihn nun doch gerne ansehen.« Duval war nun bestimmt.

Monsieur Richard schnaubte unwillig, erhob sich aber und verschwand in der Wohnung. Man hörte, wie er energisch Schubladen aufzog und dann laut zustieß. Nach einer Weile kam er mit einem grüngrauen DIN-A4-Formular wieder. »Bitte schön.« Er reichte es Duval. Seine Hände zitterten leicht.

Es war ein klassischer vierseitiger Mietvertrag. Die Miete für eine Zweizimmerwohnung mit Küche und Duschbad belief sich auf 490 Euro monatlich zuzüglich 60 Euro Nebenkosten. 550 Euro für eine Zweizimmerwohnung in dieser Lage waren nicht zu viel. NDIAYE stand mit krakeligen Großbuchstaben unter »gelesen und akzeptiert«. Duval reichte ihn an Villiers weiter. Der besah ihn und gab ihn dann an Monsieur Richard zurück. »Warum wollten Sie ihn denn nicht zeigen?«, fragte er kritisch.

»Es geht ums Prinzip.« Monsieur Richard war schmallippig. »Niemand will an die Afrikaner vermieten. Wenn man es tut, ist man sofort in allen Augen unseriös und ein Halsabschneider. Sie haben sicher auch sofort gedacht, ich knöpfe ihnen jede Woche Unsummen ab.« Er warf Villiers einen bösen Blick zu. »Mein Vater war schon korrekt mit ihnen und ich bin es auch.«

»Ihr Vater?«

»Ja, mein Vater. Ich habe die Mieter übernommen, nach

seinem Tod. Geerbt mit dem Haus, wenn Sie so wollen. In dieser Wohnung wohnen schon seit über 30 Jahren Afrikaner.«

»Na, dann erzählen Sie mal …«, forderte Duval Monsieur Richard auf.

Monsieur Richard rückte sich auf dem Sofa zurecht, lehnte den Kopf einen Moment in den Nacken, als überlege er, und beugte sich dann leicht vor. »Mein Vater hat an einen Verwandten von Ndiaye vermietet«, begann er, »an einen Cousin oder Onkel, keine Ahnung, aber sie haben den gleichen Familiennamen: Ndiaye. Ndiaye ist eigentlich ein Patronym, also kein Familienname in unserem Sinn, eher eine Herkunftsbezeichnung«, fügte er erklärend hinzu. »Sie sagen in der Regel diesen Namen zuerst und dann den Vornamen. Ndiaye Massar«, wiederholte er und stutzte kurz. Dann sah er von Duval zu Villiers. »*Dchja*. Er heißt *Dchja*. Natürlich. Der Tote. *Dchja* Malick. D-i-a«, buchstabierte er. »Das i wird wohl in ihrer Sprache wie ein weiches j ausgesprochen. *Dchja*. Ich habe seinen Namen schon so oft geschrieben auf Umschlägen gesehen. Ich habe es in meinem Kopf immer ›Dia‹ gesprochen, Dia Malick … tss …«

Dchja Malick. Es hörte sich tatsächlich anders an als Dschamalique, jetzt verstand Duval auch den Afrikaner, der sich über seine Aussprache amüsiert hatte. »Aha«, machte er aber nur kurz. »Dia Malick oder Dchja Malick also. Gut, danke. Lassen Sie sich nicht unterbrechen, Monsieur Richard.«

»Ja, wo war ich?«

»Sie haben das Haus geerbt.«

»Genau. Vor 15 Jahren. Einschließlich der Mieter. Und ich habe, nachdem der Verwandte von Ndiaye gestorben war, seinen Vornamen weiß ich nicht mehr, den Vertrag auf

Ndiaye Massar umgeschrieben. Er hatte mich darum gebeten. Ich war einverstanden. Ndiaye Massar ist korrekt. Aber es ist so Usus, dass in der Wohnung mehrere Männer wohnen. Schon seit eh und je ist das so. Sie teilen sich die Wohnung und die Miete. Ich sehe auch keinen Grund, das zu ändern, anders können sie sich das hier nämlich nicht leisten. Aber ich habe einen Vertrag mit Ndiaye Massar, der mir gegenüber verantwortlich ist und der mir die Miete zahlt. Wie er das mit seinen Mitbewohnern regelt, darüber weiß ich nichts. Und die Namen der Untermieter kenne ich auch nicht. Außerdem wechselt das häufig, wie ich schon sagte. Außer Dia …«, er tippte auf das Foto, das noch immer auf dem Tisch lag, »Dia war auch schon immer hier. Also während der Saison im Sommer. Er ist einer der festen Equipe. Kommt schon genauso lange wie Ndiaye selbst und war schon Mieter bei dem anderen Ndiaye, sagen wir mal Ndiaye Senior. Ich wusste aber bisher nicht, wie sein richtiger Name lautet. Wir nennen ihn Mamadou. Die heißen hier alle Mamadou, das hat sich so eingebürgert. Ich weiß nicht, wo das herkommt, vermutlich weil irgendeiner von ihnen eben immer Mamadou heißt. Und er hier«, Monsieur Richard tippte erneut auf die Fotografie, »er, Dia also, er rief jedes Mal, wenn er wieder aus Afrika zurückkam, laut durchs Haus: *Les mamadous sont de retour, les mamadous sont là!* So hat er seinen Namen bekommen. Er war sehr nett. Sehr freundlich und immer gut gelaunt. Wenn es etwas zu regeln gab und Ndiaye nicht da war, dann konnte man mit ihm reden.«

»Er sprach Französisch?«

»Ja. Auch nicht perfekt, aber man konnte sich doch mit ihm verständigen. Also, über das, was nötig war. Über die Miete, die Gas- oder Stromrechnung oder wenn ein Wasserhahn undicht war. Und ein bisschen ›Guten Tag, wie geht's, wie laufen die Geschäfte‹.«

»Was wissen Sie sonst über Monsieur Dia?«

»Nicht viel.« Er überlegte. »Gar nichts eigentlich. Also nichts über sein Familienleben oder wie er konkret sein Geld verdiente und wie sein Leben in Afrika ablief. Sie sind alle sehr diskret, wissen Sie. Im Frühjahr kam er hoch, um zu sagen, dass er wieder da sei, und man redete ein paar Sätze miteinander im Stil ›Hallo, wie geht's? Wie war der Winter? Wie geht's der Familie? Frau und Kinder gesund?‹. Das war's. Und dann arbeitete er hier während der Saison, und im Herbst ging er wieder zurück und sagte ›Auf Wiedersehen, bis nächstes Jahr‹. Das ist alles.«

»Zurück wohin? Wissen Sie das?«

»Afrika. Senegal. Aber wo genau, das kann ich Ihnen nicht sagen. Ich glaube, die kommen alle aus dem gleichen Dorf oder zumindest aus der gleichen Region. Aber ich habe keine Ahnung, von wo genau. Ndiaye kann Ihnen das sicher sagen.« Monsieur Richard sah auf seine Armbanduhr. »Aber jetzt ist er vermutlich schon weg. Einen der jungen Kollegen habe ich zumindest vorhin gehen sehen. Haben Sie es unten schon versucht?«

Duval nickte. »Ja. Aber es war niemand da.«

»Sehen Sie. Nein, tagsüber sind alle unterwegs. Sie gehen in der Regel vormittags, so gegen zehn etwa, aus dem Haus und kommen erst gegen Abend wieder.«

»Das wissen Sie so genau?«

»Also hören Sie mal, seit über 30 Jahren läuft es hier so oder ähnlich ab.«

»Jeden Tag?«

»Ja, jeden Tag. Jeden Tag ziehen sie los mit ihren schweren Plastiktüten voller Kram und laufen die Straßen ab oder am Strand entlang und versuchen, den Touristen irgendetwas davon zu verkaufen. Jeden Tag. Ndiaye ist nicht mehr jeden Tag auf der Straße unterwegs, das kriege ich mit. Er macht die Einkäufe, und ich vermute, er regelt die Organisation im Hintergrund, was weiß ich. Er ist so alt wie ich. Das sieht man ihm nicht an. Aber dennoch ...« Er überlegte kurz. »Wir haben nie darüber geredet, wie sie konkret arbeiten«, fuhr er dann fort. »Es geht mich auch nichts an. Es sind Mieter wie alle anderen. Ich frage meine anderen Mieter ja auch nicht aus.«

»Sie vermieten noch andere Wohnungen?«, unterbrach Duval.

»Ja«, bestätigte Monsieur Richard knapp und schwieg dann.

Duval ärgerte sich, ihn unterbrochen zu haben. Er hatte den Erzählfluss des Mannes damit abrupt gestoppt. »Bitte, sprechen Sie doch weiter«, forderte er ihn daher auf. »Mir schien, Sie wollten noch mehr sagen, als ich Sie unterbrochen habe ...«

Er schüttelte den Kopf. »Ich weiß nicht mehr, ich habe den Faden verloren.«

»Die Art, wie sie arbeiten, Sie sagten, Sie wissen nichts darüber, wie sie arbeiten«, sprang Villiers ein.

»Ah ja. Nein, ich weiß nichts darüber. Also abgesehen davon, dass ich sie ihre Taschen schleppen sehe. Morgens und abends. Das ist eine Plackerei, sage ich Ihnen. Den ganzen Tag laufen sie am Strand entlang und versuchen ihren Kram zu verkaufen.« Monsieur Richard machte erneut eine Pause. »Selbst jetzt im Ramadan. Sie sind alle sehr fromm, wissen Sie? Und sie dürfen dann trotz Hitze nicht mal einen Schluck Wasser trinken. Ich finde das nicht sehr gesund. Aber na ja, ist ihre Religion. Was wollen Sie machen?« Er zuckte mit den Achseln. »Freitags geht zumindest Ndiaye in die Moschee, soviel ich weiß«, ergänzte er noch.

»Sehr fromme Muslime?«, fragte Duval.

Monsieur Richard machte ein kurzes schnaubendes Geräusch.

»Das heißt Ja?«, hakte Duval nach.

»Praktizierende Muslime«, antwortete Monsieur Richard knapp.

»Und?«

»Das ist alles.«

Duval sah Monsieur Richard nachdenklich an. »Ich war gestern Morgen in der Innenstadt«, wechselte er dann das Thema, »und habe nach den Händlern gesucht, aber ich habe keinen gesehen. Hat das eventuell auch mit dem Ramadan zu tun?« Er blickte gleichzeitig fragend zu Monsieur Richard und Villiers.

Villiers zuckte mit den Achseln. Monsieur Richard sah skeptisch aus. »Keine Ahnung. Der Rhythmus ist sicher ein bisschen verschoben, während des Ramadan. Sie essen spätabends und sehr früh morgens noch einmal, so viel kann ich Ihnen sagen. Aber vielleicht sind sie auch anderswo unterwegs. Richtung Marseille oder Nizza oder Antibes. Manchmal machen sie das, wenn dort Veranstaltungen, Feste oder Märkte sind.«

»Alle?«

»Woher soll ich das wissen?«

»Wie kommen sie dahin? Zu Fuß?«

Monsieur Richard sah die Polizisten kurz an, als zweifle er an ihrem Verstand. »Na, mit dem Zug natürlich, oder mit dem Bus, was weiß ich. Sie laufen viel den ganzen Tag, aber für so eine Entfernung nehmen sie schon die öffentlichen Verkehrsmittel.«

»In welche Moschee gehen sie, wissen Sie das?«

»Nein, keine Ahnung. Aber das können Sie ja Ndiaye selbst fragen, wenn er da ist.«

»Ndiaye ist also so etwas wie der Chef?«

»Kann man so sagen.«

Duval sah auf die Uhr. »Gegen 19 Uhr, meinen Sie, erreiche ich dort jemanden?«

»Ja. Na ja, was weiß ich«, fügte er hinzu. »In der Regel schon, aber ich kann Ihnen das nicht versprechen. Während des Ramadan ist alles etwas verschoben und wenn sie in Marseille waren, kommen sie vielleicht später zurück oder sie übernachten dort bei anderen Kollegen. Die kennen sich ja irgendwie alle.« Er hielt kurz inne und sah Duval und Villiers offen an. »Das meine ich nicht abfällig, aber man kennt sich einfach, gleiches Business, gleiche Herkunft, so ist es eben.« Er machte eine kurze Pause. »Es sind nicht meine Kinder, die ich überwache, verstehen Sie?«, sagte er dann etwas heftiger als nötig. »Es sind erwachsene Männer, die hier arbeiten. Die kommen und gehen, wie und wann sie wollen. Ich höre sie nur, wenn sie bei offenem Fenster miteinander sprechen, und ich höre und rieche, wenn sie kochen, denn ihre Küche liegt unter meiner. Man hört das Klappern der Töpfe und die Küchendünste ziehen nach oben ab. Das sind die Gewohnheiten von Nachbarn, die kriegt man einfach mit.« Monsieur Richard wirkte, als habe er seinen abschließenden Satz gesprochen. Aber Duval wartete noch einen Moment.

»Sie hören also die Geräusche der Nachbarn«, wiederholte er. Monsieur Richard bejahte nur mit den Augen. »Fällt Ihnen nicht noch etwas ein? Ein Streit? Mit einem Nachbarn vielleicht? Irgendwas Religiöses wegen des Ramadan? Sie kriegen das doch mit, wenn es hier lauter wird, oder?«

Monsieur Richard dachte lange nach. Dann schüttelte er den Kopf. »Wissen Sie, laut ist es oft. Ich habe mir abgewöhnt, mich zu beunruhigen. Sie reden einfach laut und sie sind immerhin zu fünft. Das bedeutet nicht unbedingt Streit, und selbst wenn, jeder kann sich mal mit seinen Mitbewohnern streiten, oder?! Und verstehen tue ich nichts. Unter sich sprechen sie ausschließlich in ihrer Sprache. Und mit den Nachbarn ... Sie spielen auf die Plakate an, oder?«

»Ja.« Duval nickte. »Man kann sie ja kaum übersehen.«

Monsieur Richard verzog das Gesicht.

»Die hat der Nachbar geklebt?«, fragte Duval dann nach.

»Mh«, machte Monsieur Richard. Mehr schien er nicht sagen zu wollen.

»Welcher Nachbar? Der von rechts oder von links?«

»Ich habe hier nur Nachbarn von rechts«, Monsieur Richard wagte ein kleines bitteres Lächeln. »Entschuldigung, den konnte ich mir nicht verkneifen.«

Duval nahm es ausdruckslos zur Kenntnis.

»Nun ja, diese Plakate sehe ich immer mal wieder. Gegenüber und am Garagentor, damit ich es von jedem meiner Fenster aus sehen kann. Und damit die Schwarzen es sehen können. Aber die können ja nicht lesen«, er lachte kurz auf. »Die verstehen es glücklicherweise gar nicht.« Er schien sich zu amüsieren.

»Die können nicht lesen?«

»Nein. Also, Ndiaye kann ein bisschen lesen und schreiben, minimal, haben Sie seine Unterschrift unter dem Mietvertrag gesehen?«

Duval nickte. Ja, die krakeligen Buchstaben waren ihm aufgefallen.

»Die anderen können noch weniger. Zahlen kennen sie

und rechnen können sie, aber lesen und schreiben« – er schüttelte den Kopf. »Aber die kommen klar, machen Sie sich keine Sorgen. Manchmal regle ich etwas, wenn sie es nicht verstehen, eine Stromnachzahlung oder so. Ich erkläre dann, warum oder um was es geht. Manchmal regle ich es auch direkt mit der EDF, wenn es mir zu kompliziert erscheint. Im Winter kommt immer regelmäßig jemand und holt die Post für Ndiaye. Ich vermute, es ist jemand, der sich um den Papierkram kümmert. Alles Offizielle, Aufenthaltsgenehmigung etc., so wie andere einen Steuerberater haben.«

»Und Sie meinen, die Afrikaner verstehen den Sinn der Plakate gar nicht?«

»Ich weiß es nicht. Vielleicht. Vielleicht nicht. Möglicherweise hat es ihnen auch jemand erklärt. Ich denke, die haben auf jeden Fall gute Antennen für feindselige Situationen. Aber ob sie sich jetzt so von diesen Plakaten provoziert fühlen, wie es gemeint ist, das bezweifle ich.«

»Komischer Typ«, meinte Villiers, als sie das Haus wieder verlassen hatten.

»Finden Sie?«

»Ja, irgendwie so grau und verbittert. Und stets auf der Hut, was er sagt. Gefiel mir nicht.«

»Hm.« Duval legte sich nicht fest. »Kann nicht jeder so ein Sonnyboy sein wie Sie, Villiers.« Duval sah ihn grinsend an. »Sollen wir mal bei dem Nachbarn zur Rechten klingeln?«, schlug er dann vor.

»Aber sicher.«

Sie standen vor dem großen, provisorisch wirkenden Tor

aus grünen Polycarbonat-Wellplatten, das von einer schweren Kette zusammengehalten wurde. Es gab keine Klingel. Villiers trommelte mit der Faust gegen das Tor. Kette und Tor klirrten dumpf. Ein Fenster im ersten Stock öffnete sich und ein Mann im weißen Unterhemd erschien.

»Was gibt's? Was wollen Sie?«

»Guten Tag, wir sind von der Polizei! Könnten wir Sie einen Moment sprechen?«

»Ich komme.« Der Mann schlug das Fenster zu. Kurze Zeit später machte er sich von innen an dem schweren Vorhängeschloss zu schaffen, das plötzlich zusammen mit der Kette klirrend zu Boden fiel. Der Mann drückte das Tor ein Stück auf, es schabte über den Boden. »Was gibt's?« Er war jünger, als es sein Auftreten im weißen Unterhemd am Fenster hatte vermuten lassen. Eher klein, nicht wirklich dick, aber seine weiße Haut sah schwammig aus. Er wirkte ungepflegt. Misstrauisch sah er von Duval zu Villiers.

»Bonjour Monsieur, Police Nationale. Nur eine Frage, heute Nacht wurden jede Menge Plakate in dieser Straße aufgehängt, besonders viele davon hängen hier bei Ihnen und in der Nachbarschaft. Sie haben nicht vielleicht irgendetwas bemerkt?«

»Welche Plakate?« Er log schlecht. Sein Adamsapfel zuckte. »Ich weiß von gar nichts, ich war heute noch nicht draußen«, beteuerte er.

»Na, hier auf Ihrem Tor kleben auch welche«, gab Duval trocken zurück.

Der Mann sah kurz auf die schwarz-gelben Plakate und zuckte mit den Schultern. »Sehe ich zum ersten Mal.«

»Stört Sie aber auch nicht weiter, dass jemand Plakate auf Ihr Tor klebt? Unrechtmäßiges Plakatieren ist immerhin verboten. Sie könnten dagegen vorgehen.«

»Stört mich nicht.«

»Verstehe.« Duval sah den Mann direkt an. Er war nervös, kein Zweifel. »Sie sind ja sehr großzügig. Das ist nicht jeder hier. Ich vermute, Sie teilen die Ideen der *Génération Identitaire*?«

Der Mann sah von Duval zu Villiers. »Ist das verboten?«

»Nein. Keinesfalls. Sie dürfen denken, was Sie wollen. Wir haben außerdem ein Recht auf freie Meinungsäußerung in unserem Land. Allerdings gibt es Einschränkungen. Plakatieren zum Beispiel, ganz gleich ob es sich um politische oder publizistische Aussagen handelt, ist nur auf den dafür ausgewiesenen Anschlagtafeln erlaubt. Nicht aber auf Bäumen, Hauswänden oder«, er klopfte an das grüne Plastiktor, »auf fremden Toren.« Duval sah den Mann an, dessen Adamsapfel hüpfte. Die Geldstrafen für wildes Plakatieren im öffentlichen Raum aber waren so geringfügig, dass es kaum je geahndet wurde. Wenn man nicht nachweisen konnte, wer der Täter war, wurde die Organisation, für die geworben wurde, belangt. Aber denen war es oft nur recht, wenn sie im Rampenlicht standen, und vermutlich wurden Geldstrafen für solche Fälle im Konto für außerordentliche Werbeausgaben verbucht. Wahrscheinlich wusste der Mann es auch. Denn trotz des nervös hüpfenden Adamsapfels gab er sich unbeteiligt.

»Verstehen Sie sich gut mit Ihren Nachbarn?«, forschte Duval weiter.

»Wie? Warum? Hat mich einer angezeigt?«

»Warum sollte man Sie denn anzeigen?«

Der Mann wurde immer nervöser. »Keine Ahnung. Ich meine nur ... heutzutage«, begann er und stockte, »ich meine, man weiß ja nicht mehr, mit wem man es zu tun hat.« Sein Blick ging von Duval zu Villiers.

»Ja, die Zeiten sind schwierig«, bestätigte Duval freundlich.

»Hm.«

»Also, Sie haben nichts Besonderes bemerkt, niemanden gesehen ...«

»Fragen Sie mal nebenan«, sagte der Mann jetzt gehässig. »Da gehen immer jede Menge eigenartige Typen ein und aus.«

»Nebenan?«

»Ja. Komisches Volk, laut vor allem, die schleppen immer jede Menge Müll an. Ich höre die oft, mitten in der Nacht machen die Geschäfte im Vorgarten.«

»Ach ja? Das hören Sie?«

»Natürlich. Kann ja kein Mensch schlafen bei dem Palaver.«

»Sie sprechen von Monsieur Richard?«

»Was? Nein, der ist zwar auch ein Spinner, aber nein, ich rede von den Kaffern.«

Villiers versteifte sich.

»Die Afrikaner meinen Sie?«

»Ja, ja, Afrikaner. Kein Mensch sagt mehr, was er denkt. Die Kaffer in ihren Nachthemden. Die können nicht mal Französisch.«

»Sie wissen, dass einer der Afrikaner tot aufgefunden wurde?«

»Was? Nein. Wusste ich nicht. Umso besser, einer weniger.«

»Hoo«, machte Villiers laut, er konnte seine Empörung nicht mehr verbergen.

»Wo waren Sie eigentlich Sonntagnacht?«, fragte Duval unvermittelt.

»Sonntag? Was? Ich? Wieso? Gestern Nacht meinen Sie?«

»Nein, nein, die Nacht von Sonntag auf Montag.«

»Na«, er kam einen Moment durcheinander und sein Adamsapfel zuckte, »zu Hause«, sagte er dann. Und als sei er irritiert von seiner eigenen Antwort, wiederholte er: »Zu Hause, genau wie gestern Nacht. Gestern Nacht war ich auch zu Hause. Da können Sie meine Frau fragen.«

»Oh, gleich zwei Alibis für den Preis von einem. Sehr schön. Dann danke erst mal, Monsieur …«

»Masoni, Olivier Masoni.«

»Ah, Masoni«, Duval betonte den Namen auf italienische Art. »Italienische Vorfahren?«, fragte er scheinbar freundlich nach.

»*Ich* bin Franzose.« Er streifte Villiers kurz mit einem verächtlichen Blick.

»Ja, natürlich. Wir sind alle Franzosen, Monsieur Masoni. Das war's auch schon für den Moment. Auf Wiedersehen, Monsieur Masoni.«

»So ein Kotzbrocken!« Villiers war außer sich. »›*Ich* bin Franzose.‹ Ich hätte verdammt Lust, ihm eins reinzuwürgen.«

»Na, Sie können ja mal ein bisschen im Ordner der Identitären blättern, schauen Sie mal, ob Sie unseren Franzosen mit dem italienischen Namen finden. Schaden kann es nicht, wenn wir dieses Grüppchen mal im Auge behalten.« Duval sah auf die Uhr. »Lassen Sie uns was essen gehen, Villiers. Ich habe, als wir vorhin die Straße hochgefahren sind, so ein kleines Bistro entdeckt, da stand Kalbskopf auf der Tafel. Sagt Ihnen das zu?«

»Kalbskopf statt Kebab, oder was?« Villiers verzog das

Gesicht. »Muss ich das jetzt essen, um zu beweisen, dass ich Franzose bin?«, fragte er missmutig.

Duval, der gerade mit seinem Mobiltelefon beschäftigt war, sah überrascht auf. In Nizza hatten die Identitären vor nicht allzu langer Zeit »Socca statt Kebab« plakatiert und danach eine Suppe mit Schweinefleisch an die Obdachlosen verteilt. »Natürlich nicht, Villiers, verzeihen Sie, ich wollte keinesfalls irgendetwas in dieser Art andeuten.«

Villiers grinste schon wieder. »Schon klar. Aber Kalbskopf kann ich echt nicht ab, ist mir zu glibberig. Aber Steak Frites wird es sicher auch geben.«

»Sicher.« Duval hatte die Nummer gefunden, die er gesucht hatte, und klickte sie an. Annie antwortete fast sofort.

»*Oui*, Léon?«

»Annie, wo bist du? Wir gehen hier was essen, Villiers und ich. Hast du Lust dazuzukommen?«

»Ich bin noch auf der Autobahn ... brauche bestimmt noch eine Viertelstunde. Wohin geht ihr essen?«

»Ein kleines Bistro in der Nähe vom Krankenhaus. *Le Four* ... irgendwas.«

»Wo genau?«

»Ich erklär dir den Weg ...«

»Wir waren vorher in der Rue de la Reine Astrid«, erklärte die Besitzerin gerade Villiers, der nach der Königin im Namen des Bistros gefragt hatte. »Und ursprünglich sollte das Bistro nicht *Le Four de la Reine*, sondern *Le Fou de la Reine* heißen, aber der Schildermacher hatte wohl noch nie etwas von einem Hofnarren gehört und dachte, wir hätten uns verschrieben, im Namen eines Bistros müsse von einem Ofen die Rede sein.« Sie schmunzelte. »Wir haben es dann so gelassen, auch als wir jetzt hier die Räumlichkeiten angemietet haben, denn man kennt uns jetzt unter diesem Namen«, erzählte die Besitzerin. »›Der Ofen der Königin‹ ist ja auch schön, außerdem haben wir wirklich einen großen Pizza-Ofen, insofern passt es«, sie zuckte mit den Achseln. »Haben Sie sich schon entschieden?«, wandte sie sich an Duval und Villiers.

»Wir warten noch auf jemanden, aber ich nehme später den Kalbskopf, das ist schon mal sicher.«

Sie lächelte.

»Steak Frites«, bestellte Villiers.

»Wie wollen Sie es haben?«, fragte sie nach.

»Blutig natürlich, wie es sich für einen *flic* gehört«, alberte er herum.

»Oh, Sie sind von der Polizei? Sie kommen aber nur privat, hoffe ich?!«

Duval nickte ernst. Er hatte nicht immer Lust, es laut herumzuposaunen. Nicht überall waren Polizisten wirklich beliebt. Sie schien ihn zu verstehen und wandte sich an Villiers: »Wirklich blutig?«

Villiers nickte und sie notierte es. »Möchten Sie schon etwas trinken?«

»Eine kleine Karaffe Rosé, vielleicht.« Duval sah fragend zu Villiers. Der nickte.

»Ein Viertel?«

»Besser einen halben Liter, wir sind dann ja zu dritt. Und eine Karaffe Wasser, bitte.«

Duval hatte es noch nicht richtig ausgesprochen, da hatten sie schon Wein und Wasser und ein Körbchen mit Brot auf dem Tisch stehen. *Le Four de la Reine* war ein kleines einfaches Eckbistro in einem schäbigen Haus an einer lauten Straße. Es war reiner Zufall, dass Duval das angeschlagene Tagesmenü beim Vorüberfahren entdeckt hatte. Und wenn ihn der Kalbskopf mit der Sauce Gribiche nicht so angesprochen hätte, hätte er sicher nicht darauf bestanden, hier essen zu gehen. Das Bistro war auch im Inneren von einer eher hässlichen Schlichtheit, aber es war erstaunlich gut besucht. Man hatte sich bemüht, auf der kleinen Grundfläche so viele der großen quadratischen Resopaltische unterzubringen wie möglich. Und wenn die Tische nicht schon besetzt waren, so standen kleine Schildchen darauf, die zeigten, dass sie reserviert waren. »Haben Sie reserviert?«, war auch die erste Frage gewesen, die die Besitzerin ihnen gestellt hatte. Reserviert? In diesem unscheinbaren und Neonlichterleuchteten Bistro sollte man reservieren? Duval schüttelte verneinend den Kopf. Aber sie platzierte die Männer dann an einen großen runden Tisch in der Ecke. »Wenn es Ihnen nichts ausmacht, dass sich nachher vielleicht noch andere dazusetzen?!«

»Absolut nicht.«

So saßen sie also da. Villiers tippte auf seinem Smartphone herum. Duval zerpflückte das Brot, nippte hin und wieder an seinem Rosé und betrachtete die variantenreich aufgehängte und recht heterogene Wanddekoration: Rosafarbene Lotusblumen, meditative Steine und ein Buddha kontrastierten mit einer großen Stierkampfszene an der gegenüberliegenden Wand. Das war beinahe schon mutig. Stierkampf war umstritten. Aber das Publikum hier schien sich daran nicht zu stören. Deutlich mehr Männer, Handwerker, vermutete Duval. Alles erinnerte Duval ein wenig an das Restaurant *Le Pacific,* in dem er sich trotz des abgeschabten Dekors so wohlgefühlt hatte. Er dachte an die tüchtigen Kellnerinnen mit ihrem rauen Charme. Was war aus ihnen geworden? Und aus all den kleinen Leuten und den vielen Alten, die aus der Nachbarschaft dort täglich zum Essen gekommen sind. Wo gingen sie heute hin? Denn das *Pacific* hatte von einem auf den anderen Tag geschlossen. Verkauft, umgebaut, war es nun eine ganz in schwarz gehaltene »Lounge« geworden, in der vor allem junge Menschen am frühen Abend zur Happy Hour verbilligte Cocktails tranken oder modisch gewordenes »Food« zu sich nahmen. Er seufzte. Villiers sah auf. »Sie wird schon kommen.«

»Ich dachte gerade an das *Pacific.*«

»Und das lässt Sie seufzen?« Villiers war verblüfft.

»Ja, ich mochte den Laden. Außerdem lag er so praktisch.«

»Das stimmt.«

»*Bonjour*, die Herren!« Annie kam durch die offene Tür hineingewirbelt und gab Villiers zwei hingehauchte Küsschen, Duval hingegen einen richtigen Kuss. Sie warf ihre große Tasche auf einen freien Stuhl und sah sich dabei um.

»*Bonjour Mademoiselle,* ich glaube, Sie wurden schon sehnsüchtig erwartet, die Herren haben schon gewählt, wissen Sie schon, was Sie essen wollen?« Die Besitzerin war effizient.

»Was gibt es denn? Was nehmt ihr?«, fragte Annie unentschlossen und blickte zu Duval und auf den Tischen der anderen Gäste herum.

»Das Tagesmenü ist Kalbskopf mit Salzkartoffeln an Sauce Gribiche, Sie können aber auch in der Karte schauen«, und schon hatte sie Annie eine Menükarte in die Hand gedrückt.

»Kalbskopf, ach, das ist ja nicht so ganz mein Geschmack«,

sie warf einen flüchtigen Blick auf die Karte, »kann ich vielleicht einen Salat haben?«, fragte sie dann.

»Salade Niçoise?«

»*Allez*, Salade Niçoise, warum nicht.«

Sie setzte sich. Duval bot ihr den Rosé an, aber sie wies auf das Wasser. »Ich muss erst was gegen den Durst trinken.«

»Warst du in La Colle sur Loup?«

»Tourette«, verbesserte sie, »Tourette sur Loup, nein, da fahre ich erst heute Nachmittag hin, ich war in Nizza.« Sie trank hastig das Glas Wasser aus. »Heute Nacht haben sie die *Restos du Cœur* mit Graffitti beschmiert. Habt ihr das mitgekriegt?«

»Nein.« Duvals Gesicht verdüsterte sich. »Hier gab's aber wohl rechte Plakataktionen.«

»Die gab es überall!«, bestätigte Annie. »In Nizza, in Cannes, in Cagnes und Antibes. ›*On est chez nous*‹ auf jeder Wand und auf die Fenster der *Restos du Cœur* haben sie ›*on ferme*‹ gesprüht, könnt ihr euch das vorstellen? Coluche würde sich im Grabe herumdrehen!« Annie schüttelte sorgenvoll den Kopf. »Die Rechten wollen keine sogenannten Sozialschmarotzer mehr und fordern, dass alle diese sozialen Einrichtungen schließen sollen. Sie haben auch die Türschlösser der Secours Catholique und die Kleiderkammern des Roten Kreuzes mit Sekundenkleber verklebt. Furchtbar!«

Die Côte d'Azur war ein konservatives Pflaster und die Ideen der konservativen Partei und des rechtsextremen Front National unterschieden sich manchmal nur in Nuancen. Die *Restaurants du Cœur*, die von dem Schauspieler und Komiker Coluche in den Achtzigerjahren gegründet worden waren, um armen und hungernden Menschen zumindest in den Wintermonaten ein warmes Essen zukommen zu lassen, waren jedoch immer und auch in konservativen Gesellschaftskreisen akzeptierte Orte gewesen. Coluche, der als Clown und Stand-up-Comedian mit seinem galligen Humor erfolgreich geworden war, hatte seine einfache Herkunft nie verleugnet. »Ich bin nicht neureich, sondern ein ehemaliger Armer«, hatte er gesagt und gegen soziale Ungleichheit gewettert: »Es ist doch nicht normal, dass in Frankreich, dem Land des Fressens, die Leute nichts zu beißen haben.« Obwohl die ursprüngliche Idee eines klassischen einfachen Restaurants, in dem jeder zahlt, was er kann, und die Reicheren der Gesellschaft den Ärmeren ein Essen ausgaben, mehr und mehr einfachen Kantinen und Suppenküchen gewichen war, so galten diese Orte dennoch als unantastbar. Dem in ganz Frankreich agierenden Verein gleichen Namens flossen viele Spenden zu und Tausende von Menschen arbeiteten dort ehrenamtlich mit. Musiker, Sänger und Prominente komponierten und sangen unter dem Titel »*Les Enfoirés*«, die Verrückten, jedes Jahr einen schmissigen Song ein, dessen gesamter Erlös den »Herzensrestaurants« zufloss. Auch 30 Jahre nach dem frühen Tode Coluches, der all das ursprünglich finanziert hatte, wurde die Hilfe für die Armen engagiert weitergeführt. Wie lange noch?

»Kann man eigentlich ausschließen, dass der Tod des Afrikaners auf das Konto von extrem Rechts geht?«, fragte Annie gerade.

»Bislang können wir gar nichts ausschließen«, antwortete Duval kategorisch, »wir wissen quasi noch gar nichts. Wir sind erst ganz am Anfang.«

»*Wir* hingegen sind schon mittendrin«, unterbrach die Besitzerin das Gespräch und stellte schwungvoll den Teller mit dem Tagesgericht vor Duval. »*Et voilà,* die Salade Niçoise. Steak Frites kommt sofort«, versicherte sie Villiers. Keine Minute später hatte er einen Teller vor sich stehen, auf dem das Steak über den Tellerrand hinausragte. Sie schob eine riesige Schüssel knuspriger Fritten hinterher. »Wenn Sie später noch Fritten wollen, kein Problem«, fügte sie hinzu. »Guten Appetit!«

»Und ich wollte nur etwas Kleines essen.« Annie sah fassungslos auf den üppig garnierten Salat. »Das schaffe ich nie!«

»Das sind wenigstens ordentliche Handwerkerportionen«, meinte Villiers und schnitt sehr zufrieden sein blutiges Steak an. »Guten Appetit!«

Duval nickte. Er hatte bereits das gekochte Kalbfleisch mit der berühmten Sauce Gribiche, einer säuerlichen Kräuter-Eier-Mayonnaise, im Mund.

»Gut?«, fragte Annie.

Duval nickte wieder. »Willst du probieren?«, fragte er dann.

»Wenn du mir nicht so ein glibberiges Stück gibst ...«

Villiers grinste.

»Was ihr nur habt.« Duval schnitt kopfschüttelnd ein Stück Fleisch ab, bestrich es mit der cremigen Soße und hielt ihr die Gabel hin.

»Hmm, nicht schlecht«, stimmte sie zu, »oft ist es so weich und glibberig, dann mag ich es nicht.«

Villiers machte mit vollem Mund eine zustimmende Grimasse.

»Von wegen glibberig. Ihr seid Banausen!« Duval verdrehte die Augen. »Kutteln esst ihr auch nicht, oder?«

»Äh, nein«, machte Annie und verzog angewidert das Gesicht.

»Machen Sie vielleicht manchmal auch Kutteln?«, fragte er jetzt die Besitzerin, die am Nebentisch servierte.

»Aber sicher!« Sie nickte eifrig. »Nicht jede Woche, aber wir bieten immer mal wieder traditionelle Gerichte mit Innereien an: Kutteln, Nieren, Leber, Blutwurst, *Andouillettes*.«

»Auch *Andouillettes*?«

»Hin und wieder, gegrillt, mit Linsen zum Beispiel.«

»Ich glaube, da werden wir zukünftig auch hin und wieder kommen«, beteuerte Duval. Annie und Villiers zogen gegenseitig heimlich Grimassen.

»Du willst mir nicht sagen, dass du *Andouillettes* magst?!« Annie sah Duval kritisch an. »Mit diesem Geruch?«

»*Andouillettes* sind grenzwertig«, bekannte Duval. Er mochte es nicht, wie sich die Innereien, mit denen diese Wurst gefüllt war, beim Anschneiden auf dem Teller verteilten. Und der Geruch störte ihn, den Geruchsempfindlichen, wirklich. Aber er gab es nicht gerne öffentlich zu. »Aber alles andere ist doch köstlich.«

»Na ja.« Sie sah nicht überzeugt aus.

»Was hast du gegen Leber?«

»Leber geht, wenn sie nicht so trocken ist zumindest.«

»Siehst du.«

Sie widmeten sich dem Essen, verzichteten auf ein Dessert und tranken nur jeder einen kleinen Kaffee. Annie nahm, wie immer, eine *Noisette*. Sie blickte auf ihr Smartphone. »Ich muss los«, sagte sie und erhob sich. »Auf nach Tourette sur Loup.«

»Ich würde jetzt auch lieber einen Ausflug ins Hinterland machen und Blümchen pflücken«, frotzelte Villiers. »Tourette ist doch der Ort mit den Veilchen, oder?«

Annie verdrehte die Augen. »Du bist ein Spinner, Noah, ja, das ist der Ort mit den Veilchen, aber erstens blühen die im März und zweitens, hey, das ist Arbeit, was ich mache, auch wenn ich in charmante mittelalterliche Dörfer fahre, in denen es vielleicht Künstler und ein Veilchenmuseum gibt«, ereiferte sich Annie. »Ihr hängt ja auch nicht den ganzen Tag am Strand rum, obwohl ihr in Cannes seid, oder?«

»Ach, Villiers schon.« Duval war unerwartet keck. »Widersprechen Sie nicht, ich bin immer noch Ihr Vorgesetzter!«, fügte er mit gespielt strenger Miene hinzu, als Villiers zu einem empörten Widerspruch ansetzte.

»Hervé wohnt nicht mal im Dorf, sondern außerhalb«, erklärte Annie jetzt mit ernstem Gesicht. »Und ich fahre nicht wegen irgendwelcher Veilchen dorthin, sondern wegen der Flüchtlinge!«

»Flüchtlinge«, wiederholte Duval ironisch. »Mir war so, als sei dieses Wort politisch nicht mehr korrekt, wer hatte das doch gleich gesagt?«

Annie sagte nichts, warf ihm aber einen kurzen, bösen Blick zu. »Du kümmertest dich besser um die extrem Rechten, ich bin sicher, da gibt es einen Zusammenhang«, gab sie spitz zurück.

»Zu Befehl, *Madame la Commissaire*!« Duval sah sie spöttisch an. »*Allez*«, machte er einlenkend und erhob sich. »Bis heute Abend, Annie«, er küsste sie und drückte sie leicht an sich. »Komm nicht so spät, ja?«, sagte er leise.

»Bestimmt nicht.« Sie küsste ihn zurück. »*Salut,* Noah.«

»*Salut,* schöne Frau«, säuselte Villiers und winkte ihr nach. »Oh Mann, wissen Sie überhaupt, was Sie für ein Glück haben?!«, wandte er sich dann an Duval.

»Hm.«, machte Duval und fuhr sich verlegen grinsend durch die Haare.

»Und was ist das für ein Kerl, dieser Hervé, zu dem sie da fährt?«

Duvals Grinsen erstarb. »Keine Ahnung, ein selbst ernannter Flüchtlingshelfer oder so etwas.«

»Wie kann das denn sein?« Duval war fuchsteufelswild. »Könnt ihr mir bitte schön mal erklären, wie eine polizeiinterne Fotografie nach außen gelangen konnte? Und dann für so eine Schweinerei? Das ist … mir fällt nicht mal ein Wort ein, … unsäglich ist das!« Annies spitze Bemerkung, sich um die extreme Rechte zu kümmern, war plötzlich aktueller als erwartet. Duval hielt das schnell zusammengebastelte und fotokopierte DIN-A4-Plakat mit dem Bild des toten Afrikaners hoch, unter dem in ausgeschnittenen Buchstaben zu lesen stand »Einer weniger! Verschwindet, solange ihr noch könnt«. Es war überall in der Stadt an Laternenpfähle geklebt worden.

»Das Bild des Mannes war doch nirgendwo veröffentlicht oder täusche ich mich?«

Léa Leroc, Michel LeBlanc und Noah Villiers schüttelten bedrückt den Kopf.

»Und dieses Pamphlet«, er hielt es mit spitzen Fingern hoch, »das war doch keiner von Ihnen?«

Ein weiteres Kopfschütteln.

»Leroc?!« Duval sprach jetzt jeden einzeln an.

»Nein, Commissaire. Ich war es nicht und ich weiß auch nichts darüber.«

»LeBlanc?!«

LeBlancs Kiefer zermahlte offensichtlich nervös irgendetwas, aber er schüttelte ebenso entschieden den Kopf. »Nein, Commissaire!«

»Villiers?!«

»Was? Jetzt gehen Sie aber zu weit, Commissaire! Sie verdächtigen mich?«

»Ich frage Sie genauso, wie ich Leroc und LeBlanc gefragt habe«, gab Duval kalt zurück. »Haben Sie damit«, er tippte auf das DIN-A4-Blatt, »etwas zu tun?«

Villiers knallte die Fersen zusammen und salutierte: »No, Sir!«, schrie er wie in einem amerikanischen Film. »Selbstverständlich nicht!«, wiederholte er dann ruhiger. »Ich kann mich aber mal in den stets gut informierten Kreisen umhören.«

»Wie denn? Wollen Sie alle Polizeisekretärinnen zum gemeinsamen Kaffee einladen?« Duval gab sich sarkastisch.

»Einzeln natürlich«, gab Villiers trocken zurück. »Nein, Chef, lassen Sie mich mal machen. Ich kenne meine Pappenheimer.«

Dass es in der Polizei durchaus Vertreter des extrem rechten Lagers gab, war ja kein Geheimnis.

»Meinetwegen, ich werde damit auch in die obere Etage gehen.« In der »oberen Etage« hatte der Polizeidirektor sein Büro.

»Er telefoniert«, säuselte die Sekretärin, »wollen Sie warten? Kann aber einen Moment dauern. Er telefoniert schon den ganzen Tag!«, vertraute sie Duval an.

Duval sah sie missmutig an. »Muss ich ja wohl.« Warten war das Letzte, was Duval in seiner aufgewühlten Stimmung wollte. Nervös lief er im Vorzimmer auf und ab. Die

Sekretärin seufzte hörbar. Daher blieb er vor dem Fenster stehen. Die Sekretärin hatte immerhin, wie der Direktor auch, einen Blick über die Dächer der Innenstadt bis aufs Meer. Nicht gerade der Blick von der Dachterrasse des Majestic, aber für eine Polizeidienststelle doch gar nicht so übel. Nur öffnen konnte man die außen verspiegelten und doppelt verglasten Fenster nicht. Sicherheitsvorkehrungen natürlich. Manchmal war Duval nicht sicher, ob es nicht auch darum ging, dass sich Polizisten nicht aus lauter Frustration aus dem Fenster auf die Schnellstraße stürzten. Aber so etwas würde er natürlich nie laut sagen.

»Der Mann auf diesem Plakat ist kein Flüchtling, wenn ich es richtig verstanden habe?« Der Polizeidirektor sah auf die Fotokopie, die Duval ihm auf den Schreibtisch gelegt hatte.

Duval schüttelte verneinend den Kopf.

Der Direktor atmete auf. »Gut, dann kann uns von dieser Seite zumindest nichts passieren.« Er schob das Blatt zurück zu Duval. »Wenn Sie wüssten, wie sehr mir diese Flüchtlingsgeschichte gerade auf die Nerven geht ...« Er blickte noch einmal auf die Fotokopie und winkte ab. »Vergessen Sie's, Duval.«

»Wie bitte?«

»Ich habe wirklich gerade ganz andere Sorgen als dieses schlecht gemachte Plakat.« Der Polizeidirektor sah gequält aus. »Was glauben Sie, was hier noch alles los ist im Zusammenhang mit den Flüchtlingen, die in Ventimiglia randalieren? Der Bürgermeister von Menton fordert von der Regierung eine Verstärkung der Polizeieinheiten und will unter anderem, dass die gesamte Region sich beteiligt, und der

Innenminister scheint dieser Schnapsidee zustimmen zu wollen. Wo soll ich denn bitte schön noch Beamte hernehmen, können Sie mir das sagen? Seit Jahren streicht man uns das Personal zusammen und jetzt sollen wir plötzlich großzügig Beamte für eine Sondereinheit abstellen. Dabei sind wir schon so mit unseren Kräften am Ende. Seit dieser Aktion in Ventimiglia steht das Telefon nicht mehr still. Jetzt will der Innenminister sich persönlich in Menton und Ventimiglia ein Bild von der Lage machen und bei der Gelegenheit will er auch in Cannes vorbeischauen. Sie verstehen sicher, was das heißt?« Er atmete hörbar aus.

Duval nickte. Natürlich wusste er, was das bedeutete. Cannes würde einen ganzen Tag großflächig abgesperrt werden müssen, die Police Municipale wäre ausschließlich damit beschäftigt, den Verkehr umzuleiten, und die Police Nationale wäre für die Sicherheit zuständig. Der Wagen des Innenministers müsste mit anderen identisch aussehenden Wagen von Menton bis Cannes von der Polizei eskortiert werden. In welchem Wagen der Innenminister saß und die von seinem Fahrer zu nehmende Route wäre bis zur letzten Sekunde aus Sicherheitsgründen ungewiss. Solche Politikerbesuche banden ein Maximum an Personal. Genau das sagte der Polizeidirektor nun auch.

»Ich habe nicht genügend Beamte, um das mit den nötigen Sicherheitsvorkehrungen zu organisieren. Ich kann nur hoffen, dass nicht gleichzeitig irgendetwas anderes passiert, denn sonst sitzen wir schön in der Scheiße, wenn Sie erlauben, dass ich mich mal deutlich ausdrücke. Herrgott, soll sich doch das Militär kümmern.« Der Direktor war sichtlich genervt. »Und verzeihen Sie Duval, aber Ihr Plakätchen hier ist mir gerade völlig egal, vor allem, da es sich glücklicherweise nicht um einen Flüchtling handelt. Bei dem Wort Flüchtling bekommt ja gerade alles eine andere Brisanz.« Er sagte es leicht verächtlich. »Im Übrigen verstehe ich nicht, wieso Sie vermuten, dass einer der Kollegen dahintersteckt. Das kann durchaus auch einer aus dem medizinischen Dienst sein, die haben ja auch die Möglichkeit, Fotos des Toten zu machen. Das halte ich persönlich sogar für viel wahrscheinlicher. Ich glaube nämlich nicht, dass einer der Kollegen so wenig ausgelastet ist, dass er noch Lust hat, Plakate zu basteln und nachts aufzuhängen.« Er machte eine kurze Pause. »Lassen Sie die Plakate entfernen. Wenden Sie sich dafür ruhig an die Kollegen von der Police Municipale, das fällt doch eher in deren Aufgabenbereich, und damit lassen Sie es gut sein. Und jetzt entschuldigen Sie mich bitte, ich habe wirklich alle Hände voll zu tun.«

»Keine Ahnung.« Villiers zuckte bedauernd mit den Achseln. »Schweigen im Walde. Ich konnte nichts erfahren. Alle sind irgendwie auf der Hut und plötzlich super politisch korrekt. Keiner war heute zu einem kleinen rassistischen Scherz aufgelegt. Ich habe nur böse Blicke geerntet.«

Duval nahm es schweigend zur Kenntnis. Undichte Stellen in der Polizei gab es immer mal wieder. Aber natürlich hielt man sich im akuten Fall bedeckt. Vielleicht würde man später etwas erfahren, wenn es wieder etwas ruhiger geworden war. »Lassen Sie uns weiterhin die Ohren aufsperren und überprüfen Sie in der Zwischenzeit mal diesen Masoni und die Identitären, irgendwie passt das vom Stil zusammen«, meinte Duval. »Und jetzt würde ich gern die Afrikaner in der Avenue des Broussailles besuchen, Villiers, ja?

Auch wenn es sich bei dem toten Schwarzen nicht um ein Flüchtlingsschicksal handelt, würde ich doch gerne eine korrekte Ermittlung machen.«

Mehrfach hatte Duval den Türklopfer schwer gegen die Tür fallen lassen, bevor sich in der Wohnung etwas bewegte.

»Wer ist da?«, fragte es hinter der Tür, genau wie er es seinen Kindern beigebracht hatte, damit sie nicht einfach Wildfremden die Tür öffneten. Bei erwachsenen Männern schien es ihm jedoch eine befremdliche Vorsichtsmaßnahme zu sein. Auch Villiers schüttelte amüsiert den Kopf. Duval zögerte kurz. Niemand blieb ruhig, wenn unvermutet die Polizei auftauchte. Es war schon vorgekommen, dass Menschen, nur um den Kontakt mit der Polizei zu vermeiden, in Panik aus dem Fenster gesprungen waren und sich dabei in den Tod gestürzt hatten. Gut, so etwas könnte hier nicht passieren, die Wohnung lag im Erdgeschoss. Gab es einen weiteren Ausgang? Er hätte das vorher überprüfen sollen. »Mein Name ist Duval«, sagte er dann. »Léon Duval. Ich ...«, er zögerte, aber er hörte, wie mehrere Türverriegelungen geöffnet wurden. Einen Spaltweit öffnete sich die Tür. Es war dunkel im Raum hinter dem ebenso dunklen Mann, der sie misstrauisch ansah.

»*Bonjour*, mein Name ist Léon Duval«, wiederholte er. »Mein Kollege Noah Villiers«, zeigte er auf Villiers. »Sie sind Monsieur«, er zögerte, diese Namen ... »*Djah*«, versuchte er es dann.

»*Oui, bonchour.*« Jemand machte das Licht im Raum an und Duval sah den Mann nun besser. Er war groß und muskulös. Nur die grauen Haare verwiesen auf sein Alter. Er war mit einem braun gemusterten weiten Kaftan bekleidet. »Ndiaye Massar, das bin ich. Um was geht es?«

»Wir sind von der Polizei.«

Klack. Das Licht im fensterlosen Flur war ausgegangen. Villiers stemmte geistesgegenwärtig den Fuß in die Tür und drückte auf den Lichtschalter. Das Licht flammte wieder auf. Monsieur Ndiaye sah Villiers unfreundlich an.

»Was wollen Sie?«, fragte er. In der Wohnung gab es Bewegung. Männer sprachen dort halblaut in einer unverständlichen Sprache.

»Es geht um einen Kollegen von Ihnen. Monsieur Dschamalique.«

»Dchja Malick«, verbesserte Villiers. Duval nahm es wortlos hin.

Die Unruhe in der Wohnung verstärkte sich. Männer sprachen nun laut und aufgeregt. Zumindest klang es so.

»Ja?«, fragte der Mann noch immer durch den Türspalt.

»Können wir vielleicht einen Moment reinkommen?«

Der Mann in der Tür wandte sich um und sprach schnell, laut und autoritär. Das Geraune in der Wohnung verstummte augenblicklich. Dann versuchte er die Tür zu schließen und sah unwillig auf Villiers' Fuß, der das verhinderte.

»Villiers«, sagte Duval und zeigte auf die Kette, mit der die Tür gesichert war.

Villiers zog seinen Fuß zurück und der Afrikaner knallte die Tür zu.

»*Merde!*« Villiers fluchte und sah Duval unzufrieden an.

Klack. Das Flurlicht war erneut erloschen. Diesmal war es Duval, der auf den Schalter drückte.

Dann hörten sie, wie die Kette entriegelt wurde, und die Tür öffnete sich nun weit. Hinter Monsieur Ndiaye standen zwei andere Männer. Jung, groß und muskulös. Fragende Blicke. Unsicherheit. Abwehr.

»Polizei?«, fragte Ndiaye nun nach.

»Ja.« Duval zeigte seinen Ausweis vor und bemühte sich bewusst um langsame Bewegungen. »Mein Kollege.« Brav zeigte auch Villiers seinen Ausweis.

»Wir kommen wegen ihrem Kollegen ...«, er zögerte kurz. Dieser Name auch. Er zeigte stattdessen die Fotografie.

»Dchja Malick«, ergänzte Villiers.

»Dchja Malick«, wiederholte Duval.

»Dchja Malick«, wiederholte nun auch der Afrikaner und nickte.

»Können wir vielleicht reinkommen und einen Moment sprechen?«

»Ja, ja sicher, kommen Sie ...« Ndiaye machte eine einladende Geste mit der Hand und sprach wieder laut und autoritär in einer fremden Sprache zu den beiden Männern in der Wohnung.

Einer von ihnen verschwand und kam mit einem Hocker wieder, den er mitten in den Raum stellte. Duval sah überrascht auf den dünnen knallroten Teppichboden, mit dem der Boden der Wohnung ungeschickt, aber komplett ausgelegt war. Er wies darauf. »Der Teppich vom Festival?«, fragte er. »Haben Sie den vom Festival?«

»Aber ja«, Ndiaye strahlte stolz. »Ja, ist doch noch gut. Die werfen alle die Teppiche immer weg. Jeden Tag. Aber für uns ist noch gut«, sagte er. »Sehr guter Teppich.«

Da lag in dieser ärmlichen Wohnung der Afrikaner ein Stück des glamourösen Teppichbodens, mit dem der Platz und die Stufen des Palais während des Filmfestivals ausgelegt waren. Julia Roberts und George Clooney waren vielleicht darübergelaufen und jetzt lag ein Stück davon hier. Duval amüsierte sich. Aber nur kurz, denn es roch schwül und gewürzig in der Wohnung. Ungelüftet und muffig und es nahm ihm den Atem. »Bitte!« Ndiaye forderte Duval auf sich zu setzen. Er zögerte. »Und Sie?«, fragte er stattdessen.

So blieben sie zunächst alle in dem kleinen, eher düsteren Raum stehen. Duval sah sich um. Sie standen in einem Durchgangszimmer der kleinen Wohnung, die nur aufgrund der hohen Decken nicht ganz so beengt wirkte. An den Wänden standen drei einfache Bettgestelle mit durchgelegenen Matratzen und dünnen Decken und Leintüchern. Eine Schnur war von einem Fenster zum Schrank gespannt worden und eine Hose und ein Handtuch hingen darüber. Aus einem halb offenen Kleiderschrank quollen pralle, vollgestopfte Plastiktüten. Weitere, offensichtlich gefüllte, Plastiktaschen türmten sich darauf. Unter den Betten sah man persönliche Gegenstände: Turnschuhe, Badeschlappen, Waschutensilien, eine Flasche Rasierwasser. Die Fenster in den Zimmern waren geöffnet, die Fensterläden jedoch fest geschlossen. Die gelbliche Glühbirne strahlte nur wenig Licht ab. Durch die Tür spähte Duval in den Nachbarraum: zwei weitere Betten, ein schweres altmodisches Fernsehgerät auf einem nicht sehr stabil aussehenden Couchtisch, eine abenteuerliche Zimmerantenne stand davor. Kein Tisch, keine Stühle. Die Wände waren gelblich und fleckig. In einer Ecke wölbte sich der Putz blasig von der Wand, an anderer Stelle war er bereits abgebröckelt, darunter wurde die raue Wand sichtbar. Steine, Mörtel, Sand, Duval hätte gerne die Fensterläden weit aufgemacht, um Licht und vor allem Luft in dieses schwüldumpfe Dunkel zu bringen. Er hatte Schwierigkeiten zu atmen.

Monsieur Ndiaye hatte ihn nun doch auf den Hocker genötigt. Er selbst setzte sich ihm gegenüber auf ein Bett. Villiers und die anderen Männer blieben stehen.

Vertrauen schaffen, dachte Duval. Erst mal Vertrauen schaffen. »Sie sind Monsieur«, Duval konzentrierte sich »Ndiaye Massar und der …«, er zögerte kurz, »Hauptmieter dieser Wohnung?«

Ndiaye Massar nickte, stand kurz auf und hob die Matratze des Bettes an, auf dem er gesessen hatte. Er zog eine Mappe hervor und nahm Papiere heraus, die er Duval hinhielt. »*Je suis en règle«,* sagte er, »alles in Ordnung, Ausweis, *Carte de séjour, Carte de vendeur ambulant*. Ich habe ein Reisegewerbe angemeldet, alles *en règle*. Und hier«, er suchte in der abgenutzten Pappmappe zwischen Papieren. »Hier …«, er reichte eine Handvoll zusammengefalteter weißer Zettel an Duval. »Monsieur Richard gibt mir immer Quittungen. Ich zahle Miete. Alles *en règle*.«

Duval warf nur einen Blick darauf und gab alles an Villiers weiter. »Sie wohnen schon lange hier?«, fragte er dann.

»Lange!«, bestätigte Ndiaye eifrig nickend. »Immer schon hier.«

»Und das geht gut mit dem Vermieter?«

Ndiaye sah ihn einen Moment an, als verstehe er die Frage nicht.

»Mit Monsieur Richard«, setzte Duval nach.

»Monsieur Richard, ja«, wiederholte Ndiaye. Anscheinend hatte er die Frage immer noch nicht verstanden.

»Kommen Sie gut mit Monsieur Richard aus? *Ça va* mit mit Monsieur Richard? Alles gut?«, fragte er noch etwas schlichter.

»*Ah oui!«,* bestätigte Ndiaye jetzt mit dem Brustton der

Überzeugung. »*Très bien! Ça va même très, très bien!*« Es kam wirklich aus vollem Herzen. »Guter Mann, der Patron! Alles gut! Wir sind schon lange hier. Viele Jahre. Viele, viele Jahre. Gutes Haus. Der Patron ist ein guter Mann, alles gut, kein Problem«, beteuerte er. »Ist immer gut zu uns gewesen. Immer. Auch sein Vater war gut. Aber er ist noch besser zu uns. Nie Probleme. Hilft immer. Und, wie soll ich sagen, alles ruhig, wir sind ganz in Ruhe hier. Guter Mann. Hat ein großes Herz.«

»Monsieur Ndjah«, fing er an, aber seine Zunge verknotete sich.

»Ja, Ndiaye Massar, das bin ich«, antwortete der Afrikaner und lächelte.

»Ja«, Duval konnte den Namen kein zweites Mal korrekt aussprechen, »Sie wissen schon, was mit Ihrem Kollegen Dchja Malick passiert ist, oder?«

Die Frage war wohl zu indirekt, Monsieur Ndiaye sah ihn nur befremdet an.

Duval versuchte es erneut, auch wenn er es ungern so direkt aussprach. » Ihr Kollege … Dchja Malick ist tot.«

Monsieur Ndiayes Blick wurde dunkel. Aber er sagte: »Es war Gottes Wille. Das haben nicht wir zu beurteilen.«

»Sie wussten es schon, oder?«

Monsieur Ndiaye nickte.

»Woher?«

»Woher was?«

»Woher wussten Sie, dass … Ihr Kollege tot ist?«

»Ah«, er lachte ein bisschen, halb verlegen, halb stolz. »Wir wissen schnell, was passiert. Ein Kollege ruft an und dann ein anderer … geht schnell.«

Die Buschtrommeln funktionieren, dachte Duval. Durfte man das überhaupt noch sagen? Gab es da eine verächtliche

Konnotation? Dass man ständig zu politischer Korrektheit genötigt wurde, ging ihm gewaltig auf die Nerven.

»Hm.« Duval schnaufte, dann stellte er einige Fragen zu Ndiayes Herkunft und dieser erzählte bereitwillig aus seinem Leben. Er kam aus einem Dorf zwischen Dakar und St. Louis. 150 Kilometer von Dakar entfernt, aber es sei eine lange Reise bis dorthin. *»C'est pas la France«*, erklärte er. »Die Straßen sind nicht wie hier. *C'est l'Afrique«*, lachte er. *»C'est comme ça.«* Sein Dorf lag noch einmal vier Kilometer von der Straße entfernt. »Vier Kilometer?«, fragte Duval nach. »Zwei Kilometer«, verbesserte sich Ndiaye, nachdem er kurz überlegt hatte. Aber es hole ihn immer jemand von seiner Familie mit einer Karre ab. Voller Stolz erzählte er von seiner Familie. Er hatte drei Frauen. Die dritte war die Frau seines Bruders, die er nach dessen Tod als Frau angenommen hatte. Die er aber ebenso behandelte wie seine beiden ersten Frauen, beteuerte er sofort. Er mache keinen Unterschied. Jede habe ein Haus. Er verbringe gleich viel Zeit mit jeder Frau. Auch die Kinder würden gleich behandelt. Zwölf Kinder habe er so bekommen. Es schien für ihn selbst keine beeindruckend große Zahl zu sein, weshalb er sofort mit der Zahl der Enkel auftrumpfte, die er auch schon hatte. 34 nämlich, und fünf Urenkel gebe es auch schon. Gerade kürzlich war der vorerst letzte, ein Junge, geboren worden, berichtete er stolz.

»34 Enkel und fünf Urenkel?«, wiederholte Duval und er musste den Beeindruckten nicht spielen. »Sie haben eine große Familie!«

»Ah oui! Familie ist wichtig!« Ndiaye schien geschmeichelt und erzählte weiter. Ndiaye sprach ein einfaches Französisch, ohne irgendeine Form von Grammatik anzuwenden. Duval begriff nicht immer alles sofort. Hin und wieder

sprang Villiers erklärend ein, da er sich leichter tat, Ndiaye zu verstehen. »*Voi-là*«, sagte Ndiaye dann jedes Mal lachend, wie Duval es schon von Jeanne kannte. »Der Kollege versteht! Ich spreche schlecht das Französisch, Verzeihung«, entschuldigte Ndiaye sich.

»Die Inseln«, erklärte Villiers schulterzuckend. »Ich komme von den Inseln. Meine Mutter ist Réunionaise.« Was er nicht sagte, war, dass seine Mutter oft, insbesondere wenn sie aufgeregt war, in die kreolische Sprache zurückfiel. Und er hatte seit seiner Kindheit ein Ohr für diese Art Kauderwelsch, früher abschätzig *»petit nègre«* genannt.

»Voilà, voilà«, nickte Ndiaye dazu, der durchaus auch das Nichtgesagte verstand. »Ich spreche schlecht«, wiederholte Ndiaye, »aber ich spreche doch viele Sprachen. Alle nur ein bisschen, aber doch viele. Englisch, Deutsch, was Sie wollen.«

»Deutsch auch?«

»Ja. Deutschland. Hamburg. Viel in Hamburg, früher, viel früher. Fischemarkt. Gutten Tack«, sagte er sofort, um es zu beweisen. »Gutten Tack. Wie gätts? Gutte Nacht.« Er grinste stolz.

»Und wo haben Sie das gelernt? In der Schule?«

»Ah, nein.« Ndiaye schüttelte bedauernd den Kopf. »Einfach so. Ich war nicht viel in Schule. Immer arbeiten.« Er machte eine unbestimmte Geste. »So. Immer viel mit Leuten sprechen. Einfach so.«

»Sie waren in Deutschland? Haben Sie dort das Gleiche gemacht? Sachen verkauft?«

»Ja, ja. Märkte. Hamburg Fischemarkt. Und Amerika. Ich war auch in Amerika. New York. Hello! Hau ahr you?« Bewies er sofort seine Sprachkenntnisse und lachte zufrieden.

»Ich bin viel gereist. Immer unterwegs. Immer. Ganzes Leben unterwegs.«

»In Amerika?« Duval wollte es nicht glauben.

»Ja, Amerika. 1974. Fünf Jahre war ich dort.« Der Stolz in seinem Gesicht zeigte, dass er die Wahrheit sprach.

»Ihr ganzes Leben sind Sie herumgereist und haben Sachen verkauft?«

»Ja. Nicht nur verkauft. Kaufen und Verkaufen.« Der Stolz in seiner Stimme war unüberhörbar.

»Kaufen und Verkaufen«, wiederholte Duval ein bisschen dumm.

Ndiaye nickte. »Ja. Seit ich 16 Jahre alt bin, bin ich unterwegs. Jetzt bin ich 70. Und immer noch unterwegs. Aber nicht mehr so viel. Nur noch Frankreich. Ein bisschen. Bisschen arbeiten noch. Ich habe große Familie«, er zuckte mit den Schultern.

Duval verstand. Er saß nicht einem armen kleinen Straßenhändler gegenüber, hier saß ein internationaler Businessmann. »Import-Export«, sagte Duval.

»*Voi-là!*« Ndiaye schien zufrieden, dass der französische Polizist langsam anfing zu verstehen. Denn in seinem Dorf im Senegal war er ein angesehener Mann.

Dia Malick, der aus dem gleichen Dorf kam, war weniger wohlhabend, er hatte nur eine Frau, dennoch mehrere Kinder und ebenfalls bereits Enkel. Auch er war eigentlich schon im Rentenalter gewesen, kam aber trotzdem noch immer für einige Monate im Jahr nach Cannes, um zu arbeiten.

Sein ganzes Leben lang war Dia Malick die Strände abgelaufen, um Hüte und Sonnenbrillen zu verkaufen. Ndiaye war voll des Lobes für ihn. Immer war er gut gelaunt und freundlich gewesen, nie aggressiv, und die Leute mochten seine Art. Er war ein besserer und disziplinierterer Verkäufer als viele der jungen Männer, die den Job heute machten. Er sah sie nicht an, aber die jungen Männer im Raum wussten, dass sie gemeint waren. »Er schaffte es, die Leute zum Lachen zu bringen. Ein Kluhn, verstehen Sie?«

Duval verstand nicht gleich. »Ein Clown«, wiederholte Villiers für ihn. »Er war ein Clown.«

»*Voi-là*«, sagte Ndiaye erneut und sah Villiers erfreut an. »Klouhn. Der Kollege versteht. Ich spreche nicht gut das Französisch, Verzeihung.«

»Doch, doch, Monsieur«, gab Duval erneut höflich zurück. »Keine Sorge, Ihr Französisch ist sehr gut.«

»*Voilà, voilà*«, nickte Ndiaye. »So hat er es gemacht. Die Leute zum Lachen gebracht. Die Leute kaufen, wenn sie lachen. Die sind in Urlaub, die wollen lachen, nicht traurige Gesichter sehen. Dia Malick machte das gut.«

Einen Moment schwieg er, als er an den toten Kollegen dachte.

»Das ist sicher nicht leicht, was Sie machen, oder?«, unterbrach Duval die Stille.

»Nein«, bestätigte Ndiaye sofort. »Nicht leicht.« Er schwieg einen Moment. »Es ist schwere Arbeit. Und eine Arbeit, die kann kein anderer machen. Nur wir können das«, sagte er entschieden. »Wir, die Afrikaner!« Er machte eine kurze Pause, wie um die Wirkung seiner Worte nachklingen zu lassen. »Die Araber können das nicht.« Er schüttelte bekräftigend den Kopf. »Können die nicht. Die sind zu aggressiv. Denn jeden Tag sagt man uns Beleidigungen, jagt uns weg. Die Araber können das nicht ertragen. Das können nur wir aushalten. Wir, die Afrikaner! Mit *Dchjeh.*« Er zeigte nach oben.

»*Dieu*, Gott«, übersetzte Villiers, noch bevor Duval nachfragen konnte.

»Jawohl. *Djeh*«, verbesserte er sich. »Ich spreche nicht gut, Verzeihung. *Djeh*«, wiederholte er jetzt und zeigte wieder nach oben. »Er gibt uns die Kraft. Wir beten und er gibt uns die Kraft. Jeden Tag. Jeden Morgen beten wir für den Tag. Und abends beten wir und danken. Immer. Das gibt uns Kraft. *Djeh!*« Er war sehr ernst geworden.

»Wir beten und arbeiten. Arbeiten hart. Jeden Tag.« Er sah Duval an, ob er verstand. »Wir machen saubere Arbeit, wir sind Händler, verstehen Sie? Korrekte Händler. Wir verkaufen keine Drogen, wir stehlen nicht und wir betteln nicht. Wir sind ehrlich, verstehen Sie? Nur gute Arbeit, ehrliche Arbeit, verstehen Sie?« Ndiaye sprach eindringlich und saß sehr aufrecht.

»Ja«, Duval verstand.

»Wir sind korrekt. Kein Alkohol, keine Zigaretten. Und keine Frauen!« Ndiaye klang entschieden. »Manchmal Frauen lächeln uns an, französische Frauen! Sie wollen, dass wir zu ihnen nach Hause kommen. Wir Afrikaner haben einen Ruf, verstehen Sie?« Er grinste kurz, machte dann aber ein ernstes Gesicht. »Besser nicht. Dann ein Tag es gefällt ihr nicht und sie erzählt, wir haben etwas gestohlen und holt Polizei. Und dann ist unsere Schuld. Immer ist unsere Schuld. Wir sprechen schlecht das Französisch und wir sind schwarz. Dann heißt es: Warum warst du da, *sale nègre*? Niemand glaubt uns. Niemand.« Er machte eine Pause.

»Alles nicht leicht«, bestätigte Duval.

»Nein, nicht leicht. Geht nur mit *Dchjeh*! Er gibt uns die Kraft«, wiederholte Ndiaye noch einmal. »Können nur wir Afrikaner.« Auf diese Gemütsruhe schien er stolz zu sein.

»Man muss immer lächeln. Freundlich sein. Und nicht mit Frauen gehen.« Er schüttelte den Kopf. »Besser nicht. Und schnell weg, wenn man spürt, kommt komische Situation.« Er machte unbestimmte Gesten mit beiden Händen. »Nie widersprechen. Menschen sind vielleicht unfreundlich. Egal. Lächeln. Nicht leicht.« Er schüttelte den Kopf. »Im Suquet neulich hat eine Frau, eine junge Frau«, wiederholte er eindringlich, »sie hat einen Kollegen geschlagen. Hat ›verpiss dich, *sale nègre*‹ gesagt und ihn geschlagen. Es war ein junger Kollege. War nicht leicht für ihn.« Er schüttelte den Kopf.

Duval sah die beiden jungen Männer an. »Einer von Ihnen?«

»Nein, nein«, machte Ndiaye, »nein, anderer Kollege.«

»Was ist passiert?«

»Nichts, nichts.« Ndiaye wehrte ab. »Der Kollege hat nur seine Ware gezeigt. Und sie hat ihn geschlagen!«

Duval konnte sich die Szene gut vorstellen. Ein junger Mann, der versucht seine Ware anzubieten und dabei vielleicht einen Tick zu aufdringlich ist. Ermutigt und angezogen von einem hübschen Gesicht, einem missverständlichen oder bewusst provozierenden Lächeln oder Blick. Was für ein hübscher Afrikaner! Aber wehe, er kommt zu nah.

»Und was hat er dann gemacht, der Kollege?«, fragte Duval nach.

»Nichts.« Ndiaye schüttelte den Kopf. »Nichts. Was soll er machen? Eine Frau schlagen?« Er sah Duval fragend an und schüttelte dann den Kopf. »Nichts. Sie war betrunken.« Er sagte es missbilligend. »Die Männer, die mit der Frau waren, haben den Kollegen bedroht, ›verpiss dich!‹ haben sie gesagt. Also ist er weitergegangen. Das muss man lernen. Jeden Tag passiert so etwas. Einen anderen Kollegen hat man ins Wasser gestoßen. Wissen Sie, am Strand an der Croisette. Dort mögen sie nicht, wenn wir die Leute am Strand ansprechen. Jemand hat den Kollegen ins Wasser gestoßen. Er ist gefallen und alle seine Waren sind nass geworden.« Er erzählte es ohne große Gefühlsregung.

»Und dann? Was hat er dann gemacht?«, fragte Duval, aber er ahnte schon die Antwort.

»Was soll er machen?«, fragte Ndiaye zurück. »Nichts. Kann nur gehen. Einfach weg. Kein Streit. Besser kein Streit. Niemand hilft uns. Weggehen. Schnell, ohne Streit. Wenn Polizei kommt, ist es immer unsere Schuld. Immer. Polizei nix gut«, bekräftigte er. Dann erinnerte er sich, dass Duval und Villiers auch Polizisten waren, und ergänzte: »Nicht alle. Sicher, gibt auch gute. Sie sind gut, das sehe ich, ich sehe das sofort«, beteuerte er. »Ich kenne die Menschen. Aber viele von Polizei sind nicht gut für uns. Die sagen, es ist unsere Schuld. Warum warst du da? Deine Schuld, *sale nègre,* verpiss dich.«

»Was ist mit ...« Duval zögerte, diese afrikanischen Namen, er konnte sie sich nicht merken.

»Ochja Malick«, kam ihm Villiers zu Hilfe. Duval nickte dankbar. »Was ist mit ihm passiert?«

Ndiaye hob die Arme. »Nur *Dchjeh* weiß das! Er war ein guter Mann. Immer freundlich. Er hatte nie Ärger.« Er sah die anderen Afrikaner an und fragte sie etwas in einer fremden Sprache und beide murmelten und nickten. »Sie sagen, Dia Malick ist ein guter Mann.« Bestätigte er zufrieden.

»Sie sprechen kein Französisch?«, wandte Duval sich jetzt direkt an die beiden jungen Männer und sah von einem zum anderen.

»Bisschen«, sagte einer von ihnen lächelnd und machte eine Geste mit Daumen und Zeigefinger, um anzuzeigen wie wenig sie sprachen.

»Wenig«, bestätigte der Zweite. »Sprechen wenig. Verstehen ja«, auch er lächelte vorsichtig.

»Wie verhandeln Sie denn mit den Franzosen oder den anderen Touristen?«, fragte Duval nun nach. Dabei wusste er es schon. Er hatte es selbst oft genug erlebt. Gerade vorgestern in Ventimiglia wieder. Man sprach wenig. Man sagte »guten Tag Madame oder Monsieur, schauen Sie hier« und hielt den potenziellen Kunden einen Regenschirm hin und nannte einen Preis. Fünfzehn war die erste Zahl. Zehn die zweite. Fünf galt es abzulehnen. Irgendwas dazwischen wurde akzeptiert. Der Preis für Regenschirme variierte auch mit der Stärke des Regens. Oder zwei Schirme für zwanzig, das war ein neues Angebot. Viel mehr musste man nicht sprechen können. Ein paar Brocken Französisch, Italienisch, Englisch vielleicht. Ein paar Zahlen. Die Münzen und Scheine waren selbsterklärend. *Merci, M'sjöh. Au revoir. Bonne journée, buona giornata, good bye!*

Ndiaye erzählte es freimütig: Wie alle gewieften Händler konnte er die Nationalität der Touristen quasi zweifelsfrei erkennen. Ein Deutscher, der in Frankreich von einem Afrikaner mit »Gutten Tack« begrüßt wird, bleibt kurz verblüfft stehen. »Der spricht deutsch, Hilde, haste das gesehen? Der spricht deutsch. Sie sprechen Deutsch?«, fragt der Tourist dann zurück, oder oft einfacher »Deutsch? Du sprechen Deutsch?«. Es war Ndiaye vermutlich egal, ob man ihn duzte oder siezte. Hauptsache, ein Kontakt war hergestellt und schon hatte er sie am Haken. »Ja ja, Deutsch spreken! Hamburg. Schöne Stadt. Deutschland gutes Land. Urlaub? Ah, wunderbar!« Noch ein charmantes Kompliment für die

Gattin, »schöne Frau«, mit einem anerkennenden Blick auf den breiten menopausalen Hintern, den Hilde, Monika oder Renate bei dieser Hitze die Croisette entlangschleppten, und schon hatte er eine Sonnenbrille verkauft oder eine falsche Rolex für den Herrn. Selbst wenn der wusste, dass die Rolex falsch war, na und? Kleiner Gag im mondänen Cannes, damit konnte man später auf dem Kreuzfahrtschiff einen kleinen Spaß machen: »Ich hab mir eine Rolex gekauft in Cannes! Warum auch nicht, wir sind in Urlaub, ach komm schon. Dreißig Euro? Zwanzig? Na gut zehn.« So ähnlich erzählte Ndiaye es jetzt auch. »Guten Tag« in allen Sprachen der Welt aufsagen zu können, war sein Ehrgeiz. So wie pubertäre Jungs »ich liebe dich« in allen Sprachen sagen können. Für alle Fälle.

Aber warum Dia Malick nun am Bijou Plage tot aufgefunden worden war, dafür hatte er keine Erklärung. Dia Malick war immer freundlich und friedlich gewesen, nie aggressiv, privat nicht und auch nicht als Verkäufer. Aber erfolgreich durch seine humorvolle Art. Er war beliebt und in Cannes geradezu eine Berühmtheit. Er hatte viele Kontakte, die er sogar fragen konnte, wenn er etwas brauchte. ›Einen Fernseher? Sie haben nicht einen alten Fernseher?‹ Oder: ›Wenn Sie sich einen neuen Fernseher kaufen, werfen Sie den alten nicht weg, denken Sie an mich, ich komme bestimmt wieder und ich nehme ihn!‹ Das funktionierte. Viele Menschen brachten ihm immer wieder große Tüten oder Koffer mit Wäsche und Kleidung, oft sogar neue Ware, Elektrogeräte, Haushaltsgegenstände, die man doppelt hatte. Hin und wieder auch ein Möbelstück, einen Couchtisch, einen Sessel, den man nicht mehr brauchte, der aber vielleicht anderswo, wo man weniger einer Mode hinterherrannte, noch gute Dienste leisten konnte. Auch er habe gute Kontakte, erklärte Ndiaye, aber andere. Dia Malick war ganz klar der Erfolgreichste in dieser Art Beschaffungsbusiness gewesen.

»Und dann?«, fragte Duval und sah sich in der kahlen und ärmlich eingerichteten Wohnung um. »Was machen Sie dann mit all den Sachen?«

»Nach Afrika«, erklärte Ndiaye. »Alles für Afrika.« Sie mieteten zu mehreren einen Container, den sie mit allem anfüllten, was sie angesammelt hatten. Kühlschränke waren sehr beliebt, auch wenn sie noch so alt sein mochten oder, wie immer häufiger in Frankreich, wegen einer schlechten Energiebilanz ausgetauscht wurden. In Afrika scherte man sich nicht um so etwas. Ob A oder AAA, ein Kühlschrank war ein Kühlschrank. Wenn er funktionierte, war er gut. »Und selbst wenn nicht«, Ndiaye grinste und zuckte mit den Achseln.

»Was macht man denn mit einem Kühlschrank, der nicht funktioniert?« Duval konnte nicht recht glauben, dass selbst ein nicht funktionierender Kühlschrank in Afrika geschätzt wurde.

»Doch. Ist so.« Ndiaye zuckte mit den Achseln. »Ein Kühlschrank, der nicht kühlt, ist immer noch ein Schrank und vielleicht kühlt er ja doch ein bisschen.«

»Gut«, Duval nickte ein wenig erschöpft, ein Kühlschrank war in Afrika vermutlich ein Statussymbol. Das alles war interessant, aber es erklärte immer noch nicht, warum man Dia Malick tot am Strand von Bijou Plage gefunden hatte.

Aber Ndiaye Massar hatte eine Antwort. »*Dchjeh*«, sagte er und zeigte wie schon so oft nach oben. »*Dchjeh* hat das entschieden.«

»*Dieu*, Gott«, übersetzte Villiers erneut, aber Duval hatte es diesmal selbst verstanden.

»Ja, *Djeh*«, wiederholte Ndiaye, erneut um korrekte Aussprache bemüht. »Es ist Gottes Wille. Er entscheidet. Alles ist Gott. Ob Sie gut sind mit uns oder schlecht. Das ist Gott. Dia Malick ist tot. *Djeh*.« Er zeigte erneut nach oben.

Na ja, dachte Duval, diese fatalistische Einstellung gläubiger Muslime begegnete ihm immer wieder. Es war vielleicht tröstlich für sie, aber ihm reichte es nicht, zu wissen, dass Dia Malick sterben musste, weil Gott es so gewollt hatte. Zwischen Gott und Dia Malick war ja offenbar noch eine dritte Kraft gewesen, die ihn ums Leben gebracht hatte.

»Und wieso war er nachts am Bijou Plage? Wissen Sie das?«

Ndiaye zuckte mit den Schultern und schüttelte den Kopf. »Wer weiß?«

»Können wir seine persönlichen Sachen sehen? Vielleicht findet sich da eine Erklärung.«

Ndiaye zeigte auf eines der Betten im Nebenraum. Darauf lagen eine grünlich braune Wolldecke und ein speckiges Kopfkissen. Duval hob Kissen und Matratze an. Ein uralter Wandkalender mit Gebetszeiten für einen lang vergangenen Ramadan lag darunter. Dann sah er unter das Bett: Ein paar dünngelaufene Plastikbadeschlappen, in einer kleinen gelben Plastikschüssel lagen Rasierzeug, ein billiges Eau de Toilette und halb ausgedrückte Cremetuben.

»In welche Moschee gehen Sie?«, fragte er dann. »Sie gehen doch sicher in eine Moschee, oder?«

»Natürlich«, beteuerte Ndiaye. »Ich gehe jeden Freitag in die Große Moschee Al Madina Al Mounawara. Ist ein weiter Weg, aber dort sind viele von uns.«

»Al Madina Al was? Das ist wo?« Duval blickte von Ndiaye zu Villiers.

»Nicht weit vom Polizeipräsidium«, erklärte Villiers. »Der Imam gehört zum Verein ›Vivre ensemble‹.«

Duval verstand die Erklärung. Kein Hassprediger. Ein gemäßigter Imam also. Mehr noch, der Verein »Vivre ensemble« propagierte ein friedliches Zusammenleben von Muslimen, Juden und Christen. Immer mal wieder gab es Veranstaltungen mit allen Oberhäuptern der verschiedenen Religionen, von denen in der Presse wohlwollend berichtet wurde.

»Und Dia Malick ging auch dort in die Moschee?«, fragte Duval nach.

»Er auch.«

»Sie gehen alle freitags in die Moschee?«

Ndiaye schüttelte vage den Kopf. »Kommt drauf an. Manchmal ist es besser zu arbeiten. Wir sind Händler. Wir arbeiten, wenn Menschen da sind. Wenn ein großes Schiff kommt«, erklärte er, »arbeiten wir. Auch Freitag, auch Ramadan. Egal. Das ist unser Geschäft. Handel.«

»Ein großes Schiff?«, fragte Duval nach.

»Ja, große Schiffe, sehr große Schiffe, nicht im Hafen, riesige Schiffe draußen im Meer.«

»Sie meinen die Kreuzfahrtschiffe?«

»*Voi-là*.«

»Verstehe«, sagte Duval. Oh ja, die Kreuzfahrtschiffe. Sie waren ein Fluch und ein Segen. Er persönlich hasste sie. Er hatte Bilder von Venedig gesehen, in denen zehnstöckige weiße ultramoderne Kreuzfahrtschiffe wie außerirdische Kolosse die feine, alte und gebrechliche Lagunenstadt überragten, so nah kamen sie heran. Wie gefräßige Monster wirkten sie. Absurd. Obszön geradezu. In der kleinen Bucht von Villefranche, zwischen dem Cap Ferrat und Nizza, einem der schönsten Orte der Côte d'Azur überhaupt, ankerten ebenso fast täglich gigantische Kreuzfahrtschiffe, die die liebliche, kleine Bucht dabei fast vollständig ausfüllten. Den Urlaubern auf den Schiffen hatte man atemberaubende Blicke versprochen. Zu Recht. Vom Strand oder von der Küste hingegen starrte man dort auf täglich wechselnde Kreuzfahrtschiffe. Dafür aber klingelte die Kasse der Gemeinde. Für jeden der im Schnitt 3000 Urlauber auf einem Kreuzfahrtschiff, bekam die Stadt pro Übernachtung einen Euro als Abgabe. Villefranche war reich geworden mit den weißen schwimmenden HLMs, den schwimmenden Sozialwohnungsbauten, wie sie abfällig genannt wurden. Leider, oder vielleicht auch zum Glück, überschwemmte die Flut der täglich 3000 Urlauber bei ihrem Landgang das kleine Villefranche so gut wie gar nicht. In kleinen Fährbooten wurden die Passagiere an Land gebracht, wo die meisten von ihnen umgehend in Busse verfrachtet wurden, für einen Ausflug entlang der Côte d'Azur, der italienischen Riviera oder nach Monaco. Die Gemeinde war reich, aber die Bars und Restaurants des Ortes, ebenso wie die vielen kleinen Marktstände mit billigem Schmuck, billigen Töpferwaren oder billiger Kleidung profitierten nicht direkt von den Kreuzfahrtschiffen, deren Anblick sie ertragen mussten. Ein Umstand, den die Einwohner von Villefranche zwar oft beklagten, aber wollte man das am Ende wirklich? 3000 Menschen, die sich in einer halben Stunde durch die fünf kleinen verwinkelten Gässchen des Ortes wälzten wie ein Tsunami? In Cannes sagte man dazu nicht Nein. Die Kreuzfahrtschiffe seien ein Segen für den Einzelhandel und das Gaststättengewerbe, hieß es. Immerhin kamen bei den etwa 150 Landgängen pro Jahr mehr als 300 000 Passagiere zusätzlich in die Stadt und sie wurden heftig umworben. Schon am Anlegesteg wurden die »Gäste« mit einem Ständchen einer jazzigen Combo empfangen und Studenten der Wirtschaftshochschule drückten jedem Einzelnen einen Stadtplan und eine Auflistung der Geschäfte in die Hand, die den Kreuzfahrttouristen einen kleinen Preisnachlass gewährten. Die Touristen, die Cannes durchliefen und zwischen Galeries Lafayette und Fragonard auf der Suche nach einem ultimativen Souvenir waren, fanden es vielleicht letzten Endes bei einem der fliegenden Händler. So profitierten alle davon. »Verstehe, verstehe«, nickte Duval. »Gibt es noch andere Dinge, die ihm gehörten? Kleidung? Papiere?«

Ndiaye sagte etwas zu einem der immer noch brav herumstehenden Männer, der daraufhin in dem großen alten Kleiderschrank wühlte und eine abgenutzte Reisetasche herauszog. Er hielt sie fragend in der Hand. Villiers nahm sie entgegen und gab sie weiter an Duval.

»Darf ich da mal hineinschauen?«, fragte er.

»Natürlich«, antwortete Ndiaye, »bitte«, schien es aber zu schätzen, dass Duval gefragt hatte.

Eine abgetragene Wintersteppjacke, eine Anzughose, ein blaues Hemd, ein grauer Pullover mit einem Rautenmuster. Burberry immerhin. Vermutlich ein Geschenk. Das war alles. In den Reißverschlusstaschen im Inneren fand Duval nur einen billigen Kugelschreiber mit Werbeaufdruck eines Asia-Restaurants. Er klickte mehrfach und ließ die Kugelschreibermine hinein- und hinausflutschen und zog an einer silbrigen Leiste an der Längsseite: ein Kalendarium entrollte sich daran. Er zögerte kurz und ließ den Kugelschreiber wieder in die Seitentasche fallen, suchte weiter nach einem eventuellen doppelten Boden und gab sie dann wieder zurück. »Danke.«

»Das ist alles? Bekam er keine Post? Monsieur Richard sagte, dass er Briefe gesehen habe, die an ihn adressiert waren. Er war doch sicher offiziell hier gemeldet und hatte einen Ausweis für sein Reisegewerbe oder? Wo bewahrte er so etwas auf?«

»Sicher, sicher«, antwortete Ndiaye beflissen, aber, vielleicht bildete Duval sich das nur ein, es schien ihm, als habe es plötzlich einen anderen Ton. »Post ja, sicher. Aber«, er breitete seine Arme weit aus und sah sich dabei fragend im Raum um, »ich weiß nicht, wo er seine Papiere aufbewahrt.«

Duval besah noch einmal die Matratze, warf erneut einen Blick unter das Bett und betrachtete die spärlichen Möbelstücke in der Wohnung. Angesichts der kargen Einrichtung konnte es kaum Möglichkeiten geben, etwas für die anderen unsichtbar aufzubewahren, dachte Duval. »Gibt es noch mehr Zimmer«, fragte er. »Was liegt hinter dieser Tür?«

»Küche«, sagte Ndiaye, »Küche, Bad. Kommen Sie, kommen Sie.« Ndiaye erhob sich und öffnete die Tür, deren obere Hälfte verglast war und durch die etwas Licht hereinfiel. Die Scheibe aber war grau und beinahe blind vor Schmutz. »Küche, Bad, alles da.« Ndiaye zeigte es stolz. Duval sah mit unterdrücktem Ekel auf die Wände in der Küche, die von einer schwarzen flockigen Schicht überzogen waren. Ein großes Waschbecken aus Steingut, darüber hing ein mächtiger Boiler. Dazu ein alter Gasherd und ein vorsintflutlicher Kühlschrank, der vielleicht noch ein bisschen funktionierte. In einem schiefen Holzregal standen ein paar riesige Aluminiumtöpfe, eine große, schwarz angelaufene italienische Schraubkaffeekanne, mehrere Schüsseln. Gläser, Plastikbehälter mit undefinierbarem

Inhalt, daneben ein geöffneter Sack mit Reis. Aus dem geöffneten, ebenso grau verschmierten Küchenfenster, durch das kaum Licht drang, sah Duval in einen kleinen dunklen Innenhof. Dort hingen auf Wäscheleinen große Wäschestücke neben T-Shirts und afrikanisch gemusterten Hemden. Er warf einen Blick in das fensterlose, gekachelte Badezimmer. Die ehemals weißen Kacheln waren verdreckt, im unteren Teil der Dusche waren sie gelb von Schmutz und Kalkablagerungen. Der Duschvorhang war schwarz vor Schimmel. Neben der Toilette stand eine Flasche Eau de Javel und eine abgenutzte gelblich verfärbte Klobürste lag daneben. Über einem Waschbecken ein Stück eines Spiegels, der notdürftig mit einer Schnur an einem Haken hing. Unter dem Waschbecken lag ein grauer alter Putzlappen. Duval presste automatisch die Lippen aufeinander und atmete nicht.

»Alles da. Perfekt!«, wiederholte Ndiaye. Diese Beteuerung war überzeugend. Kein Zweifel, trotz des desolaten Zustands der Wohnung schienen die Afrikaner hier zufrieden zu sein. Duval wandte sich Richtung Küchenfenster und atmete vorsichtig ein und aus. Er hatte genug gesehen.

»Gut«, sagte Duval abschließend. »Ich danke Ihnen. Eine Frage vielleicht noch. Mit den Nachbarn kommen Sie gut aus?«

»Nachbarn? Im Haus?«, fragte Ndiaye nach.

»Im Haus, ja, und nebenan.« Duval zeigte vage in die Richtung des Hauses von Masoni. »Alles gut mit den Nachbarn?«

»Ja, ja, sicher. Kein Problem.« Es klang nicht wirklich überzeugend. Duval wusste nicht, ob die abscheulichen Plakate mit dem Bild Dia Malicks auch in der Avenue des

Brousailles gehangen hatten. Er hatte zumindest keine gesehen. Aber er wollte sie hier auch nicht erwähnen. »Gut.« Duval wandte sich noch einmal an Ndiaye. »Vielleicht haben wir später noch Fragen und müssen noch einmal wiederkommen. Und falls Ihnen noch etwas einfällt …« Er zog seine Visitenkarte heraus und reichte sie ihm.

Der Senegalese betrachtete sie interessiert und behielt sie in der Hand. »Danke«, sagte er.

»Danke Ihnen«, entgegnete Duval und hielt ihm die Hand hin.

Ndiaye drückte sie fest und sah den Kommissar ernst an. Duval gab auch den anderen beiden Männern die Hand. Villiers folgte seinem Beispiel. Dann gingen sie. Kaum hatte sich die Tür hinter ihnen geschlossen, begannen die Afrikaner laut und aufgeregt miteinander zu reden. Die Stimmen überschlugen sich beinahe. Duval sah Villiers an. »Doch nicht alles so rosig, wie er uns erzählen wollte, verstehen Sie was?«

Villiers schüttelte den Kopf. »Nein, keine Ahnung. Ich verstehe das Kreolisch der Inseln und habe ein Ohr für das *petit nègre,* meine Mutter fällt immer in so ein Kauderwelsch, wenn sie aufgeregt ist oder sich ärgert. Aber diese Sprache verstehe ich nicht. Wolof vielleicht.«

»Können Sie morgen mal rauskriegen, wie diese Leute hier organisiert sind? Legaler Handel habe ich verstanden, scheint mir auch glaubhaft. Aber wie funktionieren die hier? Muss ich mir diesen respektablen Chef, auch wenn er mir nicht diesen Eindruck macht, doch eher wie eine Art modernen Sklavenhalter vorstellen? Jemand, der einen Strukturvertrieb aufgebaut hat oder Ähnliches?«

»Mache ich gleich morgen früh.« *Klack,* das Licht war erneut ausgegangen.

Während Duval nach dem Lichtschalter tastete, drehte sich ein Schlüssel in der Haustür und ein junges Paar kam herein. Gleichzeitig leuchtete das Flurlicht wieder auf. »*Bonsoir*«, grüßte Duval.

»Guten Abend«, entgegnete der junge Mann und sah sie misstrauisch an. »Wer sind Sie? Was machen Sie hier?«

»Police Nationale«, sagte Duval, »wir ...«

»Ich will Ihren Ausweis sehen.« Der junge Mann unterbrach ihn aggressiv.

»Bitte.« Duval und Villiers reichten ihm ihre Dienstausweise.

Der junge Mann besah sie und hielt dabei mit einer Hand den Lichtschalter gedrückt.

»Um was geht's?«

»Wer sind Sie?«, fragte Duval ruhig zurück.

»Wir wohnen hier. Es ist unser Haus. Es ist wohl angebracht, dass ich Sie zuerst frage, oder?«

»Wir ermitteln in einer Todessache eines der Bewohner«, erläuterte Duval.

»Dchja Malick«, ergänzte Villiers, um Duval den Namen zu ersparen.

Duval nickte. »Genau.«

»Einer der Mamadous?«, mischte sich die junge Frau ein. »Sie waren bei den Mamadous? Welcher ist es?«

»Dchja Malick«, wiederholte Villiers.

Sie machte ein unwissendes Gesicht. Der junge Mann zuckte die Achseln. »Das ist ein Bordell hier, das wechselt ständig.«

Duval zeigte das Foto.

»Oh«, sagte die junge Frau und sah betroffen aus. »Aber das ist *der* Mamadou. Der Nette! Sie heißen alle Mamadou bei uns, aber der hier heißt wirklich Mamadou.«

»Er heißt Dchja Malick«, Duval war stolz, den Namen diesmal parat zu haben.

»Ach so?«

»Er ist vorgestern am Strand von Bijou Plage tot aufgefunden worden. Es stand auch in der Zeitung.«

Sie sah erschrocken aus. »Keine Ahnung, habe ich nicht gesehen. Du?« Sie fragte ihren Mann.

Er schüttelte stumm den Kopf. »Was haben wir damit zu tun?«, fragte er dann ruppig.

»Ich hoffe nichts«, lächelte Duval verbindlich. »Wir versuchen Informationen zusammenzutragen, die seinen Tod erklären können. Was wissen Sie von ihm oder den Afrikanern hier ganz allgemein?«

Der junge Mann schnaufte unwillig. »Hören Sie, ich habe Feierabend, ich würde mich jetzt gerne ausruhen, ich habe einen harten Tag gehabt und morgen muss ich früh raus.«

»Gut, wie Sie wollen, dann kommen Sie morgen früh um acht in mein Büro und wir reden dort weiter.« Duval war knapp.

»Nicolas!« Seine Frau wirkte alarmiert. »Es wird nicht lang dauern, oder?«, versuchte sie ihren Mann zu beschwichtigen und sah Duval bittend an. »Kommen Sie doch mit nach oben. Bitte!« Sie sah jetzt drängend von Duval zu ihrem Mann. Der nickte unwillig.

»Folgen Sie mir doch bitte«, sie eilte die Stufen hinauf und schloss die Tür auf. »Bitte, kommen Sie herein.« Mit diesen Worten stieß sie die Tür zum Wohnzimmer auf und öffnete schwungvoll Fenster und Fensterläden. »Langsam wird es heiß«, erklärte sie, »man kann nur noch früh morgens und abends wirklich lüften. Bitte nehmen Sie Platz. Möchten Sie etwas trinken?«

»Marine!« Ihr Mann unterbrach sie unwirsch.

»Nein danke«, antworteten Duval und Villiers gleichzeitig.

»Sie sind Monsieur und Madame …?!«, fragte Duval.

»Belfort«, antwortete eilfertig die junge Frau.

»Monsieur Belfort, Sie sagten vorhin, es sei Ihr Haus? Wir haben heute Morgen schon mit Monsieur Richard gesprochen …«

»Mein Vater«, erklärte die junge Frau, noch bevor ihr angesprochener Ehemann antworten konnte. »Das Haus ist eine Eigentümergemeinschaft, mein Vater und wir, also, das Haus gehört uns gemeinsam. Wir haben die obere Etage, mein Vater die erste und die Wohnung unten gehört auch noch ihm.«

»Aha. Ist Ihnen bei den Mietern im Erdgeschoss irgendetwas aufgefallen in letzter Zeit? Haben Sie einen Streit bemerkt? Oder sonst etwas Ungewöhnliches?«

»*Pfh.*« Nicolas Belfort machte ein verächtlich klingendes Geräusch.

»Ja?«, fragte Duval nach.

»Was soll einem da noch auffallen? Es ist alles ungewöhnlich, wenn fünf Afrikaner in zwei Zimmern hausen. Es ist laut, ein stetes Kommen und Gehen, es riecht mitten in der Nacht nach Essen«, antwortete Nicolas Belfort. »Wie in Afrika.«

»Es ist Ramadan«, beschwichtigte seine Frau. »Da sind ihre Essenszeiten eben nach Sonnenuntergang, aber das ist doch nur ein paar Wochen im Jahr so.«

»Und dass nachts wie bekloppt an den Fensterladen geklopft wird und sie das gesamte Haus aufwecken?«, raunzte Nicolas Belfort. »Das ist das ganze Jahr über der Fall.«

»Warum wird nachts an den Fensterladen geklopft?« Duval wurde hellhörig.

»Was weiß ich, weil irgendein *Cousin*«, er sprach das Wort verächtlich aus, »mal wieder den Schlüssel vergessen hat oder einen Schlafplatz sucht, was weiß ich.«

»Sie sind nicht so richtig zufrieden mit diesen Mietern, scheint mir.« War das eine Frage oder eine Feststellung?

»Völlig egal, ob ich zufrieden bin, mein Schwiegervater macht sowieso, was er will.«

»Wenn ich es richtig verstanden habe, dann wohnen die Afrikaner doch schon seit Jahrzehnten im Haus?!«

»Sicher, aber er wäre nicht verpflichtet gewesen, den Vertrag mit ihnen zu verlängern, nachdem der erste Chef gestorben war.«

»Ja, aber was spricht dagegen? Solange sie ihre Miete zahlen?«

»Alles spricht dagegen. Die kann man nicht unbeaufsichtigt lassen, die gehen im Winter zurück nach Afrika und drehen das warme Wasser nicht ordentlich ab. Schlamperei«, schimpfte er. »Da lief den ganzen Winter ein kleiner Strahl warmes Wasser. Wissen Sie, was wir für eine Wasserrechnung und Stromnachzahlung bekommen haben? Aber das können wir den armen Menschen ja nicht anlasten, das zahlt mal wieder die Eigentümergemeinschaft. Oder das Klo, da hat sich in der Klospülung was verhakt und das Wasser läuft munter weiter und sie merken das nicht, oder sie teilen es uns nicht mit und reparieren können sie schon gar nichts. Wie Kinder. Jeden Tag müsste man da nachschauen, ob alles in Ordnung ist, aber mein Schwiegervater macht das natürlich nicht. Und dann haben wir irgendwann die Bescherung. Und was die alles anschleppen. Wir haben letztes Jahr den Kammerjäger da gehabt deswegen. Zwei Mal! Hat Ihnen mein Schwiegervater das erzählt?«

Duval zog die Augenbrauen hoch, aber Nicolas Belfort

wartete die Antwort gar nicht erst ab. »Nein! Natürlich nicht. Die Kosten trägt selbstverständlich auch die Eigentümergemeinschaft, dabei ist es die Schuld der Mieter! Wir wollen irgendwann Kinder haben, aber nicht, solange in diesem Haus solche Verhältnisse herrschen.«

»Nicolas!« Marine Belfort versuchte ihren Mann zu unterbrechen.

»Hab ich nicht recht?«, blaffte er sie an. »Du willst doch auch nicht in so einem verwanzten Haus leben, oder?«

»Wollen Sie damit sagen, die Afrikaner hätten Ungeziefer angeschleppt?«

»Das will ich nicht sagen«, Nicolas Belfort war aggressiv, »das sage ich!«

»Die Matratzen«, erklärte seine Frau, sichtlich geniert. »Leider schleppen sie wirklich alles an, was hier für den Sperrmüll auf die Straße gestellt wird, weil sie es noch gebrauchen können in Afrika. Das verstehe ich, es wird so viel weggeworfen, was eigentlich noch gut ist. Oft bringen sie Möbel mit oder Elektrogeräte, was weiß ich. Jedenfalls haben sie auch Matratzen auf diese Art mitgebracht. Die allerdings nicht für Afrika, sondern für sich selbst. Die sehen auf den ersten Blick vielleicht gut aus, aber leider waren sie voller Bettwanzen.« Sie machte ein angeekeltes Gesicht. »Das war wirklich ...«, sie verzog das Gesicht noch stärker und schüttelte sich leicht, »unangenehm. Die Wanzen waren zum Schluss überall, glücklicherweise nur in der unteren Wohnung. Wanzen kriechen, die springen nicht wie etwa Läuse oder Flöhe ... ich kann Ihnen sagen, was ich alles gelernt habe über Ungeziefer –«, sagte sie streng und schüttelte den Kopf. »Immerhin konnten wir so verhindern, dass sie sich ausbreiten. Aber bis wir gemerkt haben, dass was nicht stimmt ...« Sie seufzte. »Vor zwei Jahren habe ich mit meinem Vater alles ausgeräumt und weggeworfen, wir haben die Wohnung komplett renoviert und der Kammerjäger kam zweimal. Und wir haben dann auf unsere Kosten neue Betten und Matratzen gekauft und ihnen verboten, jemals wieder alte Matratzen vom Sperrmüll anzubringen.«

»Und es hat nicht mal genützt, dass der Kammerjäger gekommen ist«, warf Nicolas Belfort giftig ein, »letzten Endes haben sie selbst mit einem Mittel aus Afrika, das hier schon lange verboten ist, DDT oder was weiß ich, die letzten Wanzen ausgerottet. Das muss man sich mal vorstellen.« Nicolas Belfort war voller Verachtung. »Und Sie wollen, dass wir hier Kinder großziehen? Zwischen DDT und Wanzen?«

»Warum ziehen Sie dann nicht aus?«, fragte Duval.

»Nach allem, was ich an Geld und Arbeit in diese Wohnung gesteckt habe? Ich habe alles umgebaut, ich habe den Dachboden und die Dachterrasse ausgebaut, das Dach und die Wände isoliert, den Holzboden abgeschliffen und davon soll jetzt jemand anders profitieren? Und ich fange woanders noch mal von vorne an? Niemals.«

»Und warum hat Ihr Schwiegervater die Afrikaner als Mieter behalten, nach all diesem Ärger?«

»Das frage ich mich auch. Weil er ein alter Trottel ist, vermutlich.« Er sah seine Frau dabei an, die die Lippen aufeinanderpresste und einen strengen Blick bekam.

»Was meinen Sie, Madame?«, fragte Duval freundlich und sah zu Marine Belfort.

»Warum mein Vater die Afrikaner hier wohnen lässt?« Sie wiederholte es so, als stelle sie sich die Frage gerade zum ersten Mal. Dann zuckte sie mit den Achseln. »Sie sind schon so lange da. Sie haben schon hier gelebt, als das

Haus noch meinem Großvater gehörte. Ich kenne es nicht anders und habe es bislang auch nicht infrage gestellt. Erst als das mit den Wanzen angefangen hatte, dachte ich, es wäre gut, wenn sie gingen, damit nicht das ganze Haus befallen wird.«

»Aber jetzt ist doch alles wieder in Ordnung, wenn ich es richtig verstanden habe?«

Ihr zögerliches »Ja« klang nicht überzeugend.

»Jetzt haben wir Ratten«, giftete Nicolas Belfort.

»Nicolas!« Sie klang verärgert.

»Ratten?«

»Neulich rannte eine über unsere Terrasse.«

Villiers hustete kurz und Duval warf ihm einen schnellen Blick zu. Villiers wandte sich ab und hustete nochmals. »Verzeihung«, sagte er, als er sich wieder umdrehte.

»Sie glauben, es gibt da einen Zusammenhang mit den Afrikanern?«

Nicolas Belfort schnaubte und machte ein verächtliches Gesicht.

»Na ja«, sagte seine Frau beschwichtigend, »es ist immerhin möglich. Ich habe jetzt überall Köder ausgelegt. Wir müssen alle aufpassen und kein Essen oder Abfälle herumliegen lassen. Auch mein Vater ist manchmal nachlässig«, setzte sie hinzu und machte ein tief besorgtes Gesicht.

»Haben Sie noch Fragen?«, unterbrach Nicolas Belfort unfreundlich. »Sonst würde ich mich jetzt wirklich gerne ausruhen.«

»Nein, für den Moment nicht. Wenn mir noch etwas einfällt, kommen wir noch einmal auf Sie zu. Oder falls Ihnen noch etwas einfällt ...« Duval zog noch eine Visitenkarte aus seiner Brieftasche und hielt sie Marine entgegen. Sie nahm sie und schaute kurz darauf. »In Ordnung«, sagte sie.

»Danke und verzeihen Sie die Störung. Guten Abend.« Duval war ausgesprochen höflich. Villiers nickte nur. »Wiedersehen.«

»Guten Abend«, knurrte Nicolas Belfort und schloss hart die Tür hinter ihnen.

»Ausgesprochener Sympathieträger«, konnte Villiers es sich nicht verkneifen. Duval zog nur die Augenbrauen hoch. Am Auto blieb er stehen. »Ich würde ja gerne noch einmal mit Monsieur Richard reden …«

Villiers zog umgehend sein Handy heraus und begann, mit beiden Daumen eine Nachricht hineinzuhämmern.

»… aber vielleicht nicht mehr heute Abend«, ergänzte er.

»Ah!« Villiers sah auf und grinste. »Dann ist ja gut.« Er steckte das Mobiltelefon wieder ein.

»Machen wir Feierabend für heute. Soll ich Sie nach Hause fahren?«

»Sie können mich unterwegs absetzen«, Villiers war ausweichend.

»Wie geht's denn Audrey und Emilie?«, fragte Duval nach einer Weile.

»Alles bestens.« Villiers war einsilbig.

»Was machen Sie denn mit Emilie, wenn Audrey demnächst wieder arbeiten geht?«

»Ach, die Großmütter reißen sich jetzt schon darum, wer Emilie betreuen darf«, er lachte. »Drei Tage meine Mutter, drei Tage Audreys Mutter. Glücklicherweise hat die Woche sieben Tage, so dürfen wir sie auch an einem Tag haben. Hier«, rief er, »Sie können mich hier rauslassen.«

»Hier?« Duval hielt prompt an.

»Jaja, genau hier. Bis morgen.« Er klopfte kurz auf das Autodach und war verschwunden. Duval fuhr weiter. Im Rückspiegel sah er, dass Villiers in einen roten Kleinwagen stieg, der an der Ecke geparkt hatte. Auf der Beifahrerseite. Es geht mich nichts an, dachte Duval. Jeder wie er will. Er gab Gas. Denn er wollte nach Hause zu Annie. Dreimal fuhr er jedes Sträßchen in seinem Viertel ab. Kein freier Platz. Er fluchte. Schließlich stellte er den Fiat genervt hinter einen anderen Kleinwagen, der sich in einen der neuen groß eingezeichneten Plätze gestellt hatte, aber hinter dem noch etwa ein halber Meter Platz war. Er fuhr eng auf, sodass sein Fiat nur mit den Hinterreifen über den eingezeichneten Platz hinausragte: »Passt!«

Schwungvoll nahm er zwei Stufen auf einmal und schloss erwartungsvoll die Tür auf. Aber es war nur sein Kater, der ihn laut maunzend begrüßte. »Endlich«, schien er sagen zu wollen. Es wurde aber auch Zeit, dass mal jemand kam, um ihn zu füttern! Duval gab Futter in das Schüsselchen und streichelte das schnurrende Tier mit einer halb abwesenden Geste. Dann lief er von Raum zu Raum. Er blickte auf den Anrufbeantworter seines Festnetztelefons und noch einmal auf sein Handy. Nirgends eine Nachricht oder ein Zeichen von Annie. »Na, sie wird sicher bald da sein«, beruhigte er sich selbst. Anrufen wollte er sie nicht. Er selbst mochte auch nicht im Dienst angerufen werden mit der Frage »Wann kommst du?«.

Im Kühlschrank fand er Reste der Creme, mit der Annie die Zucchiniblüten gefüllt hatte. Er roch daran, sie schien noch völlig in Ordnung zu sein. Etwas halb trockenes Brot lag noch im Brotkorb. Er toastete ein paar Stücke Brot und strich die Creme darauf. Dazu ein Gläschen Rosé, fertig war sein Abendessen. Er setzte sich damit vor den Fernseher und klickte mit der Fernbedienung nur halb interessiert durch das Abendprogramm. Er wartete auf Annie. Gegen

23 Uhr setzte er dann doch eine SMS ab: »Annie, wo bist du? Alles in Ordnung bei dir?« Das klang nicht zu drängend, aber ein bisschen Sorge durfte man schon zeigen, fand er.

»Alles in Ordnung. Bin noch bei Hervé. Fahre in Kürze los«, kam die prompte Antwort.

Wie schön, dass alles in Ordnung war. Es beruhigte ihn nur leider gar nicht. Was hatte er erwartet? Dass sie bei einer Freundin saß und tratschte? Und darüber die Zeit vergessen hatte? Irgend so etwas. Aber nein, sie war noch bei Hervé und tratschte wohl mit ihm und hatte darüber die Zeit vergessen. Was war das für ein Kerl? Und was hatten sie so lange zu reden? Über die Flüchtlinge? Er spürte eine eigenartige Unruhe in sich aufsteigen. Wenn sie gleich losführe, dann könnte sie ..., er überlegte und kam zu keinem Ergebnis. Er gab La Colle sur Loup in Google Maps ein. Oder war es Tourette? Er wusste es nicht mehr und versuchte es mit beiden Orten. In etwa einer Stunde könnte sie da sein. Gegen Mitternacht also. Er würde so lange warten. Er nahm ein Buch und beschloss, im Bett ein wenig zu lesen.

Das Buch über die Verflechtungen der korsischen Mafia war zwar interessant, aber trotz alledem war er darüber eingenickt. Er wurde erst wach, als Annie sich vorsichtig über ihn beugte, um seine Nachttischlampe auszuschalten. Er fuhr hoch und blickte auf die Uhr, die er noch immer am Handgelenk trug. Kurz vor eins.

»Du kommst spät«, brummelte er vorwurfsvoll.

»Pssscht«, machte sie. »Schlaf weiter!«

»Wie war's?«, fragte er trotzdem nach.

»Toll! Superinteressant. Toller Typ und absolut klasse, was er macht. Ich habe wundervolle Menschen kennengelernt und schöne Ideen für den Text und muss jetzt schnell noch was fertig schreiben. Ich kann was in der *Marianne* veröffentlichen! Ist das nicht toll?« Sie war aufgedreht. »Aber ich muss mich beeilen, Abgabe wäre schon gestern gewesen. Erzähle ich dir alles morgen. *Bonne nuit!*« Sie gab ihm ein Küsschen und verschwand in der Wohnung. Ein Lichtschein drang vom Wohnzimmer zu ihm durch. Er war nun auch hellwach und in seinem Kopf hörte er immer wieder die Begeisterung, mit der sie »toller Typ« gesagt hatte. Vor seinem geistigen Auge sah er Annie mit einem braun gebrannten und muskulösen Typen mit Dreitagebart lachen. Er drehte sich ruhelos hin und her. Endlich kam sie ins Bett. »Ich *muss* jetzt schlafen«, wehrte sie ab, als er sie an sich ziehen wollte. Sie gab ihm nur schnell ein leichtes Küsschen und drehte sich zur Seite. Duval war frustriert. Er schnupperte. Sie hatte einen fremden Geruch mitgebracht. In ihren Haaren hatten sich Tabakrauch und Gewürze verfangen. Räucherstäbchen vielleicht. Irgend so etwas. Schon bald hörte er sie regelmäßig atmen. Später legte er sich hinter sie und umfing sie mit seinem Arm. Schlafend kuschelte sie sich an ihn. Es beruhigte ihn, trotz des fremden Geruchs in ihren Haaren. Dann schlief auch er ein.

5

So richtig gut gelaunt war Duval nicht. Annie hatte in aller Frühe schon wieder wie eine Wilde auf die Tastatur ihres Laptops eingehämmert. »Nur ein paar Korrekturen«, murmelte sie abwesend, aber es dauerte doch länger und sie war entgegen der nächtlichen Ankündigung nur wenig gesprächig, sodass er, ohne sich lange aufzuhalten, ins Büro gegangen war. Die Kollegen waren schon versammelt und warteten, dass der frisch aufgebrühte Kaffee blubbernd und gurgelnd in die Thermoskanne lief.

»Kann ich schon?«, fragte Villiers.

»Was?«

»Berichten, was ich rausgekriegt habe.«

»Schon? Noch vor dem ersten Kaffee? Wann haben Sie das denn gemacht?« Duval sah Villiers überrascht an.

»Ach«, winkte Villiers ab, »konnte nicht schlafen.«

»Aha.« Duval sah Villiers prüfend an. »Na, meinetwegen.«

»Also, zunächst haben wir es bei den Afrikanern nicht mit einem Strukturvertrieb zu tun, in dem Sinne, dass jeder von den anderen prozentual mitverdient und daher versucht, möglichst viele andere anzuheuern, denen er erst mal etwas verkauft«, begann Villiers.

Duval hörte zu, klickte sich gleichzeitig durch die Mails.

»Und ich denke, Ndiaye ist auch kein Sklavenhalter, der

die jungen Männer, die bei ihm wohnen, ausbeutet. Wenn ich das richtig verstanden habe, ich habe nämlich eine wissenschaftliche Arbeit dazu gelesen«, erklärte er, »ziemlich ätzende Sprache teilweise, egal, wenn ich es also richtig verstanden habe«, wiederholte er, »dann sind sie alle selbstständig, aber innerhalb eines Clans auch eingebunden.«

Villiers berichtete von der Bruderschaft der Mouriden, einer im Senegal im 19. Jahrhundert von Amadou Bamba gegründeten mystischen Bewegung, deren spirituelle Inhalte sich auf die Formel »beten und arbeiten« verkürzen ließen. War es ursprünglich mal nur um das körperliche Arbeiten gegangen, auf Erdnussfeldern mit »Schweiß auf der Stirn« und für Gotteslohn, so ist in der Zwischenzeit der Handel, etwas, wofür die Menschen im Senegal ohnehin bekannt sind, insbesondere der Straßenhandel im europäischen Ausland, zum größten Erwerbszweig der Gruppe geworden, die ihren religiösen Mittelpunkt in Touba hat. »Eine heilige Stadt im Inneren Senegals, ein Wallfahrtsort vergleichbar mit Mekka«, erklärte er. »Die Mouriden sind in Clans oder Familien unterteilt und jeweils und ganz generell ein großes Netzwerk. Alteingesessene Händler geben im Ausland ihre Vertriebsstrukturen, ihre Tipps und Erfahrungen an jüngere weiter, bieten ganz konkret einen Schlafplatz, eine Art ›Familie‹ und sogar ein Startkapital, damit die Neuen ihr Geschäft anfangen können. Aber nicht jeder Neue wird genommen, man muss eine Empfehlung vorweisen und man hat dann eine Verpflichtung, das in einen gesetzte Vertrauen nicht zu enttäuschen. Aber jeder bleibt innerhalb des Clans selbstständig. Händler im Ausland zu sein, ist wohl recht angesehen, zumindest im Senegal, und für viele junge Senegalesen sogar verlockender, als im Land zu bleiben und vielleicht zur Schule zu gehen, dort zu studieren und klassisch zu arbeiten. Es hat was mit Aufbruch zu tun, mit dem Gefühl von Freiheit, andere Länder sehen und andere Erfahrungen machen zu können, und natürlich sicher auch mit der Hoffnung, sich schneller als die anderen all die im Fernsehen angepriesenen Dinge, ›mein Haus, mein Auto, mein Kühlschrank‹«, warf er grinsend dazwischen, »leisten zu können. Meist ein Trugschluss, aber das sagt ja keiner. Denn hier arbeiten sie hart, sind in einen Clan eingebunden und außer essen, beten und arbeiten gibt es nichts. Und sie sind die Hoffnung der Familie zu Hause, die oft zusammengelegt hat, um einem jungen Mann den Weg ins Ausland zu ermöglichen, die aber von diesem natürlich auch eine Gegenleistung erwartet.«

Duval las in seinen Mails und runzelte die Stirn. Er war konsterniert. Tatsächlich war der Bericht des Gerichtsmediziners schon gestern eingegangen. Er musste ihn übersehen haben.

»Klar so weit?«, fragte Villiers.

»Doch, doch, ich höre Ihnen zu«, sagte Duval, nahm jedoch den Hörer ab und wählte eine Nummer.

»Morgen Duval«, begrüßte ihn der Gerichtsmediziner, »ich hatte Ihren Anruf, wenn überhaupt, gestern erwartet.«

»Guten Morgen, Doktor, ja, gestern ist mir Ihr Bericht wohl durchgerutscht, aber ...«

»Aber?«, unterbrach Dr. Charpentier.

»Sind Sie sicher? Also, ich meine mit der Todesursache?« Duval ärgerte sich sofort, dass er nachgefragt hatte. Den Gerichtsmediziner zu verärgern, war keine gute Idee.

»Was wollen Sie denn damit andeuten? Stellen Sie meine Kompetenz infrage?« Docteur Charpentier reagierte gekränkt. »Oder ist der Bericht für Sie nicht verständlich?«, fügte er etwas spitz hinzu. »Es gibt keinerlei Anzeichen für ein Tötungsdelikt. Der Mann ist nicht ertrunken. Er hatte kein Wasser in der Lunge. Das heißt, er hat schon nicht mehr geatmet, als er ins Wasser gefallen ist. Oder vielleicht einfach am Strand umgefallen ist. Er hat am ganzen Körper keine frischen Verletzungen, ein paar leichte Schürfwunden, die vom Liegen auf dem Sand herrühren, hin und her bewegt von den Wellen vermutlich. Auf dem Oberkörper ein paar alte Narben, groß, wulstig und schlecht verheilt. Ursache unklar. Aber eindeutig alt. Keine aktuellen Verletzungen. Keine Einstiche. Wir haben auch keine Drogen oder andere giftige Substanzen im Blut vorgefunden, und im Magen nur eine ordentliche Menge Hühnchen mit Reis und Rosinen und Datteln.«

»Aha. Verzeihen Sie, Doktor, ich war nur so überrascht. Ich habe nicht mit so einer banalen Erklärung gerechnet … Ihre Kompetenz stelle ich in keiner Weise in Abrede«, beeilte er sich hinzuzufügen.

»Hm.« Der Gerichtsmediziner brummte.

»Schlichtes Herzversagen also. Danke, *Doktor*. Schönen Tag wünsche ich Ihnen«, Duval bemühte sich um Wiedergutmachung.

»Ebenso.« Der Arzt blieb kurz angebunden.

Duval legte langsam den Hörer auf. »Herzversagen«, erklärte er den Kollegen, die ihn irritiert ansahen. »Unser Toter vom Bijou Plage«, er sah kurz auf den Bericht, »Dia Malick ist an simplem Herzversagen gestorben.«

»Wie jetzt?«, fragte Villiers.

»Ach was?«, auch Léa Leroc klang ungläubig. »Und das war's jetzt?«

»Ja«, bestätigte Duval. »So einfach kann's sein. Damit ist der Fall wohl abgeschlossen. Danke dennoch für Ihre Ausführungen, Villiers«, fügte er noch hinzu, »›beten und arbeiten‹ erinnert mich an die Regeln der Benediktinermönche, wenn ich mich nicht irre. Fromme Menschen, Diener Gottes also, keine Sklavenhalter.«

»Na ja, wie streng es in den einzelnen Clans abläuft, ist wohl von den jeweiligen Clanchefs abhängig. Aber grundsätzlich ist das Leben eher mönchisch. Nur Männer. Frauen sind nicht zugelassen …«, er verzog das Gesicht.

»Ja, das wäre sicher nichts für dich«, frotzelte Léa.

»Gut dann …«, unterbrach Duval abschließend.

»Und ich habe gerade den Vertreter erreicht, der nachts brüllend die Fenster zugeschlagen hatte.« Léa Leroc zuckte mit den Achseln. »Na gut, dann hat sich das also erledigt. Auch schön.« Sie zog eine Grimasse. »Und wieso lag er am Bijou Plage, gibt's dafür eine Erklärung?«

»Wer weiß.« Duval zuckte mit den Schultern. Ndiaye hätte sicher gesagt »das weiß nur Gott«, dachte er.

»Ein Abendspaziergang vielleicht? Ist ja schön dort«, schlug LeBlanc etwas gedankenlos vor.

Villiers lachte kurz auf. »Genau, war sicher noch nicht genug gelaufen, der gute Mann, muss sich abends noch mal die Füße vertreten, um auf seine Schrittzahl zu kommen. Gute Idee, Michel.«

Duval sah irritiert von Villiers zu LeBlanc.

»Michel läuft seit Neuestem jeden Tag 10 000 Schritte«, erklärte Villiers gut gelaunt, »und oft läuft er sie abends, weil es tagsüber nicht genug war.«

Michel LeBlanc verzog das Gesicht zu einer finsteren Miene. »Du bist eine alte Schwatztante, Noah«, sagte er verärgert. »Ja, ich laufe mit einem Podometer«, erklärte er dann und zeigte auf einen kleinen runden Schrittzähler an seinem Gürtel. »Meine Frau findet, ich müsste etwas abspecken«, erklärte er verlegen.

»Ah, aber das ist doch gut«, bemühte sich Duval LeBlanc zu unterstützen, dessen Frau wohl an einer Runderneuerung ihres Mannes arbeitete. Jetzt verstand er, warum er LeBlanc häufiger im Treppenhaus angetroffen hatte. Nur wenige Kollegen nahmen die Treppen, die meisten wählten, zumindest aufwärts, den Fahrstuhl, und LeBlanc, der eher ein lethargisches Temperament hatte, gehörte selbst treppab zu den Fahrstuhlnutzern. Duval aber, der schlecht warten konnte, nahm so gut wie immer die Treppen. »Bewegung ist gut«, nickte er. »Ich sollte auch wieder morgens laufen ...«, fügte er hinzu. Es würde ihn zumindest ausgeglichener machen. Denn Annies Anwesenheit und jetzt sogar ihre Abwesenheit brachten seinen Tagesrhythmus erheblich durcheinander. »Aber«, sagte er dann bemüht freundlich und ohne Ironie, da LeBlanc sie eigenartigerweise nicht verstand, »ich glaube tatsächlich auch nicht, dass ein nicht mehr ganz junger Mann, der sowieso den ganzen Tag zu Fuß unterwegs war, abends noch einmal rausgeht, um spazieren zu gehen. Aber warum auch immer er dort war, eines ist sicher, er ist eines natürlichen Todes gestorben. So etwas kommt vor. Abends, morgens, nachts. Neulich ist ein Ex-Fußballer beim Golfspielen umgefallen. Habt ihr das nicht mitgekriegt? War doch in allen Medien. Bei schönstem Sonnenschein auf dem Golfplatz. Ein Sportler, 49 Jahre, ohne jede Vorankündigung. Auch Herzversagen. Ein schneller, schmerzloser Tod immerhin. Sind wir doch mal froh, dass es kein rassistischer Mord aus der rechtsextremen Ecke war. Davor hatte ich am meisten Angst nach den letzten Plakataktionen. Ich rufe Madame Marnier an und gebe Entwarnung.« Duval hatte schon den Hörer in der Hand und wählte die Nummer der Richterin. »Und wenn wir sonst nichts Dringendes vorliegen haben, würde ich gern meinen abgebrochenen Urlaub fortsetzen.« Annie wäre jetzt bestimmt auch fertig mit ihrem Text. So kamen sie doch noch zu ein paar Tagen Zweisamkeit. Gesagt. Getan.

Madame Marnier nahm die Information kommentarlos zur Kenntnis und Duvals Laune besserte sich merklich. Nachdem er in dem kleinen Restaurant in Théoule einen Tisch für zwei Personen reserviert und Bormia ihm freundlich bestätigt hatte, dass sie selbstredend Fischsuppe im Angebot hatten, war er so vergnügt, dass er vor sich hin pfiff. Dann rief er Annie an.

—

»Nie im Leben«, empörte sich Annie, als er es ihr beim Mittagessen erzählte.

»Zweifelst du den Bericht von Charpentier an?«

»Nein, nicht wirklich, aber ich weiß nicht. Irgendwas gefällt mir da nicht. Das ist so einfach.«

»Manchmal ist es eben einfach, Annie. Du hast dich zu sehr verstrickt in all diese komplizierten Flüchtlingsschicksale. Aber dieser Dia Malick ist einfach gestorben, das kommt vor. Er war nicht mehr ganz jung. Hat sicherlich ein hartes Leben gehabt, das will ich nicht leugnen. Aber seine Zeit war gekommen.« Er wiederholte die Geschichte des 49-jährigen Ex-Fußballers, der beim Golfspielen an einem Herzinfarkt gestorben war. »Einfach umgefallen. Zack. Tot.«

»Am Bijou Plage?« Sie sah ihn zweifelnd an.

»Warum nicht.« Er zuckte mit den Schultern.

Annie war gedanklich nur halb anwesend. Aber Duval merkte es nicht, denn er war mit seiner Vorspeise beschäftigt. Fischsuppe zu essen bedurfte einer kleinen Zeremonie: Zunächst hatte er eine frische Knoblauchzehe auf die kleinen, gerösteten Brotscheiben gerieben und sie danach großzügig mit *Rouille* bestrichen. Anschließend gab er noch geriebenen Käse darauf. Genießerisch versenkte er nun eine Scheibe nach der anderen in die Terrine mit der rötlich braunen Fischsuppe, ließ sie sich einen Moment vollsaugen, um sie dann zusammen mit einem Löffel Suppe in den Mund zu führen. Ein bisschen schlürfte er dabei. Die Suppe war köstlich, aber heiß.

Bormia hatte sie ihm lächelnd serviert und ihnen die große Klapptafel, auf der handgeschrieben das Tagesmenü stand, hingeschoben. »Wir haben heute auch eine frische Dorade von den Inseln«, schlug sie vor.

»Welche Inseln?«, fragte Duval.

»Les Iles de Lérins«, antwortete Bormia, als gäbe es keine anderen. »Wir servieren sie gegrillt an einer Creme aus Venusmuscheln und dazu gibt es junges Wok-Gemüse.«

»*Ah bon*!? Inseldorade und junges Gemüse.« Er grinste. »Nehme ich. Was nimmst du, Nini?«

Annie hatte sich für eine leichtere Vorspeise entschieden und löffelte gerade die kalte Gazpacho aus. »Gerne auch die Dorade.«

»Gute Wahl. Sie werden sehen ... schmecken meine ich natürlich.« Bormia verschwand im Inneren des Restaurants.

»Ich werde später noch einmal bei den Afrikanern vorbeischauen, um es ihnen mitzuteilen. Wenn du möchtest, kannst du ja mitkommen«, schlug er vor. »Und ich dachte, wir könnten vorher noch ein bisschen spazieren gehen, zur Landspitze in Théoule vielleicht, es gibt diesen netten Rundweg mit den hübschen kleinen Buchten. Was meinst du?«

»Hast du so viel Zeit?«

»Jetzt ja. Der Fall ist ja abgeschlossen, und ich habe meinen Urlaub reanimiert.« Er sah zufrieden aus. »Was wollen wir morgen machen?«, fragte er. »Irgendwelche Ideen?«

»Mal sehen.« Annie war eher ausweichend. »Morgen erscheint vermutlich mein Text in der *Marianne.*«

»Ist doch klasse.«

»Ja, ist es. Ich wäre dann aber gern erreichbar, falls es Reaktionen gibt, auf die ich antworten muss. Der Text erscheint online.«

»Erzählst du mir jetzt von deinem Text?«

»Sicher. Ich dachte, es interessiere dich nicht.«

»Wie kommst du denn darauf?«

»So ein Eindruck.« Sie sah ihn kurz an. »Gut«, begann sie, »ich habe, wie du dir denken kannst, über die Flüchtenden geschrieben. Bei Hervé habe ich drei von ihnen kennengelernt, zwei junge Männer, ein Mädchen. Hervé nimmt Menschen auf, die, sagen wir mal, auf dem Weg sind, verstehst du?« Sie sah Duval an, der mit kritischem Blick zuhörte. »Für Hervé sind es Gäste. Er beherbergt sie ein paar Tage lang, gibt ihnen Ruhe, ein Nachtlager, etwas zu essen, ein Badezimmer, geht mit ihnen zum Arzt, wenn nötig. Gibt ihnen Tipps, wie sie weiterkommen. Gerade ist ein junges Mädchen bei ihm, Samia, heißt sie. Sie ist völlig alleine unterwegs, sie behauptet, volljährig zu sein, ich glaube, sie ist höchstens 17. Aus Eritrea. Sie will nach England. Hervé und ich, wir versuchten ihr klarzumachen, dass England vermutlich nicht funktionieren und sie nur in diesem schrecklichen Lager in Calais hängen bleiben wird. Aber sie will es nicht glauben. Sie hat entfernte Verwandte in England, sie glaubt, damit kommt sie durch.«

Bormia servierte die Dorade. Alles sah wie immer appetitlich aus und die Teller waren zusätzlich mit blauen Borretschblüten dekoriert, aber Annie hatte dafür dieses Mal keinen Blick. Und so köstlich die Dorade auch war, sie verspeiste sie wie nebenbei, während sie erzählte. Duval hörte zu, froh, dass Annie sich mitteilte, aber je öfter sie den Namen Hervé aussprach, desto genervter wurde er. Hervé sagt, Herve macht, Hervé tut. Hervé war ein Heiliger, in ihren Augen. Zumindest kam es Duval so vor.

»Was macht dieser wundervolle Hervé denn beruflich oder kümmert er sich hauptamtlich um all die Flüchtlinge?«, unterbrach er sie dann auch wenig einfühlsam.

Annie sah ihn befremdet an. »Wieso sagst du das so komisch?«, fragte sie. »Er ist Lehrer.«

Lehrer, natürlich. Einer von den Guten. Duval schnaufte.

»Und du hast über das Mädchen geschrieben?«, fragte er nach.

»Ja, auch. Aber es geht auch um anderes. Ich erkläre, warum man die Grenze öffnen sollte, damit in Ventimiglia nicht in allernächster Zeit ein zweites Calais entsteht.«

Sie sah Duval prüfend an, aber er verzog keine Miene.

»Damit würde man den ganzen illegalen Transport unterbinden und auch verhindern, dass sich die Flüchtenden von den No-Border-Aktivisten zu Aktionen aufwiegeln lassen, mit denen sie eigentlich nichts gemein haben, aber so unter Umständen wegen angeblicher Gewalttätigkeit schon gleich in Abschiebehaft kommen.«

»Richtig.« Duval nickte zustimmend. Die Aktivitäten dieser selbst ernannten No-Border-Helfer waren ihm äußerst suspekt.

»Oder, dass sie im besten Fall nach Wochen resigniert in Italien Asyl beantragen«, hatte Annie schon weitergesprochen, »nur, damit diese Reise zu einem Ende kommt. Und sie anfangen können, etwas aufzubauen. Das denken sie zumindest. Aber dann«, ereiferte sie sich, »dann werden sie mit Bussen bestenfalls nach Imperia in ein Wohnheim depor…«, sie unterbrach sich, als sie Duvals Gesichtsausdruck sah. »Sie werden weggebracht«, korrigierte sie sich schnell. »Weit weg meistens, in den Süden, in ein Auffanglager nach Catania auf Sizilien.« Sie machte eine kurze Pause und sah Duval aggressiv an. »Und dann geht es dort auch nicht weiter. Wieder lässt man sie nur warten.« Sie klang vorwurfsvoll. »Irgendwann lernen sie halbherzig die italienische Sprache und hoffen, dass sie eines Tages, wenn sie endlich anerkannt sind und reisen dürfen, doch weiter in den Norden kommen. Wenigstens nach Norditalien, besser nach Deutschland, Norwegen …«

»Woher weißt du das alles?«, unterbrach Duval sie.

»Ich habe recherchiert, was glaubst du denn. Und von Hervé. Er hat mir zusätzlich viele Hintergrundinformationen gegeben.«

Hervé schon wieder. »Aha. Und deswegen musstest du gestern so lange bei ihm bleiben?« Er wusste auch nicht, was ihn trieb, das zu sagen.

»Was willst du denn damit sagen?«, fragte Annie auch sofort zurück.

»Nichts, entschuldige.«

»Léon, du hast mir doch vorgestern noch gesagt, wenn ich arbeiten müsse, dann solle ich das tun, oder täusche ich mich? Und jetzt ist es dir auch nicht recht, oder was?«

»Ja, entschuldige.«

»Entschuldige, entschuldige«, sie klang genervt. »Im Prinzip darf ich arbeiten, aber nur so lange wie du, und wenn du überraschend freihast, soll ich sofort den Griffel fallen lassen?«

Er schwieg betroffen. So war es, aber es war ihm nicht bewusst gewesen. Bislang hatten sie sich immer gesehen, wenn sie es beide beruflich ermöglichen konnten. Das war zwar nicht sehr oft gewesen, aber immer hatten sie beide freigehabt und das Zusammensein sehr genossen. Dieses »Miteinander-sein-und-beide-arbeiten-Modell« erlebten sie gerade zum ersten Mal. Mit Hélène kannte er dieses Problem gar nicht, sie hatte, als die Kinder klein waren, nicht gearbeitet und vorher hatte sie zwar hier und da gejobbt, mal in einem Copyshop, sehr lange in einer Bäckerei, aber im Großen und Ganzen hatte sie sich Duvals Freizeitrhythmus angepasst. »Immer warte ich auf dich«, hatte sie sich allerdings nicht nur einmal beschwert. Es fiel ihm gerade wieder ein. Warum nur? Er verstand es plötzlich. »Entschuldige«, sagte er nochmals mit rauer Stimme. »Ich bin es nicht gewohnt, dass ... ich meine, ich kenne die Situation mit uns so nicht.«

»Ja, bislang hast immer nur du mich warten lassen oder versetzt.«

Das saß. Er schluckte. »Ist das so?«

Sie nickte.

»Es tut mir leid, Annie.«

»Ich habe schon lange nicht mehr an so etwas Großem gearbeitet, es sind nur ein paar Tage, aber es ist eben jetzt. Ich wollte das machen und ich kriege es sogar unter, verstehst du? Es ist wichtig für mich! Und für die Flüchtenden auch«, setzte sie hinzu.

»Ja, ich verstehe das. Ich verstehe das sogar gut. Du veröffentlichst es in der *Marianne*?«

»Ja, kommt aber vorerst nur in die Online-Ausgabe. Für die gedruckte Wochenausgabe war ich zu spät.«

»Aber immerhin, und in der *Marianne*, das ist doch was!«

»Ja, ich bin auch sehr stolz.«

»Hat es geschmeckt? Möchten Sie noch ein Dessert?«, fragte Bormia dazwischen.

Annie sah betroffen auf ihren Teller. Sie hatte gegessen, ohne wirklich etwas geschmeckt zu haben. »Die Dorade war ein Gedicht«, antwortete Duval daher für beide. »Mein Kompliment an den Küchenchef!«

Bormia lächelte. »Wird gemacht.«

»Teilen wir uns ein Dessert, Léon?«

»Warum nicht, was möchtest du denn?«

»Ich hätte so gerne mal wieder eine *Crème brûlée*, aber sie ist immer so sahnig und mächtig, alleine schaffe ich das nicht.«

»Eine *Crème brûlée* mit zwei Löffeln, kein Problem«, nickte Bormia. »Kaffee danach?«

»Einen Kaffee, eine *Noisette*«, bestellte Duval und sah Annie fragend an. Sie nickte zustimmend.

Duval konnte Annie zwar zu dem kleinen Rundweg um die Landspitze Théoules überreden, die Idylle aber war nur vordergründig, denn Annie hatte nur kurze Blicke übrig für die beinahe schmerzend schöne Aussicht auf das türkisfarbene Meer, die sonnenüberfluteten kleinen Buchten mit den vorgelagerten roten Felsen und die bizarr durch den Wind geformten Pinien. Nur für einen Moment streckte sie die Füße ins klare, flache Wasser und sah zu, wie die Wellen darüberplätscherten. Immer wieder zog sie ihr Mobiltelefon hervor, tippte darauf herum oder las eine eingehende Nachricht. *Pling* macht es dann. *Pling*. Und noch einmal *Pling*. Es störte ihn, aber er wagte nicht zu fragen, ob sie noch an ihrem Artikel oder etwa an Hervé schrieb.

»Seine Zeit war gekommen«, sagte Ndiaye wie erwartet, als Duval ihm die Nachricht überbrachte. »*Dchjeh* hat so entschieden.« Er schwieg, als gäbe es mehr nicht zu sagen.

»Ja«, stimmte Duval zu, »vermutlich.« In diesem Fall mag es so gewesen sein.

»Schon bei der Geburt beginnt der Tod«, fügte Ndiaye dann doch hinzu. »Der Tod gehört zum Leben. So ist das. *Voilà*. Wenn es kein Ende gibt, gibt es auch keinen Anfang. Gott gibt das Leben, Gott gibt den Tod. Gott entscheidet, wann. Er hat alles perfekt gemacht. Wir können das nur akzeptieren.« Ndiaye sprach diese Sätze so flüssig, als wiederhole er eine alte, schon tausendfach gesagte Weisheit. »Dia Malick war fast wie ein Bruder für mich. Ich werde nach Hause reisen und seiner Familie beistehen. So macht man das bei uns«, erklärte er. »Er hätte das Gleiche für mich gemacht. Er war ein guter Mann.« Kurz schwieg er. »Alles macht Sinn. Tod gehört zum Leben. *Dchjeh* hat alles perfekt gemacht«, wiederholte er dann ein ums andere Mal. »Wenn es kein Ende gibt, gibt es auch keinen Anfang. Gott entscheidet.« Ndiaye war ernst. »Wir beten für Dia Malick«, sagte er noch. »Wir beten alle.«

»Was passiert denn jetzt mit der Leiche?«, fragte Annie, als sie wieder vor dem Haus standen.

»Was weiß ich. Sozialbegräbnis auf dem muslimischen Teil des Friedhofs oder Überführung nach Afrika. Letzteres ist teuer, weiß nicht, ob sie sich das leisten können. Aber das regelt er sicher mit einer *Assistante Sociale*.«

—

»Léon«, Annie war aufgelöst und weckte Duval unsanft, »ich habe gerade eine Nachricht von Hervé bekommen, Samia ist heute Nacht auf der Autobahn angefahren worden. Ich fahre los, ich will da hin.«

»Was machte sie denn nachts auf der Autobahn?«

»Ich weiß nicht genau. Sie wollte mit einem Lkw weiterkommen. Das war wohl so eine fixe Idee. Sie hatte Angst, tagsüber in einem Zug kontrolliert und zurückgeschickt zu werden, und wollte unbedingt nachts trampen.«

»Und da musst DU jetzt hin?«, fragte er verständnislos. »Ich dachte …« Aber er sagte dann doch nicht, was er dachte. Der gemeinsame freie Tag schien sich gerade in Luft aufzulösen. Aber wie oft war es ihm selbst schon passiert, dass er seine Pläne hatte ändern müssen, sehr oft zur Enttäuschung seiner Kinder. »Na gut, wenn du meinst«, sagte er daher nur.

Alleine wusste er überraschenderweise nichts mit sich anzufangen. Dabei hatte er so viele Ausflugsziele im Kopf, Orte, die er schon immer einmal gesehen haben wollte. Aber alleine schien ihm das plötzlich alles schal und uninteressant. Missmutig ging er dann doch ins Büro. Emilia sah ihn überrascht an.

»Ich dachte, Sie haben frei?«

»Ja, das dachte ich auch«, gab er unwirsch zurück. »Aber jetzt bin ich da.«

»Na, dann können Sie ja gleich mal zum Direktor, der hat nämlich schon nach Ihnen verlangt.«

»Ach«, seufzte Duval, »das hat mir ja gerade noch gefehlt.«

»Ah, Duval, da sind Sie ja doch.« Der Direktor sah ihn grimmig an. »Und? Was sagen Sie dazu?« Die Stimme des Polizeidirektors war schneidend.

»Wozu, *Monsieur le Directeur?*«

»Sie haben es wohl noch gar nicht gelesen?« Der Direktor legte ihm mehrere ausgedruckte Seiten vor. Annies Artikel! Duval schüttelte den Kopf und überflog eilig den Text. Er hatte plötzlich ein ungutes Gefühl. Grundsätzlich dachte er zu wissen, um was es ging. Sie hatte es ihm ja gestern ansatzweise erzählt. Ventimiglia. Die Flüchtlinge. Die Grenze. Und Hervé. Gestern und heute Morgen schon wieder. Hervé in Tourette sur Loup oder La Colle sur Loup, er konnte es sich nicht merken. »Man kann doch nicht einfach so zusehen!«, hatte sie mehr als einmal gesagt. »Man muss doch etwas tun! Es sind Menschen, Herrgott noch mal. Jeder Einzelne von ihnen hat ein Schicksal.« Nun, sie hatte etwas getan, etwas, was in ihren Möglichkeiten war, sie hatte einen Text geschrieben, der in der linksliberalen Zeitung *Marianne* veröffentlicht worden war, auf der Online-Seite, aber immerhin. *Cherche Futur* hatte sie ihn überschrieben und das Foto mit dem Graffito auf der Tür des Regionalzuges nach Frankreich am Bahnsteig von Ventimiglia war abgebildet. Und viele andere ihrer Fotos, die sie in Ventimiglia von den dort vorläufig gestrandeten Menschen gemacht hatte. Man sah überwiegend schwarze junge Männer, die am Grenzübergang oder vor dem Bahnhof auf eine Chance warteten, diese Grenze zu überwinden. Auch der junge Mann, der »Please open the border« auf sein T-Shirt geschrieben hatte, war abgebildet. Drei Personen hatte sie aus der Anonymität geholt und ins Licht gestellt. Stellvertretend für all die anderen Schicksale erzählte sie von Momo aus Mali, Samia aus Eritrea und Joseph aus dem Sudan. Sie hatte sie bei oder über Hervé kennengelernt. Samia, das Mädchen, das heute Nacht auf seinem Weg nach England angefahren worden war. Er seufzte. Annie sprach sich, wie erwartet, für das Öffnen der Grenze aus und für eine geregelte Aufnahme der Flüchtlinge. Damit wäre all das illegale »Transport«-Geschäft der Mafia, der unseriösen privaten Schlepper und anderen selbst ernannten Helfer hinfällig, denen sich die Flüchtenden in ihrer Not anvertrauten. 145 Personen seien so in den letzten Monaten in Lieferwagen und Kofferräumen erstickt, im Eisenbahntunnel vom Zug erfasst oder in unzuverlässigen Booten im Mittelmeer ertrunken. Das alles war nicht verkehrt, Annie schrieb engagiert, die Sache lag ihr am Herzen. Duval war das Wort »deportiert« erneut aufgestoßen und auch der Ton, in dem sie von den Demonstrationen geschrieben hatte, gefiel ihm nicht allzu sehr. Aber nichts davon erklärte, weshalb sich der Direktor so aufregte. Doch dann hatte er den Stein des Anstoßes gefunden. In einem kleinen Absatz am Ende ihres Artikels kritisierte sie die französische Polizei, die im Umgang mit illegalen Fahrgästen in den Regionalzügen mehr Härte zeigte, als nötig wäre. Und die einen jungen höflichen Afrikaner, offensichtlich gebildet, der ein einwandfreies Englisch sprach, aber eben kein Französisch, und sich über die Behandlung beschwerte, mit Schlägen und Fußtritten aus dem Zug befördert hatte unter Androhung, ihn in eine Zelle zu stecken. Glücklicherweise blieb es bei der Androhung, schrieb sie, denn es sei ja bekannt, dass in Ausnüchterungszellen und bei Verhören schon so manch einer ums Leben gekommen sei. Herzversagen war da eine gerne genommene Erklärung. Herzversagen gehe ja immer. In Cannes sei vor Kurzem auch ein Schwarzafrikaner unter mysteriösen Umständen ums Leben gekommen. Angeblich auch hier Herzversagen.

Duval schluckte.

»Was veranlasst ihre kleine Freundin, denn das ist sie

doch, die Dame, wie war noch ihr Name …«, er blickte auf den Artikel und tat so, als suche er den Namen, »Annie Châtel, da haben wir es ja, also, was veranlasst die Dame denn, Sie und uns so in Misskredit zu bringen, Duval? Ich hatte heute in aller Frühe bereits den Innenminister am Telefon! Er bat mich um eine Erklärung. Was soll ich da sagen Ihrer Meinung nach? Glücklicherweise hat er seinen Besuch in Cannes gestrichen, ich kann Ihnen sagen, drei Kreuze habe ich gemacht …«

Was sollte er dazu sagen? Duval war wie vor den Kopf geschlagen. Was hatte Annie sich dabei gedacht? »Keine Ahnung«, murmelte Duval und presste die Lippen aufeinander. Er kam sich wirklich vor wie der letzte Idiot. Der Artikel schön und gut. Aber dieser Fußtritt gegen die französische Polizei am Ende war nun wirklich nicht nötig gewesen.

»Vielleicht sollten Sie sich mehr Zeit für Ihre Freundin nehmen, Duval, Frauen mögen es nicht, wenn man sie vernachlässigt. Und unzufriedene Frauen …«, begann er süffisant, »na ja, Sie sehen ja, was dabei herauskommt.«

Wie bitte? Duval glaubte sich verhört zu haben. Widerlich, auf welches Niveau der Direktor sich herabließ. Dessen spöttisches, schmallippiges Lächeln aber sprach Bände. Du mich auch, dachte Duval wütend. Kotzbrocken. Duval ballte die Fäuste. Ganz ruhig. Aber er war auch wütend auf Annie.

»Das ist alles, Duval.« Der Direktor nahm sich eine Aktenmappe von einem der Stapel, die auf seinem Schreibtisch lagen, und öffnete sie.

Duval nickte. »*Monsieur le Directeur*«, grüßte er kurz und salutierte leicht.

Aber der Direktor sah nicht mehr von seiner Lektüre auf.

» ... nach dem Pieps können Sie mir eine Nachricht hinterlassen.« Annie war nicht erreichbar. Da hatte sie Glück, denn Duval war schon lange nicht mehr so schlecht gelaunt gewesen. Aber auf ihren Anrufbeantworter würde er nicht sprechen.

»Ich bin im Moment für niemanden zu sprechen, Emilia«, sagte er zu seiner Sekretärin und schloss hart die Tür. Er las Annies Artikel erneut. Kritischer Journalismus war eine Sache. Polizeikritik eine andere. Obwohl man das gewohnt war. Nur ganz kurz hatte die Polizei in Frankreich einen Sympathiebonus gehabt. Nach den Anschlägen in Paris. Bei den friedlichen Trauermärschen für die Opfer von Charlie Hebdo, bei denen Millionen von Menschen auf der Straße waren und gleichzeitig für die Pressefreiheit demonstrierten, hatten sich Tausende spontan bei den Polizisten für ihre Arbeit bedankt, sie gar umarmt und geküsst. Man hatte selbst den schwarz vermummten Sicherheitsbeamten des RAID, die auf den Dächern die Situation überwachten, zugejubelt und zugewinkt. Wann hatte es das je gegeben? Renaud, der Sänger, der sich trotz seiner bürgerlichen Herkunft mit den Ideen der Linken identifizierte, hatte sogar einen Song aus dieser Stimmung gemacht: *J'ai embrassé un flic* hatte er mit seiner rotziggrauen Stimme gesungen. Aber diese wundersame Stimmung hatte nur knapp zwei Monate angehalten. Danach war sie wieder in den nur allzu bekannten Polizeihass umgeschlagen. Bei den Studentenunruhen im Frühjahr und den Aktionen der Gewerkschaft war es schnell wieder zu gewalttätigen Auseinandersetzungen gekommen. Von beiden Seiten. Duval sah durchaus gewalttätiges Potenzial bei manchen seiner Kollegen, aber ebenso bei den gewaltbereiten Jugendlichen, die jede Kundgebung unterwanderten und dazu nutzten, dem bestehenden System einen möglichst großen Schaden zuzufügen. Und die Polizisten, denen es oblag, eigene Meinung hin oder her, dieses System zu beschützen, waren schnell wieder zum Feind Nummer eins geworden. *Tout le monde déteste les flics!* hatten die Studenten skandiert, als sei es eine allgemeine Wahrheit: Alle Welt hasst die Bullen! Als Hohlköpfe, die gewissenlos die klugen Köpfe der Studenten einschlugen, wurden sie bezeichnet. Da konnte Renauds Umarmungshymne noch so programmatisch im Radio rauf- und runtergespielt werden, im echten Leben waren die *flics* wieder die Feinde, die Prügelknaben, die hassenswerten Idioten. Und jetzt schlug Annie auch in diese Kerbe.

Er musste raus. Laufen. Er ging kurz zu Hause vorbei, zog sich um und lief los. Dieses Mal wählte er *la Croix des Gardes,* das kleine Naturschutzgebiet gleich oberhalb von Cannes. Das mit Pinien, Eichen und Mimosenbäumen bestandene Gelände war hügelig, stellenweise unwegsam, und er musste sich beim Laufen konzentrieren. Er lief die kleinen verschlungenen Pfade, sprang über Steine und Baumwurzeln, bis er auf breitere Wege stieß. Hier ließen morgens und abends vor allem Hundebesitzer ihren Vierbeinern freien Lauf, aber jetzt war er hier beinahe alleine unterwegs. Zwei junge Männer machten Klimmzüge an Sportgeräten, die an verschiedenen Punkten entlang der Wege aufgestellt waren. Duval überquerte die kleine Straße, die *la Croix des Gardes* durchzog, und lief immer weiter den Hügel hinauf bis zum Aussichtspunkt, dem großen Stahlkreuz, das dem Naherholungsbiet seinen Namen gab: *la*

Croix des Gardes. Von Weitem sichtbar wachte es über Cannes. Er machte halt und kletterte über die Felsen hinauf. Das Panorama war früher vermutlich beeindruckender gewesen. In der Zwischenzeit waren die Bäume unterhalb des Kreuzes gewachsen und nahmen dem Blick die Weite. Dennoch überblickte man von hier die Küste, vom Cap d'Antibes bis zum Esterelgebirge. Klein vor ihm lagen die Inseln. Segelschiffe kreuzten. Duval atmete tief ein und aus. Der Blick auf Himmel und Meer wirkte immer wohltuend. Aber dass die Sorgen dadurch weniger drückend würden, war natürlich nur ein Klischee, denn trotz des Laufens im mildgrünen Wäldchen hatte es in Duvals Kopf nicht aufgehört zu rattern und zu rumoren.

»Journalismus darf, kann und muss wehtun!«, verteidigte sich Annie später, als Duval sie zur Rede stellte. »Camus hat gesagt, die Wahrheit ist keine Tugend, sondern eine Leidenschaft und deshalb ist sie niemals barmherzig.«

»*Blablabla,* Annie ... Camus, die Wahrheit! Das ist alles, was du zu sagen hast? Was für ein hohler Mist! Was du da erzählst, ist doch nicht die Wahrheit«, empörte sich Duval. »Du bist total einseitig. Dein Artikel in Ehren, aber was hat dich denn geritten, am Ende so gegen die Polizei zu wettern? Wenn du Pech hast, kriegst du eine Anzeige der Polizei wegen Verleumdung an den Hals.«

»Und wenn schon.« Sie schüttelte wütend ihre Locken. »Man darf Partei ergreifen.«

»Annie!« Duval war fassungslos. »Was ist los mit dir?«

Aber sie erklärte nichts. So sprachen sie nicht mehr an diesem Abend. Und die Nacht verbrachten sie so weit entfernt voneinander, wie es auf einem 1,60 m breiten Bett eben möglich war. Duval verbat sich selbst jede Annäherung, obwohl er sie gerne an sich gezogen und seinen Kopf in ihren Locken verborgen hätte. Er wartete auf ein Zeichen von ihr, sei es auch noch so klein, aber es wollte nicht kommen. Annie lag bewegungslos im Bett, er wusste nicht, ob sie schlief, er aber nahm irgendwann ein halbes Temesta, um abschalten zu können. Damit versank er zuverlässig für ein paar Stunden in einem traumlosen Schlaf. Als er wieder erwachte, hatte sie ihre Siebensachen bereits in eine Tasche geworfen und zog gerade energisch den Reißverschluss zu.

»Ich gehe«, sagte sie.

»Ich seh's.« Duval war noch etwas lahm im Kopf.

Vielleicht war da ein kurzes Zögern in ihren Gesten. Vielleicht wartete sie darauf, dass er aufsprang, sie zurückhielt, sie an sich zog, ihr sagte, dass er sie, Annie, liebe, ganz egal, was auch immer die Journalistin in ihr schriebe. Aber Duval reagierte nicht. Es war nicht nur die Nachwirkung des Temesta, die ihn zögern ließ, er verstand sie einfach nicht. War es nicht an ihr, die erlösenden Worte auszusprechen? Sich wenigstens zu erklären, wenn sie sich offenbar schon nicht entschuldigen konnte oder wollte? So schwieg er nur und sah zu, wie sie sich anschickte, ihn zu verlassen.

»Gut, dann …«

Er nicke nur und ließ sie gehen.

Sie zog die Tür zu, er hörte sie auf der Treppe, dann klappte auch die schwere Eingangstür zu.

Sie war weg. Er wartete, ob er ihre Schritte auf dem Gartenweg hörte und das leicht quietschende Gartentor, aber es blieb still.

Dann klingelte es.

Sein Herz machte einen Satz. Erleichtert eilte er zum Fenster, öffnete es und beugte sich hinaus. »Ja?«

Sie hielt die Schlüssel in der Hand. »Was mache ich damit? Soll ich sie in den Briefkasten werfen?«

»Behalte sie.« Er hatte es gesagt, ohne nachzudenken. Gut so. Solange sie die Schlüssel behielt, war es nicht definitiv. Hoffte er.

Sie zögerte. »Gut«, sagte sie, »in Ordnung.« Dann ging sie davon.

Duval war wie vor den Kopf geschlagen. Minutenlang stand er nur da und fühlte sich leer. In der Küche goss er sich einen Kaffee ein, er war heiß. Annie hatte wohl frischen Kaffee gekocht. Dann legte er Brassens auf. Brassens half immer. Auch am frühen Morgen. Und in schwierigen Situationen. Gerade dann. Brassens' warme und eher monotone Stimme und die Gitarrenklänge beruhigten ihn und gaben ihm unerklärlicherweise Trost. *Une jolie fleur dans une peau de vache, une jolie vache déguisée en fleur* ... laut und schief sang er mit. Er wusste, dass er falsch sang, oft genug hatte man ihn voller Spott darauf hingewiesen. »Halt besser den Mund, Duval«, hatte der Musiklehrer mit gequältem Gesicht gesagt und ihn seinerzeit sogar vom Schulchor ausgeschlossen. Vor anderen wagte er daher nicht mehr, laut zu singen, aber dieses Mal sang er die Worte des Chansons inbrünstig und lautstark mit. *Qui fait la belle et qui vous attache, puis, qui vous mène par le bout du cœur* – ... Er tat Annie sicher unrecht, sie war mehr als nur ein hübscher Körper, mit dem sie ihm den Kopf verdreht hatte, wie es in dem bitteren Chanson hieß, aber er hatte dennoch das Gefühl, verraten worden zu sein. Aber was wollte ein *flic* auch mit einer Journalistin? Das konnte nicht gut gehen. Oder war es dieser Hervé? Hatte sie sich in ihn verliebt?

Steckte der hinter alldem? Konnte man dem nicht mal auf die Füße treten? Das war doch illegal, was der machte! Er sollte die Kollegen im Hinterland mal befragen. Oder vielleicht sollte er selbst hinfahren. Das wäre vielleicht sogar das Beste. Na bitte. Brassens half immer.

—

Am Scheibenwischer klemmte ein Zettel mit einer handschriftlichen Notiz. Eine Botschaft von Annie? Sein Herz hüpfte kurz. »Arschloch! Mich so einzuparken! Frechheit! Diesmal ist es nur deine Stoßstange, aber das nächste Mal gibt's was auf die Fresse!«

Nein, das war wohl kaum eine Nachricht von Annie. Es war das wütende Pamphlet des unbekannten Autofahrers, hinter den Duval sich gestern Abend vielleicht doch etwas zu nah gestellt hatte. Arschloch, dachte auch er. Ein bisschen manövrieren beim Ein- und Ausparken wird man doch noch können als Autofahrer, oder? So eng war es nun auch wieder nicht gewesen. Duval besah seine Stoßstange, sie war etwas eingedellt, aber es fiel nicht weiter auf bei all den anderen Beulen und Dellen, die das kleine Auto schon hatte. Und gerade war es ihm sowieso egal.

Noch unentschlossen stand er mit dem Autoschlüssel in der Hand herum, als sein Mobiltelefon klingelte. Kurz durchfuhr ihn ein Stich. Nein, es war wieder nicht Annie, wie konnte man als erwachsener Mann nur so töricht sein und sein Herz so voller Hoffnung? Er ärgerte sich über sich selbst. Es war Villiers. Ausnahmsweise klang er ernst.

»Wir haben noch einen toten Schwarzen.«

»Aha«, sagte Duval sarkastisch. »Noch mal Herzversagen?«

»In gewisser Weise«, gab Villiers im gleichen Ton zurück, »sagen wir so, nachdem der Kopf ab war, wollte das Herz auch nicht mehr, kann man ihm ja nicht verübeln.«

»Ach du Scheiße. Wo?«

»In der Avenue Saint-Louis, auf dem Gelände der großen Baustelle.«

»Bin gleich da.«

6

Duval war fassungslos. Er erkannte in dem Toten den jungen Afrikaner, dem er neulich in der Rue Marcellin Berthellot die Visitenkarte zugesteckt hatte. Man hatte ihm die Kehle durchgeschnitten. Duval musste sich zwingen hinzusehen. Er würgte vor Ekel, Abscheu und Zorn. Irgendetwas war komplett schiefgelaufen. Ohne Zweifel hatte er etwas übersehen.

Der Mord an Amédé Dia, denn so hieß der hingerichtete Afrikaner, sorgte für Aufregung und zog die Aufmerksamkeit der Presse auf sich. Eine Pressekonferenz war unumgänglich. Der Polizeidirektor gab dennoch nur wenige Sätze von sich, in denen er die Möglichkeit, dass es sich um einen rechtsradikal motivierten Mord handeln könnte, vorerst ausschloss. Kehle durchschneiden sei immer noch eine deutliche arabische »Handschrift«. Sogenannte Ungläubige wurden beim IS auf diese Weise hingerichtet. Man gäbe dieser Lesart vorerst Vorrang bei den Ermittlungen. Die Frage eines Journalisten, ob man ebenso ausschließen könne, dass radikale rechte Gruppen diese Tötungsart gewählt hatten, um eine falsche Fährte zu den Arabern zu legen, wurde nicht mehr beantwortet. Vergeblich suchte Duval Annies blonde Locken unter den anwesenden Journalisten. Nur deshalb hatte er sich überhaupt bereit erklärt, bei der Pressekonferenz dabei zu sein. Er erwartete, dass sie öffentlich einen Zusammenhang zwischen dem kürzlich gefundenen Toten gleichlautenden Nachnamens und dem ermordeten jungen Mann herstellen wollte. Eine zufällige Namensgleichheit wäre die vorbereitete offizielle Antwort gewesen. Dia sei ein ebenso häufig vorkommender Name im Senegal wie Dupont in Frankreich. Aber Annie war nicht da und von den anwesenden Journalisten fragte niemand. Dia Malick, der Tote von Bijou Plage, dessen Name im Übrigen nie in der Presse aufgetaucht war, war schon vergessen. Duval atmete heimlich auf, enttäuscht war er natürlich trotzdem. Wo war sie? Im Hinterland bei Hervé?

Duval aber wusste, dass der gleichlautende Familienname keine zufällige Namensgleichheit war. Amédé Dia und Malick Dia waren tatsächlich verwandt, und er war sich nun sicher, beim Tod Dia Malicks etwas Entscheidendes übersehen zu haben. Auch der Herzinfarkt kam ihm jetzt nicht mehr plausibel vor. Annie hatte ohne Zweifel recht gehabt. Was hatte dieser Mann am Bijou Plage gemacht? Er hätte den Fall Dia Malick gern offiziell wieder aufgenommen, aber daran hatte niemand Interesse.

Von den Afrikanern in der Rue Marcellin Berthellot erfuhr er zu seiner Überraschung, dass Amédé Dia nicht bei ihnen wohnte, sondern der fünfte Mann in der Wohnung bei Ndiaye Massar war. Duval war kurz wie vor den Kopf gestoßen. Alle hatten von fünf Männern erzählt, fünf Betten hatte er gesehen, aber sich nicht gewundert, nur drei Männer vorgefunden zu haben. Vier mit dem toten Dia Malick.

Mit Villiers machte er sich erneut auf zu Ndiaye Massar. Die Haustür war weit geöffnet und Ndiaye Massar beugte sich im Hausflur gerade über ein großes braunes Tier, offenbar im Begriff, es auszuweiden. »Halt!«, brüllte Duval. Aber Ndiaye ließ sich nicht irritieren, er stach mit einem Messer energisch zu und zog es einmal der Länge nach durch. Das Messer ruckelte und blieb hängen. Das Tier gab keinen Laut von sich, es rührte sich nicht, aber aus der langen offenen Wunde quollen die Innereien hervor. Duval würgte. Dann riss er sich zusammen.

»Halt!«, brüllte er erneut. »Was machen Sie da?«

Ndiaye Massar hielt inne und sah ihn, noch immer mit dem Messer in der Hand, erschrocken an. »Alles in Ordnung, Chef?«, fragte Villiers und warf einen besorgten Blick auf den Commissaire. Duval schluckte. Aus dem großen braunen Karton quollen Hunderte von Hüten, Stoffen und Regenschirmen. Dazwischen jede Menge bunte Plastikobjekte, alles war mit viel durchsichtiger Plastikfolie verpackt. Es war ein Karton, Kühlschrankgroß, voll mit Waren. Duval fuhr sich über die Augen. Ein Trugbild. Hervorgerufen davon, dass Ndiaye Massar noch immer wie ein Krieger mit dem Messer in der Hand neben dem Karton stand, den er soeben aufgeschnitten hatte. Duval atmete durch. Er schämte sich. Das würde er niemandem erzählen, das war klar.

»*Bonchour*«, begrüßte Ndiaye den Commissaire und Villiers. »Entschuldigen Sie«, lachte er, »ich wollte keine Angst machen.« Er hielt erneut das Messer hoch. »Alles gut!«, beteuerte er und legte es dann auf die Treppenstufen. »*Voilà*«, machte er beruhigend. »Wir haben Ware bekommen«, erklärte er und zeigte darauf.

»Ja«, sagte Duval dumm, »ich sehe es. Von wo bekommen Sie das?«

»Aus Italien, San Remo. Mein kleiner Bruder ist in Italien, er kümmert sich um Einkauf jetzt.«

»Ihr kleiner Bruder?«

»Ja, der jüngste Sohn meiner Mutter«, erläuterte Ndiaye, vermutlich um ihn von anderen Halbgeschwistern der Zweit- und Drittfrauen seines Vaters abzugrenzen. Dieser kleine Bruder war die direkte Linie. Engste Familie sozusagen.

»Verstehe«, sagte Duval. »Sie haben eine Art grenzüberschreitendes Familienunternehmen.«

»*Voi-là*.« Ndiaye nickte. »Er schickt jetzt Pakete, es ist schwierig geworden an der Grenze. Früher kam er mit dem Auto, ging schnell, hat er alles in Kofferraum gepackt. Aber jetzt wird alles kontrolliert. Alles auspacken. Sie suchen nach allem. Zu viel Ärger.«

Ja, das war sicher, dass Autos, die von Afrikanern Richtung Frankreich chauffiert wurden, auf illegale Fahrgäste und im Zweifelsfall auch auf Drogen durchsucht wurden. Zu viele betätigten sich jetzt als Schlepper. Da war es geschickter, kühlschrankgroße Pakete zu versenden.

Ndiaye Massar schien nicht richtig betroffen vom Tode Amédé Dias zu sein. »Es war Gottes Wille«, wiederholte er stoisch und breitete die Hände zum Himmel aus. »Er entscheidet.«

Viel mehr als die immer gleichen Sätze, die er gebetsmühlenartig wiederholte, konnten sie über Amédé nicht erfahren. Amédé war der Neffe von Malick Dia, aber sosehr er auch voll des Lobes für Malick gewesen war, sowenig sprach er nun über Amédé. Es schien Duval, dass Ndiaye nicht allzu gut auf den jungen Neffen zu sprechen war. Aber Ndiaye beteuerte, dass er der Familie beistehen werde.

»Bitte, warten Sie«, sagte er dann. »Ich habe etwas.« Er verschwand in der Wohnung und kam mit einem fleckigen braunen DIN-A4-Umschlag zurück, den er Duval entgegenstreckte. Duval öffnete ihn vorsichtig: Arztbriefe, Ergebnisse von Blutanalysen, eine Auswertung eines EKGs und Ultraschallbilder. Duval überflog die beigefügten Briefe. Soweit er es verstand, hatte Dia Malick tatsächlich ein Herzproblem gehabt. Mitralklappeninsuffizienz, was immer das bedeutete. Immerhin das war geklärt. Auch wenn es niemanden mehr interessierte. Nur Annie würde er es gern beweisen. Es gab ihm einen Stich, als er an sie dachte. Er gab den Umschlag an Villiers weiter. »Er war wirklich sehr krank, Ihr Kollege. Er hatte ein Problem mit dem Herzen, wussten Sie das?«

»Krank, ja.«

War das eine Bestätigung? Duval ließ es dabei bewenden. Dennoch fragte er: »Wo haben Sie das gefunden?« Er zeigte auf den Umschlag.

»Ja, gefunden«, bestätigte Ndiaye.

Duval seufzte leicht. »In Ordnung«, sagte er. »Vielen Dank, das hilft uns weiter.«

Ndiaye sah zufrieden aus.

»Wir werden Kopien machen für unsere Unterlagen, dann geben wir es Ihnen zurück, in Ordnung?«

»Wie Sie wollen.«

»Darf ich dieses Messer einmal ansehen?«, bat Duval dann und zeigte auf das große Küchenmesser, das noch immer auf der Treppe lag.

»Das Messer?« Ndiaye war überrascht, gab es dann aber ohne Zögern an Duval weiter. »Nehmen Sie. Ist nur ein Messer.«

Ja, eben, dachte Duval, nur ein großes Messer. Er zog sich Einmalhandschuhe an und nahm das Messer mit dem Holzgriff vorsichtig in die Hand und betrachtete es. Ndiaye beobachtete ihn aufmerksam dabei. Dann gab Duval das Messer zurück. »Danke schön.«

Ndiaye lachte erleichtert auf. »Gut, ist doch nur ein Messer.«

»Ja«, nickte Duval. »Ein Küchenmesser, oder?«

»Ja, ein Messer, wir haben nur das. Ich dachte schon, Sie würden es nehmen.«

»Nein, nein, schon in Ordnung.«

Monsieur Richard war erstaunt, Duval und Villiers erneut vor seiner Tür zu finden.

»Haben Sie noch Fragen? Ich dachte, Dia Malicks Tod hätte sich aufgeklärt? Ndiaye hatte mir berichtet, dass Dia Malick einen Herzinfarkt erlitten habe.«

»Richtig, das hat sich auch bestätigt«, antwortete Duval, »aber wir kommen heute wegen Amédé Dia oder meinetwegen Dia Amédé, einem Neffen von Dia Malick.«

»Aha.« Monsieur Richard zuckte die Schultern. »Den kenne ich kaum. Ich bin nicht sicher, dass ich Ihnen da etwas sagen kann. Ich habe ihn einmal gesehen. Er kam letztes Jahr mit Dia Malick und wurde mir kurz vorgestellt. Und das ist schon ungewöhnlich«, sagte er. »Ich kenne die anderen Männer nicht, allenfalls vom Sehen. Vorgestellt wird mir sonst niemand. Was ist mit ihm?«

Duval zögerte kurz.

Monsieur Richard verstand. »Kommen Sie rein«, sagte er. »Sie kennen ja den Weg, bitte, nehmen Sie Platz.« Er ließ den Polizisten den Vortritt. »Also, was ist passiert«, fragte er dann.

»Amédé Dia wurde heute Morgen tot aufgefunden.« Duval blieb zunächst vage.

»Wie tot? Wo? Hier im Haus?« Monsieur Richard war erschrocken.

»Nein, nicht hier im Haus.« Duval holte Luft und sagte dann betont sachlich. »Man hat ihm die Kehle durchgeschnitten.«

»Was?« Monsieur Richard war erschrocken. Er schwieg lange. »Sie sehen mich sprachlos«, sagte er dann. »Wer macht denn so was in Cannes? Warum? Gibt es einen Zusammenhang mit Dia Malick?«, fragte er mit rauer Stimme.

»Das fragen wir uns auch. Fällt Ihnen nicht noch etwas ein? Ein Streit? Mit dem Nachbarn von nebenan vielleicht?«

»Ach der …«, machte Monsieur Richard. »Das ist ein hinterhältiger Typ, der erzählt das übliche rassistische Geschwätz, denunziert und plakatiert vielleicht heimlich, aber offen würde er nie etwas tun.« Monsieur Richard schüttelte den Kopf. »Der bringt doch niemanden um.«

»Er hat uns neulich was von krummen Geschäften im Vorgarten erzählt.«

»Ja, das sieht ihm ähnlich, so was.« Monsieur Richard sah verächtlich aus. »Wissen Sie, mein Nachbar zur Rechten findet, die Afrikaner würden aus dem Viertel eine Art Mülldeponie machen. Aber wenn Sie sähen, wie schlampig und verwahrlost sein Grundstück ist und wie viel Dreck er dort herumfliegen lässt … Ich sehe das von einem Seitenfenster«, erklärte Monsieur Richard und zeigte vage in eine Richtung in seiner Wohnung. »Anfangs dachte ich noch, er lässt das alles herumliegen, um mich zu provozieren, weil ich Einspruch gegen seine Baupläne erhoben hatte. Aber ich glaube, er ist einfach so schlampig.« Er zuckte mit den Schultern.

»Ich verstehe es nicht ganz. Wie kann man Sie provozieren mit Dingen, die sich auf dem Nachbargrundstück befinden?«

»Kommen Sie, ich zeige es Ihnen.« Monsieur Richard stand auf und zog im Eingangsbereich die Vorhänge vor einem Fenster zurück. Von dort sah man auf das noch unverputzte Nachbarhaus, das anscheinend nicht ganz fertig gebaut war. Ein unbefestigter breiter Balkon befand sich direkt vor dem Fenster Monsieur Richards. Das heißt, bislang war es nur eine gegossene Betonplatte, die ins Leere hinausragte. Allerdings stand und lag dort einiges herum. Neben Plastikstühlen und einer Holzkiste, die wohl als Tisch diente, standen ein schmutziger Holzkohlegrill, ein Wäscheständer, auf dem eine einsame Socke hing, mehrere mit leeren Flaschen gefüllte Eimer und ein Sonnenschirm, den der letzte Wind zerzaust und zu Fall gebracht hatte. Im Hof selbst standen zwei Autos, ein drittes lag mehr, als dass es stand, halb auseinandergenommen, daneben. Autoreifen, Paletten, große Metallteile lehnten an der Mauer. Und in einer Ecke lagen ein weiterer verrosteter Holzkohlegrill, eine blaue Plastiktonne und Bauholz. Eine Plastiktüte wurde durch einen Windstoß herumgewirbelt. Alles machte einen reichlich verwahrlosten Eindruck.

»Hm«, machte Duval. »Und Sie hatten Einwände gegen den Balkon, vermute ich?«

»Na sicher. Da waren noch ganz andere Sachen geplant, der hier sollte noch einen Meter tiefer werden und drei Meter breit wollte er den machen, können Sie sich das vorstellen? Und ein zweiter Balkon war in der ersten Etage geplant, den hätte dann meine Tochter vor dem Fenster gehabt. Das Schönste aber ist, dass sie das Fenster hier untendrunter nicht in ihre Baupläne eingezeichnet hatten, die waren drauf und dran, es zuzubauen. Ich weiß nicht, wie man als Architekt so blöd sein kann.«

»Welches Fenster?«, fragte Villiers.

»Wir haben auf dieser Hausseite drei Fenster«, erklärte Monsieur Richard. »Meines hier im ersten Stock, das meiner Tochter obendrüber und in der Wohnung unten, wo die Mamadous leben, gibt es auch eines. Sie haben es meistens geschlossen, also richtig mit Fensterläden geschlossen, seitdem dort eingebrochen wurde ...«, er stutzte und sah Duval an. »Aber ja, daran habe ich gar nicht mehr gedacht!«

Duval blickte Monsieur Richard an und strich sich übers Kinn. Sieh an. Man musste die Menschen nur reden lassen. »Hier wurde also eingebrochen?«

»Bei den Afrikanern, ja. Letztes Jahr im Herbst. Da war was los, sage ich Ihnen! Seitdem verbarrikadieren sie sich wie in Fort Knox.«

Duval verstand. Das erklärte die vielen Türschlösser und die vorsichtige »Wer ist da?«-Frage.

»Was kann man denn dort stehlen«, fragte Villiers amüsiert. »Den Kühlschrank?«

Monsieur Richard lächelte leicht. »Bargeld«, sagte er dann ernst. »Ich vermute, da ist jede Menge Bargeld verschwunden. Sie regeln ja alles in bar. Im Herbst, kurz bevor alle nach Afrika zurückgehen, ist vermutlich ein hübsches Sümmchen zusammengekommen. So genau weiß ich es nicht.«

»Haben Sie oder die Afrikaner Anzeige erstattet? Weiß man, wer es war?«

»Nein. Keine Polizei. Die Afrikaner wollen keine Schnüffelei in ihren Angelegenheiten. Das haben sie wohl unter sich geregelt oder auch nicht, keine Ahnung, aber so viel ich begriffen habe, war es ein ›Kollege‹, der wusste, dass Geld da war, und der sich damit abgesetzt hat.«

»Schickt man Geld in solche Länder nicht besser mit einem Geldtransfer?«

Monsieur Richard zuckte die Achseln. »Kommt wohl auf die Summe an.«

»Und mit dem Nachbarn klappt's also nicht so recht«, kam Duval wieder auf das ursprüngliche Thema zurück. »Wegen dieses Fensters, wenn ich es recht verstehe.«

»Ja, man kann doch nicht einfach ein Fenster zubauen.« Monsieur Richard schüttelte verärgert den Kopf. »Ich musste ziemlich rumbrüllen und ihm sonst was androhen, einen Prozess, einen Baustopp, damit er davon abließ. Er hat nämlich auf seinem Recht beharrt, er hat tatsächlich eine Baugenehmigung dafür bekommen, können Sie sich das vorstellen? Die werden auch immer blöder auf dem Bauamt, das kann ich Ihnen sagen. Er hat dann seine Baupläne etwas modifiziert, denn einen Baustopp wollte er nicht riskieren. Ich glaube, er hatte seine alte Wohnung schon verkauft und musste da raus, der wollte unbedingt so schnell wie möglich hier einziehen, deshalb hat er nachgegeben. Aber na ja, seitdem sind die nachbarschaftlichen Verhältnisse etwas angespannt.« Er zog die Vorhänge wieder zu. »Haben Sie noch Fragen?«

»Hm«, machte Duval, »wenn wir schon gerade davon sprechen …«, er machte eine Pause und fügte dann hinzu, »ich will es mal so sagen, ich finde, die Wohnung der Afrikaner ist ein bisschen abgewohnt, und Ihr Schwiegersohn beklagte, sagen wir, einen gewissen Mangel an Hygiene.«

»Ah«, machte Monsieur Richard. Er sah verärgert aus, aber er schwieg und zuckte nur mit den Schultern.

»Finden Sie nicht?«

»Ich kann's nicht ändern«, knurrte er dann.

Duval schwieg.

»Sie wollen es nicht ändern?«, fragte Villiers jetzt streng.

Monsieur Richard sah Villiers wütend an und schwieg

weiterhin. »Es ist nicht in ihrer Kultur«, presste er zwischen den schmalen Lippen hervor.

»Was meinen Sie denn damit?«, Villiers klang verdächtig ruhig.

»Es ist nicht in ihrer Kultur, eine Wohnung zu unterhalten, das meine ich.« Monsieur Richard war offensichtlich wütend. Mit blitzenden Augen sah er Villiers an. »Es ist ein altes Haus, verstehen Sie das? Man muss pfleglich damit umgehen, damit es bewohnbar bleibt. Es ist auf einem schlechten Boden mit schlechtem Material gebaut, aber vor 150 Jahren hat man sich weniger Gedanken um all das gemacht. Es ist feucht, die Mauern sind feucht, das war schon immer so. Wir leben damit und versuchen, es zu erhalten. Ich repariere und renoviere an allen Ecken und Enden, aber die Feuchtigkeit kommt immer wieder durch, vor allem, wenn man sich keine Mühe mit der Instandhaltung gibt. Verstehen Sie das?« Sein Ton war aggressiv. »Aber na ja«, fuhr er in einem gemäßigteren Ton fort, »was wollen Sie machen, es sind im Grunde einfache Leute, die kommen aus irgendwelchen Dörfern, sie leben hier genau wie dort auch, mit ihrer Art, zu kochen und Wäsche zu waschen, aber in Afrika herrschen andere klimatische Bedingungen. Ich versuche zu erklären, dass man hier die Fenster öffnen und lüften muss, damit die Feuchtigkeit abziehen kann, immer wieder sage ich das, sie nicken, sagen freundlich jaja, und das war's. Sie verstehen nicht, was ich eigentlich will. In ihren Augen ist doch alles in Ordnung. Der Schimmel an der Wand stört sie nicht mal. Mich stört es, weil es mein Haus ist, und SIE stören sich daran«, Monsieur Richard sah Duval und Villiers mit blitzenden Augen an, »SIE stören sich, weil Sie es mit europäischen Augen und Maßstäben ansehen. Aber das ist ein bisschen wie in Afrika hier. Selbst an Ndiaye, der sein Leben in Europa verbracht hat, geht meine Rede vorbei. Sie sind nicht schmutzig, verstehen Sie mich nicht falsch, im Gegenteil, sie haben einen riesen Wasserverbrauch, geduscht wird morgens und abends und während des Ramadan noch öfter, vermute ich, und es riecht immer nach viel Rasierwasser und Eau de Toilette. Aber wenn fünf Männer duschen, Wäsche waschen und kochen und dabei die Fenster und Türen nicht aufmachen, dann beginnt es eben zu schimmeln.« Er atmete schwer und er zitterte leicht vor Erregung. »Ich habe die Wohnung zusammen mit meiner Tochter vor zwei Jahren komplett renoviert«, erzählte er weiter. »Aber jetzt sieht es schon wieder genauso aus.« Erneut zuckte er resigniert mit den Schultern. »Alle zwei, drei Jahre haben wir das bislang gemacht, weil ich die Wohnung erhalten will, verstehen Sie? Aber ich bin müde, ich bin 70 Jahre alt, ich kann körperlich nicht mehr so arbeiten. Meine Tochter half mir gelegentlich, aber das ist vorbei, ich vermute, ihr Mann hat es ihr verboten. Ich hätte ursprünglich gedacht, sie würden mich beide dabei unterstützen, aber nein.« Er schnaufte kurz und wütend. »Die Stunden, die meine Tochter mir geholfen hat, kann ich fast an einer Hand abzählen und jetzt macht sie gar nichts mehr. Und alleine, alleine kann ich das auch nicht mehr.« Er klang verbittert. »Undankbar, das sind sie. Aber mein Schwiegersohn ist ein ...«, er suchte offensichtlich ein Wort ... »Na ja«, winkte er dann ab. »Er ist neidisch, denke ich. Ich bin als Immobilienbesitzer eigentlich der Klassenfeind. Mein Schwiegersohn ist in der Gewerkschaft, verstehen Sie? Da wird eine harte Linie gefahren. Dass er von mir profitiert und hier gratis wohnt, das nimmt er gerne an. Aber dass er mir, dem bourgeoisen Vermieter, vielleicht etwas als Gegenleistung zurückgibt, das kommt nicht infrage.«

»Hmm«, machte Duval.

»Sie könnten es von einer Firma machen lassen«, schlug Villiers vor.

»Ja, sonst noch was?«, polterte Monsieur Richard los. »Wissen Sie, was das kostet? Wissen Sie, wie viel ich schon besteuert werde dafür? Wissen Sie überhaupt, wie viel mir letztlich von den 550 Euro Miete bleibt? Alle schimpfen immer über die Vermieter, Miethaie heißen wir. Als würden wir uns alle unrechtmäßig bereichern. So ein Quatsch!« Er war aufgebracht. »Ich habe fast keine Rente, ich lebe von den Mieteinnahmen, verstehen Sie das? Mein Leben war ein bisschen bewegt, sagen wir so. Ich habe gelebt, bin gereist, ich war mal Bouquinist und habe alles Mögliche gemacht, ich lag meinen Eltern zumindest nicht auf der Tasche, aber reich bin ich auch nicht geworden. Das war auch nicht meine Absicht. In meiner Generation gab es mal so etwas wie eine Aufbruchsstimmung, das ist heute alles nicht mehr vorstellbar, dass man so gelebt hat.« Er sah Duval und Villiers an, als überlegte er, ob sie ihn verstehen könnten. »Als ich mit der jungen Frau beim Rentenamt alles durchgerechnet habe, hat sie mit mir so streng geredet wie eine Mutter mit einem unfolgsamen Kind. In ihren Augen bin ich wohl ein durchgeknallter Alter, dessen Schuld es ist, dass das Rentensystem nicht mehr funktioniert und jetzt auch noch frech etwas einklagt.« Er verzog das Gesicht zu einer Mischung aus Amüsiertheit, Spott und Verbitterung. »Die Generation von heute versteht es überhaupt nicht, dass man so ein Leben führen konnte. Ich glaube, auch das wirft mir mein Schwiegersohn vor, dass ich nicht wie er brav jahrein, jahraus gearbeitet habe und

Geld auf die hohe Kante gelegt habe. Wozu, frage ich Sie? Damit er es dann im besten Fall erben kann?« Er lachte kurz böse auf. »Ich habe die Wohnungen dann geerbt, meine Eltern sind früh gestorben, und seitdem kümmere ich mich darum. Und das ist ausreichend Arbeit, sage ich Ihnen. Wasserschaden hier und Klo verstopft dort, irgendjemand hat die Gegensprechanlage sabotiert, den Hausschlüssel verloren und an die Hauswände werden Graffiti gesprüht. Und was weiß ich noch alles. Und meinem Geld laufe ich auch jeden Monat hinterher.«

Er hatte sich erneut in Rage geredet. Es schien ihm schon lange auf der Seele zu liegen, endlich konnte er es mal jemandem erzählen. Duval ließ ihn reden. Reden lassen, zuhören. Aufmerksam sein. Spüren, was der andere brauchte, war Teil seiner Arbeit. Im Umgang mit jedermann und nicht nur bei der Vernehmung. Alle brauchten sie Verständnis, manche vielleicht etwas Druck und Autorität. Monsieur Richard brauchte nur einen Zuhörer. Er sprach schon weiter.

»Ich vermiete einfache Altbauwohnungen zu einem fairen Preis und meine Mieter kommen aus aller Herren Länder.« Er sah Duval prüfend an. Der Commissaire nickte unbestimmt. Das konnte alles bedeuten, aber Monsieur Richard fühlte sich verstanden. »Aber lange mache ich das nicht mehr. Wir sind nur noch die Prügelknaben der Nation. Und wenn ich mein Geld einfordere, muss ich mich auch noch ununterbrochen beschimpfen lassen, als täte ich etwas Unanständiges. Die Zahlungsmoral ist so was von am Boden, sage ich Ihnen. Viele hören ab Oktober sowieso auf zu zahlen, weil sie wissen, ich darf sie im Winter ohnehin nicht rauswerfen. Es ist in Ordnung, Mieter zu schützen, verstehen Sie mich nicht falsch, aber wenn die Mieter keine Pflichten mehr haben, nur noch Rechte, die sie ununterbrochen einklagen, dann gibt's eine Schieflage.« Er schwieg einen Moment. »Ich habe nur wenige Mieter, die korrekt sind. Die meisten zahlen nur nach mehrmaliger Aufforderung. Einer davon, ein Tunesier, der glaubt, er könne die Miete jeden Monat neu aushandeln, ich meine, wo sind wir denn? Er hat einen Vertrag unterschrieben, wenn ihm das nicht passt, kann er gern gehen, aber natürlich will er nicht gehen, er will mich nur müde quatschen, mürbe machen mit seiner Taktik, in der Hoffnung, dass ich eines Tages zu schwach bin, mich jeden Monat mit ihm rumzustreiten, und mich mit der Hälfte der Miete zufriedengebe oder ihn gar umsonst wohnen lasse. Frechheit siegt.« Er schüttelte den Kopf. »Die Schwarzen hier sind eine erfreuliche Ausnahme. Sie wohnen die Wohnung ab, vielleicht mehr als die anderen Mieter, aber sie sind korrekt. Sie sind freundlich. Die sind froh, einen ruhigen Ort zu haben, an dem man sie in Frieden lässt. Und sie zahlen.« Er atmete aus. »Bislang zumindest.«

»Bislang? Was wollen Sie damit andeuten?«

Monsieur Richard schnaufte laut. »Die Krise«, sagte er. »Die Krise beutelt alle Gewerbe. Auch die Geschäfte der Afrikaner gehen nicht mehr so gut. Bis vor ein paar Jahren war alles prima. Da haben sie die Wohnung im Winter sogar leer stehen lassen und die Miete dafür im Voraus bezahlt. Im Voraus! Das müssen Sie sich mal vorstellen. Vorbildlich. Und ich konnte sie dann in aller Ruhe während ihrer Abwesenheit renovieren. Aber das klappt nicht mehr. Das können sie sich nicht mehr leisten. Schon seit drei, vier Jahren vermietet Ndiaye die Wohnung im Winter an andere Afrikaner unter. Und nicht immer an die Besten, leider. Denen verdanken wir die Wanzen, das hat Ihnen mein

Schwiegersohn bestimmt gerne erzählt, was?« Er blickte von Duval zu Villiers, wartete dann aber nicht auf eine Reaktion. »Und diese Untermieter zahlen insgesamt vielleicht einen Monat Miete und dann nicht mehr, obwohl Ndiaye es so mit ihnen ausgemacht hat.«

»Und was machen Sie dann?«

Er zuckte mit den Achseln. »Was soll ich denn machen Ihrer Ansicht nach? Ich frage zwei-, dreimal nach und wenn nichts kommt, dann warte ich, bis Ndiaye zurück ist, und fordere mein Geld von ihm ein. Denen, die den Winter über hierbleiben, geht es ja noch schlechter als den anderen. Meistens sind das ganz arme Teufel, die versuchen, den Winter zu überleben, und sie schaffen es vielleicht gerade noch, hin und wieder ein bisschen Geld nach Hause zu schicken, aber um zusätzlich ein Flugticket zu kaufen, um nach Hause zu reisen, reicht es nicht. Denn wenn sie nach Hause kommen, dann erwarten Familie und das gesamte Dorf und sämtliche noch so entfernte Cousins einen ordentlichen Geldregen und Geschenke. Gib! Gib! Gib! Ich habe selbst ein paar Jahre in Schwarzafrika gelebt, ich weiß, wovon ich rede.« Er schüttelte den Kopf, als er daran dachte. »Als Weißer sind sie ja der Reiche schlechthin. Alle wollen Geld von einem. Alle. Ständig.« Er machte eine fordernde Geste mit der ausgestreckten Hand. »Ich habe das anfangs nicht verstanden, aber Großzügigkeit und Hilfe wird in Afrika großgeschrieben. Man kann das nicht ablehnen. Man gibt, bis man vielleicht am Ende selbst nichts mehr hat, das ist grotesk, aber man genießt hohes Ansehen. Und die Leute in Afrika glauben ja immer noch, dass hier das Paradies ist. Wenn man erst mal hier ist, dann hat man es doch geschafft. Frankreich. Europa. Das Paradies. Hier liegt das Geld doch auf der

Straße. Das glauben dort alle. Da können Sie erzählen, was Sie wollen. Keiner will dort etwas anderes hören. Elend haben sie schon genug. Man will gute Nachrichten und Geld und basta. Und keiner, keiner von den Mamadous gibt zu, wie mühselig das Leben hier ist und wie erbärmlich sie sich durchschlagen. In Afrika sind sie Helden, das ist das, was zählt. Für die soziale Anerkennung dort leben sie hier mit einem Minimum und gönnen sich selbst nichts, außer dem Allernötigsten.« Monsieur Richard schüttelte den Kopf. Er schien in Gedanken kurz nach Afrika abgedriftet zu sein. Duval ließ ihm Zeit.

»Stellen Sie sich vor, die heizen hier im Winter nicht mal«, nahm Monsieur Richard den Faden wieder auf. »Ich verstehe es irgendwie, die Stromheizung ist teuer. Also habe ich ihnen im letzten Winter einen Gasofen reingestellt, es war ja nicht mit anzusehen, wie sie froren. Zwei junge Männer lebten hier im Winter, erst drei, dann zwei. Außerdem dachte ich, es würde auch der Wohnung grundsätzlich guttun, wenn sie etwas geheizt würde. Aber kaum war die Flasche Gas leer, stellten sie den Ofen wieder raus. Selbst die 20 Euro für eine neue Flasche Gas haben sie nicht aufbringen wollen, oder vielleicht auch nicht können.« Er seufzte. »Was wollen Sie machen? Dass sie die Miete im Winter nicht bezahlen können, ist noch ihre geringste Sorge.« Er schüttelte nachdenklich den Kopf.

»Und dann wurden sie auch noch bestohlen«, ergänzte Duval. »Im letzten Herbst war das?«

»Ja.« Monsieur Richard nickte.

»Wann genau? Wissen Sie das noch?«

»Ende September, glaube ich. Vor dem Hochwasser. Dia Malick reiste vorzeitig nach Hause, weil etwas mit seinem

Sohn war, der hatte einen Unfall oder irgendetwas. Daran erinnere ich mich jetzt.«

»Monsieur Richard«, setzte Duval zu einer Frage an, zögerte kurz und fragte dann doch ganz direkt: »Haben die Afrikaner Schulden bei Ihnen?«

Bingo. Monsieur Richard nickte.

»Große Beträge?«

»Wie man's nimmt.« Er zuckte mit den Achseln. »Fünf Monatsmieten vom Winter und noch ein paar Hundert hier und da.«

»Fünf Monatsmieten? Das ist nicht wenig.«

»Allerdings.« Monsieur Richard war knapp. Es klang resigniert.

»Sie verleihen regelmäßig Geld an die Afrikaner?«

Monsieur Richard atmete tief ein und aus. Offensichtlich war er genervt. »Hören Sie«, fing er dann an, »damit wir uns verstehen, ich *verleihe* nicht ›regelmäßig Geld‹ an die Afrikaner und ich nehme auch keine Zinsen, wenn Sie das andeuten wollen. Ich stunde ihnen die Miete und manchmal leihe ich ihnen was.« Er schüttelte den Kopf und sah Duval ungeduldig an. »Verzeihen Sie, wenn ich Ihnen das so sage, aber Sie haben keine Ahnung, wie das hier läuft. Wenn Ndiaye im Frühjahr wiederkommt, dann hat er in der Regel keinen Pfennig mehr in der Tasche. Er kommt und leiht sich bei mir Geld, damit er die ersten Tage und Wochen rumkriegt, um die aufgelaufenen Gas- und Stromrechnungen zu bezahlen und damit er seine Ware einkaufen kann. Und dann treibt er von seinen Kollegen das ausstehende Geld ein und fängt irgendwann an, die Miete für die vergangenen Monate abzustottern. So läuft das jetzt.«

»Und Malick ...«, Duval zögerte, »Malick äh, Malick Dchja, hatte der auch Schulden bei Ihnen?«

»Mhm.«

»Hohe Schulden?«

»Was heißt hoch. Etwas über 700 Euro. Ich denke, für ihn ist es eine beträchtliche Summe. Oder war.«

»Und was machen Sie jetzt?«

»Ha!« Monsieur Richard lachte auf. »Was soll ich denn machen? Soll ich sie bei seiner Witwe in Afrika einklagen? Darauf bleibe ich sitzen. Das gibt mir niemand wieder.« Er bewegte abschätzig den Kopf. »Außerdem macht man so was ja nicht schriftlich. Das sind mal hier 100 Euro, mal 50. Was weiß ich. Wenn er kam und mich um Geld bat, wusste ich, dass er es braucht. Ich habe nicht gefragt wofür und auch nicht, wann ich es zurückkriege. Ich schreibe das in meinen Kalender, aber nur, damit ich den Überblick nicht verliere. Bislang hat es noch immer funktioniert. Aber die Zeiten sind wohl vorbei. Ndiaye kam gestern und sagte, er würde für Dia zahlen, es soll nichts Schlechtes über den Kollegen erzählt werden. ›Wenn jemand kommt, dann sag, dass ich bezahlt habe‹, hat er mich gebeten. Aber das zahlt er nie im Leben. Früher hätte er es vielleicht sogar versucht, aber jetzt ... jetzt stottert er schon seine eigenen Schulden ab. Die von Dia, das schafft er nicht auch noch. Die Familie in Afrika will ja auch leben. Egal, auf jeden Fall geht's so nicht mehr.« Er atmete tief durch. »Das habe ich auch Ndiaye gesagt.«

»Was haben Sie ihm gesagt?«

»Ich habe Ndiaye gesagt, dass ich nach ihm, also wenn er sich zur Ruhe setzt, keinen Vertrag mehr mit irgendwelchen Nachfolgern machen werde. Sie müssen einsehen, dass ihr Geschäftsmodell nicht mehr funktioniert. Seit drei Jahren beobachte ich das und ich rede Ndiaye zu, damit er versteht, dass er sich für seine Familie zukünftig etwas anderes einfallen lassen muss. Aber entweder versteht er es nicht oder er hat keine andere Wahl. ›Die Hüte gehen gut‹, antwortet er mir dann lachend, er nähme jetzt weniger Sonnenbrillen, aber mehr Hüte, als wäre das eine ausreichende Veränderung. ›Mach dir keine Sorgen, Patron, ich schaffe das‹, lacht er und wischt meine Bedenken weg. Er glaubt, ich mache mir nur Sorgen wegen der Miete. Aber ich mache mir Sorgen um ihr Geschäft ganz generell, ich denke, das geht langsam den Bach runter. Na ja, vielleicht reicht es auch immer noch. Was soll ich machen? Ich habe es immerhin versucht. Schließlich bin ich ja auch kein Sozialarbeiter.« Er machte eine hilflose Geste mit den Armen. »Hören Sie, es sind anständige Leute. Sie tun, was sie können, aber die Krise hat natürlich auch vor ihnen nicht haltgemacht. Das Geld sitzt bei den Touristen nicht mehr so locker und außerhalb der Saison verdienen sie vermutlich tagelang gar nichts, vielleicht auch wochenlang. Aber bislang schlagen sie sich noch so durch.«

Er atmete durch. »Es ist mühsam für uns alle und meine Tochter, oder sagen wir mein Schwiegersohn, würde sie lieber heute als morgen loswerden. Aber ich kann sie doch nicht auf die Straße setzen, oder?«

»Nein, sicher nicht«, antwortete Duval, auch, wenn Monsieur Richard vielleicht keine Antwort erwartet hatte. »Und die anderen Afrikaner? Amédé Dia? Haben die auch Schulden?«

Monsieur Richard zuckte mit den Schultern. »Nein. Zumindest nicht bei mir. Dafür kennen wir uns zu wenig. Dia und Ndiaye, wir sind etwa eine Generation und ich kenne sie schon lange. Wir haben so etwas wie ein Vertrauensverhältnis. Die anderen wissen nicht, wie sie mich einschätzen sollen. Ich bin der Vermieter, immerhin. Sie haben Respekt, grüßen höflich und sind ansonsten so gut wie unsichtbar.«

»Gut, Monsieur Richard, dann danke ich Ihnen für diese Informationen. Falls Ihnen noch etwas einfällt, jetzt, wo Sie Ihr Gedächtnis gerade wieder in Schwung gebracht haben …«, Duval lächelte leicht, »oder falls Ihnen aktuell bei den Afrikanern oder bei den anderen Nachbarn etwas auffällt … Sie haben meine Karte?! Ich weiß nicht, ob ich sie Ihnen das letzte Mal schon gegeben hatte?« Er hielt ihm die Visitenkarte entgegen.

»Weiß ich auch nicht, aber danke.« Er nahm die Karte entgegen und begleitete die Polizisten bis zur Tür. Drei afrikanische Masken hingen darüber. Sie waren Duval beim letzten Mal nicht aufgefallen.

»Und diese Masken …«, Duval zeigte darauf, »die haben Sie aus Afrika mitgebracht? Wo waren Sie eigentlich? Sie sagten, Sie hätten dort ein paar Jahre gelebt.«

Villiers, der schon im Treppenhaus stand, kam wieder zurück. Er lehnte sich lässig an den Türrahmen und blickte kurz auf sein Smartphone.

»Gabun. Ich war in Gabun. Kennen Sie das?«

Duval verneinte.

»Ich wollte damals irgendwohin, wo noch niemand anders war. Ein ursprüngliches Land. Das war es zwar, aber es war natürlich dennoch Unsinn. Dort waren ebenso Franzosen und Libanesen.« Er lächelte und schnaufte, als er sich daran erinnerte. »Verrückte Zeit. Alles verändert sich, selbst dort. Heute sind dort überall die Chinesen.«

»Wie lange waren Sie dort?« Duval spürte eine gewisse Unruhe bei Villiers, als er die Frage gestellt hatte. Er warf einen kurzen Seitenblick auf den Commandant. Vermutlich dauerte es ihm zu lang.

»Vier Jahre«, antwortete Monsieur Richard. »Nach vier Jahren hatte ich einen hellen Moment, ich dachte, wenn ich jetzt nicht gehe, dann bin ich verloren für Europa. Ich habe auch mindestens vier Jahre gebraucht, mich hier wieder einzugewöhnen. Allein die Art, wie man Auto fährt« – er lachte kurz auf. »Wenn Sie mal vier Jahre in Afrika gelebt haben, also richtig, nicht so ein Privilegiertenleben als Botschaftsangehöriger, dann kommt Ihnen Frankreich total albern vor mit all seinen Absicherungen, Versicherungen, mit all diesen Ängsten, was passieren könnte, wenn ... Und dieser europäische Blick auf Afrika, dieses romantische Bild von Afrika als der bessere Kontinent mit den guten Menschen, den verlieren Sie auch, wenn Sie dort leben. Das ist überhaupt das Problem, glaube ich, dass wir Afrika immer mit europäischen Augen ansehen, messen und verstehen wollen. Afrika ist Afrika. Aber wir werden es nie begreifen.« Er schüttelte den Kopf. »Diese Aktionen, Kinder zu retten, weil sie als Sklaven gehalten werden. Herrjeh. Wenn wir heldenhaft drei Kinder befreit haben, werden sie umgehend durch andere Kinder ersetzt. Das ist für uns zwar unerträglich, aber es ist einfach so. Afrika ist grausam. Das Leben funktioniert anders dort. Die Familien sind groß, weil viele Kinder viel Geld bringen. Zehn Kinder, die jeden Tag etwas Geld bringen, sind besser als zwei Kinder. Denn wenn eines stirbt, hat man noch genug andere. Kinder sind die Lebensversicherung, sie müssen arbeiten. Die Idee von spielenden Kindern, die in die Schule gehen, das ist europäisches Denken, verstehen Sie?« Aber er wartete die Antwort nicht ab. »Die Leute haben ja alle keine Ahnung. Übrigens, selbst Ndiaye, der nicht dumm ist und der fast sein ganzes Leben in Europa verbracht hat, hat nur ein, zwei seiner Kinder in die Schule geschickt. *Das* finde ich enttäuschend. Ich habe oft mit ihm darüber gesprochen. Aber er selbst war nicht in der Schule und so geht es weiter, basta.« Er schnaufte. »Afrika. Afrika ist hart. Sehr hart.«

Monsieur Richard hatte sich in Fahrt geredet und war nicht mehr zu stoppen. Da hatte er was losgetreten, dachte Duval und versuchte nicht auf die Uhr zu sehen. Villiers hingegen lehnte an der Wand, hob nur ab und zu den Kopf und schrieb ansonsten auf seinem Smartphone.

»Aber Afrika ist auch fantastisch«, erzählte Monsieur Richard gerade. »Ich habe verrückte und wundervolle Sachen erlebt. Gastfreundschaft, Herzenswärme, Hilfe. Ich bin einmal fast verreckt mit Fieber und Durchfall mitten im Nichts. Mehrere Tagesreisen entfernt von der nächsten Stadt und von jeglicher medizinischen Versorgung. Amöbenruhr. Das ist eigentlich das Todesurteil. Irgendein zahnloser Alter hat einen Zauber veranstaltet mit einem Grigri aus Hühnerkrallen und Federn, hat mir einen bitteren Brei aus zermatschten Blättern eingeflößt und blieb dann Tag und Nacht unbeweglich neben meiner Matte sitzen, wedelte mit dem Grigri und murmelte ohne Unterlass Zaubersprüche. Irgendwann hatte ich kein Fieber mehr und keinen Durchfall. Ich war klapperdürr, aber wieder gesund. Gegen jede medizinische Logik. Na ja, das wollen Sie ja alles gar nicht wissen«, wehrte er ab.

Duval wiegte unbestimmt mit dem Kopf. »Ich finde es durchaus sehr interessant, was Sie erlebt haben, ich könnte Ihnen noch eine Weile zuhören, aber vielleicht ergibt es sich ein anderes Mal?!« Villiers schien aufzuatmen.

»Diese Masken stammen also aus Gabun?«, setzte Duval noch einmal an.

»Nein, die habe ich tatsächlich hier von den Afrikanern gekauft. Anfangs haben sie mit dieser Art afrikanischem Kunsthandwerk gehandelt und mit Schmuck. Perlenketten. Schnitzereien, Statuen. Sehr schöne Sachen darunter. Na ja, ich habe oft etwas gekauft, wenn mir ein Stück gefallen hat, um sie zu unterstützen, und vielleicht auch aus Nostalgie. Aber das machen sie schon lange nicht mehr.« Er verzog das Gesicht.

»Warum nicht, wissen Sie das?«

»Nein«, Monsieur Richard schüttelte den Kopf, »keine Ahnung. Ich weiß gar nicht genau, wann das angefangen hat, aber heute verkaufen Sie nur noch diesen Plastikkram, Hüte, Sonnenbrillen, Schirme und diese Stangen, an die man sein Handy klemmt, um sich auf dem roten Teppich vor dem Palais möglichst gut fotografieren zu können.«

»Selfie-Sticks«, sagte Villiers, ohne von seinem Smartphone aufzuschauen.

»Ja.« Monsieur Richard zog verächtlich die Mundwinkel nach unten.

»Ja, das haben wir gesehen, als wir ankamen. Da kam gerade eine Warenlieferung.«

»Sehen Sie.«

»Gut, noch mal vielen Dank, Monsieur Richard. Tut mir leid, dass wir Sie so lange aufgehalten haben.«

»Na ja«, Monsieur Richard sah von Duval zu Villiers, der gerade sein Smartphone verstaute, »ich habe eher den Eindruck, ich habe Sie aufgehalten mit meinen Erinnerungen. Entschuldigen Sie, ich bin sonst nicht so redselig, aber es will ja auch nie jemand etwas von meinen Afrika-Abenteuern wissen«, er zuckte mit den Schultern.

»Schreiben Sie ein Buch«, schlug Duval vor. »Wäre das nichts?«

»Mal sehen.«

»Oh Mann«, sagte Villiers, »ich dachte, der kommt nie zum Ende.«

»Ja, ich habe gemerkt, dass es Sie langweilt, aber manchmal dauert es eben so lange, bis die Hühner, die gackern, ihr Ei legen.«

»Hä?«, fragte Villiers. »Sie sprechen in Rätseln, Commissaire.«

»Na, er hat uns doch einen interessanten Hinweis gegeben.«

»Ach ja?« Villiers schien ganz gegen sein sonst so sonniges Gemüt genervt.

»Das haben Sie wohl überhört, während Sie auf Ihrem Smartphone Ihre Rendezvous geregelt haben. Gefällt mir übrigens nicht, wenn Sie das machen, wenn wir im direkten Kontakt mit Menschen sind. Ist mir bei Ihnen bislang noch nicht aufgefallen, aber heute fand ich es störend.«

»Mhm«, brummelte Villiers. »Ich habe alles gehört, ich bin multitasking«, versicherte er.

»Ja schon, aber ist Ihnen klar, welches Signal Sie aussenden? Insbesondere, wenn Sie mit älteren Personen sprechen, die nicht diese Handy-Affinität haben? Sie sagen, ›du bist mir scheißegal Alter, komm zu Potte‹ – manche Leute brauchen lang, bis sie sich öffnen, und dann kommt unter Umständen viel, das müssen Sie ertragen. Außerdem erfährt man so doch einiges.«

»Aber was ist denn jetzt das gelegte Ei unter den Geschichten? Die wundersame Heilung der Amöbenruhr durch das Herumwedeln von Hühnerkrallen? Dass sich die Afrikaner untereinander beklauen? Dass der Nachbar ein schlampiger Rassist ist? Ich habe wirklich alles mitgekriegt«, beteuerte er erneut.

»Das bezweifle ich nicht, aber so können Sie niemanden befragen. Klar?«

»Mhm«, machte Villiers erneut, diesmal klang es kleinlaut.

»China, meine ich. Mir ist das nicht ganz klar, wieso die Afrikaner von ihrer eigenen Produktion auf diese chinesischen Sachen umgestiegen sind. Ndiaye wird mit China-Ware aus San Remo beliefert. Unter den wenigen Sachen, die Dia Malick hatte, war ein Kugelschreiber eines Asia-Restaurants im Suquet.« Er sah auf die Uhr. »Wollen wir da vielleicht gleich zu Mittag essen? Oder haben Sie jetzt eventuell schon eine andere Verabredung?«

»Nein, nein«, wehrte Villiers ab. »Und ich esse zur Abwechslung gern mal chinesisch.«

Das kleine Asia-Restaurant lag am oberen Teil des Altstadtviertels Suquet, dort, wo sich die enge Rue du Suquet mit den vielen winzigen Restaurantterrassen zu einem kleinen Platz hin öffnete. Trotz bestem Frühsommerwetter war nirgends viel los. Villiers und Duval warfen kurz einen Blick hinein, wo ihnen ein altersloser asiatischer Herr mit einer kleinen Verbeugung »Willkommen, willkommen« zurief und auf die freien Plätze im Innern des Restaurants wies. »Bitte!« Aber noch war die Frühsommersonne angenehm und so setzten sie sich nach draußen. Eine junge hübsche Asiatin nahm sogleich ihre Bestellung auf und Duval wartete auf Villiers übliche Charme-Offensive, aber sie blieb aus.

»Was ist denn mit Ihnen los? Habe ich es geschafft, Sie einzuschüchtern?«

»Ich überlege gerade«, sagte Villiers.

»Ich dachte, Sie seien multitasking«, gab Duval zurück, aber Villiers reagierte nicht.

Während sie warteten, sah Duval einen jungen hochaufgeschossenen Afrikaner in einer kleinen Seitenstraße verschwinden. Kurz darauf kam ein weiterer Afrikaner und bog ebenfalls in die kleine Straße ein. Dann aber kam bereits die Vorspeise und Duval widmete sich den kleinen Frühlingsrollen. Villiers angelte nach einer frittierten Crevette.

»Ermitteln wir jetzt eigentlich wegen Dia Malick oder Dia Amédé«, fragte Villiers kauend.

»Gute Frage.« Duval wickelte seine Frühlingsrolle in ein Salatblatt und tunkte sie in das kleine Schälchen mit würziger Soße. Dann biss er hinein und kaute eine Weile. »Ich weiß es selbst nicht. Ich habe das Gefühl, beide Fälle hängen zusammen.«

»Aber der Herzinfarkt ist doch jetzt nachgewiesen?«

»Ja, Gott sei Dank.«

»Aha.«

»Na ja, so ein Herzinfarkt kann ja auch von etwas ausgelöst werden, nicht wahr? Wenn jemand ein schwaches Herz hat und ihm widerfährt etwas, ein Schock, was weiß ich.«

»Sie meinen, die Chinesen-Mafia hat ihn ein bisschen erschreckt, weil er bei ihr Schulden hatte?«

»Sie sind gar nicht so dumm, Villiers.«

»Hm.« Villiers grinste. »Und dann schneiden die Chinesen auch noch dem Neffen den Hals durch, weil er nicht die Schulden seines Onkels bezahlen will? Das glaube ich jetzt weniger.«

Duval zuckte mit den Schultern. »Muss man sehen.«

Villiers schien weiterhin angestrengt nachzudenken, denn ganz gegen seine Gewohnheit sprach er nicht.

»Ich habe jetzt schon zwei Afrikaner und einen anderen Knaben in der Seitenstraße verschwinden sehen. Wollen Sie mal schauen, was es dort so gibt?«, schlug Duval Villiers vor. »Sie wirken vielleicht weniger *flic* als ich«, fügte er erklärend hinzu.

»Okay« Villiers stand auf. »Aber lassen Sie mir noch was übrig«, grinste er und verschwand.

Schon nach ein paar Minuten war er zurück. Ließ sich auf den Stuhl fallen und griff nach zwei der frittierten Teigtäschchen. »Ich denke, da ist ein Warenlager«, berichtete er. »Gleich neben der Küche des Restaurants gibt es ein Depot in einem ebenerdigen Kellerraum. An einer Tür klebt ein Zettel ›Société Souvenir, Groß- und Einzelhandel. Termine nach Vereinbarung‹. Und eine Telefonnummer. Hier«, er zeigte ein Foto, das er mit seinem Smartphone gemacht hatte. »Ich habe nur so ein bisschen von außen herumgeschaut, ich wollte nicht auffallen. Während ich dort stand, kam ein Afrikaner mit einem riesigen Karton heraus und schleppte ihn mit einer Sackkarre weg.«

»Aha.«

»Fassen wir mal kurz zusammen, was wir erfahren haben: Zunächst, Dia Malick war wirklich herzkrank, das wurde ja hin und wieder angezweifelt, nicht wahr?« Duval sah kurz in die Gesichter seiner Mitarbeiter, die sich zur Lagebesprechung in seinem Büro eingefunden hatten. Sie zumindest schienen keinen Zweifel gehabt zu haben. »Er reiste letztes Jahr vorzeitig nach Hause, weil sein Sohn verunglückt war, quasi am Vorabend wird bei den Afrikanern eingebrochen und Geld gestohlen. Dia Malick leiht sich vermutlich Geld, um seine Familie wie gewohnt versorgen zu können. Im Frühjahr kommt er zurück, vermutlich abgebrannt, und leiht sich erneut Geld. Bei Monsieur Richard und vielleicht auch noch anderswo. Vielleicht hat er auch Schulden bei diesem chinesischen Zwischenhändler, das müssten wir mal in Erfahrung bringen. Er versucht zu arbeiten wie alle Jahre, aber jetzt hat er, wie gesagt, ein Herzproblem. Vermutlich weiß er das schon eine Weile, die ersten Arztunterlagen stammen schon vom letzten Jahr und er hat deshalb seinen Neffen Amédé angeheuert, der ihm helfen, ihn vielleicht sogar ablösen soll. Familienbetrieb, so wie auch Ndiaye Massar das macht. Diese China-Afrika-Connection würde ich gerne mal näher unter die Lupe nehmen. Léa, können Sie mal schauen, was Sie da grundsätzlich rauskriegen?«

»Klar.« Sie nickte.

»Und Sie LeBlanc, versuchen Sie doch mal zu erfahren, was es mit dieser Société Souvenir im Suquet auf sich hat, ja? Sind die offiziell als Gesellschaft eingetragen, gibt's da schon was im System, na ja, Sie wissen schon, das Übliche. Und haben die eine Kundenkartei, stand vielleicht unser Dia Malick da drin oder Amédé?«

»Wird gemacht.« LeBlanc schnalzte mit der Zunge, dass es knallte. Irritiert sah Duval auf. Léa prustete los.

»Kaugummi«, erklärte LeBlanc verlegen, während er offensichtlich einen davon im Mund herumbewegte. »Nur so schaffe ich das mit der Diät.« Es war ihm sichtlich unangenehm.

Duval lachte kurz auf. Aber eigentlich tat ihm Michel LeBlanc leid, der wohl alles tat, um seiner Frau, die ihn bereits einmal verlassen hatte, zu gefallen. »Ihre Frau ist ein bisschen streng mit Ihnen, was Michel? Haben Sie denn Erfolg?«

»Ja, ja«, halb verlegen, halb stolz gab er zu, schon anderthalb Kilo in einer Woche abgenommen zu haben. »Es könnte noch mehr sein, aber ich laufe nicht genug«, gab er selbstkritisch zu. »Ich finde das alles schwer durchzuhalten«, seufzte er. »Der Kaffee fehlt mir schon sehr. Und ich hätte schon mal wieder Lust auf ein ordentliches Steak Frites und nicht immer nur Bulgur und gedünstetes Gemüse.«

»Warum ist denn der Kaffee verboten?«, erkundigte sich Duval.

»Detox«, gab Michel LeBlanc ernst und fachmännisch zurück.

»Ah.« Duval verstand es nicht, nahm es aber hin. »Und das Steak?«

»Auch Detox. Kein tierisches Eiweiß.«

»Oha.« Duval schwieg. Fleischverzicht würde keine Frau der Welt bei ihm durchkriegen. Selbst Annie nicht. Annie. Ein schmerzhaftes Sehnen durchfuhr ihn, als er an sie dachte. Er hatte nichts mehr von ihr gehört. Sie fehlte ihm. Ich mache wohl gerade Annie-Detox, dachte Duval. Vielleicht fühlte er sich wegen dieser leichten schmerzhaften Leere in seinem Inneren Michel LeBlanc näher als sonst. »Wir waren neulich mit Villiers in einem kleinen Bistro essen«, erzählte er ihm. »Nichts Besonderes wirklich, aber sie machen gute traditionelle Küche, so ein bisschen wie früher im *Pacific*. Und große Portionen. Das Steak, das Villiers bestellt hatte, war beeindruckend. Vielleicht kommen Sie das nächste Mal mit. Eine Ausnahme. Brauchen Sie Ihrer Frau ja nicht zu erzählen«, schlug Duval freundlich vor.

»So? Hm, vielleicht.« LeBlanc schien hin- und hergerissen. Er kaute nervös auf seinem Kaugummi. »Mal sehen.«

»Also, man kann, glaube ich, mit Fug und Recht sagen, die Chinesen sind die neuen Kolonialherren Afrikas«, beschloss Léa Leroc anderntags ihre Ausführungen. Sie hatte sich sichtlich durch viel Material gearbeitet und war ganz durchdrungen von ihrem Thema.

Ganz langsam hatten die Investitionen Chinas in Afrika begonnen, berichtete sie, aber seit der Jahrtausendwende hat sich das chinesisch-afrikanische Handelsvolumen verzwanzigfacht. China hat die alten Handelspartner Afrikas, Frankreich, Großbritannien oder die USA, schon lange hinter sich gelassen. Sprach man früher von *la Franceafrique*, wenn man auf alte und neue Beziehungen der ehemaligen Kolonialmacht in Afrika anspielte, so sprach man jetzt von *la Chinafrique*. Wobei China den ungeheuren Vorteil hatte, keine ehemalige Kolonialmacht zu sein, sondern ein sich rasant entwickelndes Drittweltland, das den Afrikanern angeblich in »echter« Freundschaft zur Seite stand, um es ebenso voranzubringen. Man betrachte Afrika als gleichwertigen Partner. So lautete zumindest der offizielle Sprachgebrauch. Und China kleckerte nicht mit seiner Unterstützung, sondern klotzte. Es investierte in die Infrastruktur, baute auch zu den abgelegensten Dörfern Straßen durch den roten Wüstenstaub, erneuerte die maroden Eisenbahnlinien, errichtete riesige Sportstadien, Krankenhäuser, Luxushotels und Strandpromenaden, baute Präsidentenpaläste, versorgte den Kontinent mit einem Telefonnetz und lieferte gleichzeitig die Telefone. Außerdem erließ man den afrikanischen Staaten großzügig Schulden, gewährte hingegen ebenso großzügig neue Kredite und all das, ohne ständig auf politische Bedingungen zu pochen. Die einzige politische Forderung Chinas war, das kleine Taiwan nicht anzuerkennen. Das wiederum stellte für keinen afrikanischen Staat auch nur das geringste

Problem dar. Aber weder Rechtsstaatlichkeit noch Korruptionsbekämpfung, eine verbindliche Schulbildung oder gar der Schutz der Menschenrechte wurden eingefordert. Die Chinesen mischen sich nicht in innere Angelegenheiten. Was sie für afrikanische Despoten zu einem sehr viel angenehmeren Kooperationspartner machte als die westlichen Staaten, die, zumindest auf dem Papier, auf allerlei Konditionen beharrten. Außerdem brachte das chinesische Leitbild eine Alternative zu den westlichen Demokratien nach Afrika. Mehr Wachstum und weniger Freiheit schien plötzlich auch eine Möglichkeit zu sein. Auch kulturell löste China den Westen zunehmend ab: Man hatte eine staatliche Nachrichtenagentur gegründet und unterhielt heute mehr Nachrichtenbüros in Afrika als die westlichen Staaten. »Und«, sagte Léa Leroc gerade, »sie haben mehr und mehr Zuschauer, da sie auf die üblichen Katastrophenberichte verzichten, sondern ausschließlich gute Nachrichten aus Afrika verkünden. Und China wird dort natürlich als der ›wahre Freund‹ gefeiert. Bislang sind die Chinesen also sehr beliebt. Dass das aufstrebende China, das einen ungeheuren Bedarf an Erdöl und Bodenschätzen hat, sich auf dem afrikanischen Kontinent so ganz nebenbei sämtliche Rechte daran gesichert hat, stört bislang nur wenige. Alle sehen nur, dass es rasant aufwärtsgeht. Die Chinesen, die sich zum Arbeiten in Afrika niederlassen, sind fleißig und zäh und sehr diskret. Einerseits kommen ausgebildete Ingenieure und Techniker, aber eben auch viele kleine Leute, aus verarmten chinesischen Provinzen, für die eine Auswanderung nach Afrika die Hoffnung auf eine bessere Zukunft ist.« Sie hielt kurz inne. »Interessant ist, dass sie die Zukunft ganz langfristig planen, wenn ich das richtig verstanden habe. Nicht unbedingt für sich, sondern für ihre Kinder. In Afrika könnten sie, anders als in China, wieder mehr Kinder haben, die sie dort auf eine französische Schule schickten, und von dort kämen sie irgendwann in Europa an.« Sie machte eine Pause. »Nun ja, diese kleinen Leute eröffnen dann häufig Läden voller bunter und billiger chinesischer Waren. Von Haushaltsgegenständen wie Emailleschüsseln oder Geschirr über Plastikblumen und Spielwaren bis hin zu bunten Kleidern und Schuhen gibt es alles, was das Herz begehrt. Sie bieten sogar Holzschnitzereien und Kunsthandwerkliches an, das aussieht wie aus Afrika, aber es ist *made in China*. Und jetzt kommt's!«, sagte sie, »*das* ist das Entscheidende, alles ist so günstig, dass die Afrikaner das Gefühl haben, plötzlich eine stärkere Kaufkraft zu haben. Also kaufen sie die in China hergestellte Massenware. Und dass sie sich damit den eigenen traditionellen Handwerksmarkt zerstören, haben sie bislang noch nicht realisiert.« Sie machte ein ernstes Gesicht. »Das bedeutet nämlich für unsere Afrikaner, sie kaufen jetzt billiger chinesische Holzschnitzereien als afrikanische. Das muss man sich mal vorstellen!« Sie sah empört in die Runde. »Aber wisst ihr was? Bei uns ist es keineswegs besser! Ich habe gestern beim Einkaufen mal drauf geachtet, wo alles herkommt. Das hat mich schockiert, muss ich sagen. Alles kommt aus China! Alles! Und nicht nur dieser Haushaltskram aus Plastik, damit habe ich fast gerechnet, Spülbürsten, Plastikschüsseln, Teller, Gläser und Besteck und so weiter. Nein, alles andere auch! Sämtliche Küchenmaschinen sind in China produziert. Wasserkocher, Kaffeemaschinen, Brotbackautomaten. Einfach alles. Es ist verrückt. Selbst wenn es Waren französischer Firmen sind, letztlich ist nur noch der Name französisch. Hergestellt wird in China. Wenn man anfängt, auf diese Etiketten zu schauen, wird man ganz krank. Alles! Ich war gestern wie im Rausch, ich wollte unbedingt in Frankreich hergestellte

Dinge finden und bin dabei über die *Tropéziennes* gestolpert.« Sie machte eine dramatische Pause. »Na, *das* hat mich erschüttert! Sogar wirklich typische französische Dinge kommen aus China. *Les Tropeziennes!* Könnt ihr euch das vorstellen? Ich war fassungslos.« Sie schüttelte den Kopf.

»Die *Tartes Tropéziennes*? Echt? Wie machen sie das denn?« Michel LeBlanc war offensichtlich beeinträchtigt von seiner Diät.

Léa kicherte. »Du denkst nur noch ans Essen, Michel, wird Zeit, dass du mit der Diät aufhörst«, sagte sie und tätschelte ihm leicht den Arm. »Soll ich mal mit deiner Frau sprechen?«

»Ah.« Michel LeBlanc schwieg verschämt, aber er wusste offensichtlich nicht, von was Léa sprach.

»Oh, ich bin sicher, sie könnten auch die Torten machen«, grinste Léa jetzt, »die würden sie dann einfliegen.«

»Was jetzt?« Michel LeBlanc sah sie verständnislos an. »Machen sie die Torten oder nicht?«

»Michel!« Leá verdrehte die Augen. »*Les Tropéziennes*, nicht *la Tarte Tropézienne*«, erklärte sie langsam und deutlich, aber sie sah ihm an, dass er immer noch nicht wusste, wovon sie sprach. »Die Sandalen, Michel! Ich rede von diesen flachen Riemchensandalen aus St. Tropez. Alle Mädchen tragen die im Sommer. Schon immer!«

»Ach so, die«, LeBlanc winkte verärgert ab, »sag das doch gleich.«

»Was ich damit sagen will, ist, dass es in China produzierte Sandalen gibt, die aussehen wie die *Tropéziennes*, und sie kosten einen Appel und ein Ei! Heißen tun sie natürlich nicht so, denn immerhin der Name ist geschützt. Die echten *Tropéziennes* werden immer noch in Handarbeit vor Ort gefertigt. Sind natürlich deutlich teurer, denn es ist eine ganz andere Qualität. Aber den Touristen an der Côte d'Azur ist das vermutlich egal, die wollen nur den Look von St. Tropez und wenn man den auf einem Markt für 39 Euro haben kann, anstelle von 159, im Laden, dann umso besser. Oh Mann, es kotzt mich wirklich an. Ich habe echt keine Lust mehr, irgendwas zu kaufen. Nicht mal Klamotten.«

Villiers nickte beifällig, grinste dabei aber frech von einem Ohr zum anderen.

»Was?«, fragte sie. »Was gibt's da zu grinsen?«

»Als würdest du besonders viele Klamotten kaufen, Léa. Ich sehe dich jahrein, jahraus in denselben Jeans und denselben T-Shirts.«

»Na, umso besser! Ich bin für Nachhaltigkeit und nicht für diesen Wegwerfkonsum. Und dieses Hemd«, sie zeigte auf ihr jeansblaues Hemd, »habe ich dann gestern ganz bewusst bei einem Schneider gekauft, an dessen Laden ich immer vorbeilaufe. Ich wäre da sonst nie reingegangen, glaube ich. Es war gar nicht so teuer, ich war richtig überrascht, und ich trage es jetzt richtig gerne und ich werde es tragen, solange es geht«, schloss sie mit einem gewissen Stolz ihren Diskurs.

»Wenn es alle so machten, würde die Wirtschaft den Bach runtergehen«, bemerkte Villiers trocken.

»Was für ein Mist, Noah! Welche Wirtschaft denn? Die der Nähsklavinnen in Bangladesch und China? Na vielen Dank. Ich bin froh, zu wissen, dass ich das nicht unterstütze, sondern den Schneider an der Ecke, der übrigens aus Argentinien eingewandert ist, vor Jahrzehnten allerdings, als es dort politisch nicht so sicher war.«

Duval seufzte leise. Léa und Annie würden sich bestimmt gut verstehen. Annie. Es gab ihm erneut einen Stich. Ob sie zurück in die Berge gefahren war? Oder etwa zu diesem

Hervé? Diesen Typen hatte er ganz aus den Augen verloren. Duval versuchte, sich zu konzentrieren. Léa diskutierte immer noch mit Villiers. Duval räusperte sich. »Sehr schön, Léa«, unterbrach er sie. »Das freut mich, dass Ihre berufliche Recherche sich so unmittelbar auf Ihr privates Konsumverhalten auswirkt. Können wir jetzt wieder zum Thema zurückkommen, bitte?«

»Ja, natürlich, ich wollte nur zeigen, dass diese Art, den heimischen Markt zu überschwemmen, auch bei uns läuft. Die chinesische Ware ist so billig. Unfassbar billig. Darf ich schnell noch was zu den Preisen sagen?« Sie wartete eine Antwort nicht ab. »Das habe ich von einer Webseite, ›Made in China‹. Die verkaufen zum Beispiel Schuhe schon für ein paar Euro! Oder Flipflops, die kosten weniger als ein Euro. Man muss zwar mindestens 1000 Paare abnehmen. Aber sie kosten dennoch so gut wie nichts! Nichts! Hergestellt wird das nämlich in irgendwelchen Fabriken in superarmen Regionen von China, wo die Menschen froh sind, ein paar Pfennige verdienen zu können, zusätzlich zu ihrem Reisanbau, oder was sie sonst so machen. Und ganz Afrika läuft heute schon in billigen chinesischen Flipflops herum und junge afrikanische Mädchen finden es schick und modern, chinesische Mode zu tragen, anstelle der traditionellen afrikanischen Kleider oder gar der abgelegten Secondhand-Klamotten aus Frankreich oder Deutschland, die noch immer den afrikanischen Markt überschwemmen. *Das* will dort wirklich keiner mehr.« Sie schnaufte. »Aber, und das ist das Entscheidende, der inländische Handwerksmarkt, in Afrika wie bei uns, geht kaputt dadurch!«

»Gut, danke schön, Léa«, beschloss Duval. »Wie immer sehr engagiert.« Sie lächelte leicht. »Also, mir war das vorher nicht so klar, dass die Chinesen schon so präsent auf dem afrikanischen Kontinent sind. Und dass man afrikanische Holzschnitzarbeiten, made in China, kaufen kann …« Er verzog das Gesicht. »Dieser Handel mit chinesischen Waren existiert also bereits in Afrika und wird hier in Frankreich oder in Italien oder meinetwegen in Spanien einfach so weitergeführt. Man kauft entweder direkt *en gros* aus China, geht ja alles via Internet, wenn ich es richtig verstanden habe …«, er blickte zu Léa, die bestätigend nickte, »und man stapelt entweder riesige Mengen in einem Depot und verkauft das dann *peu à peu* auf Märkten oder man macht einen Zwischenhandel auf und verkauft kleinere Mengen für ein paar Cents teurer an die, die keinen Platz haben, tausend Paar Schuhe zu lagern oder Hüte oder was weiß ich. Wie etwa unsere Afrikaner, die zu fünft in zwei Zimmern leben und dort nur begrenzt Platz haben. Die Chinesen haben ihre großen Handelszentren in Paris, Marseille oder nebenan in Italien in Genua, Venedig und San Remo und in jeder mittleren Stadt und wir haben sogar einen Zwischenhändler in Cannes. Was haben Sie denn über die Société Souvenir herausgefunden, Michel?«

»Die sind korrekt eingetragen als kleine Import-Exporthandelsgesellschaft, allerdings ohne Ladengeschäft. Scheint sauber. Bislang keine besonderen Vorkommnisse. Ich habe dort angerufen und so getan, als wollte ich Ware kaufen, da hat man mir eine Internetseite genannt, auf der ich die Ware auswählen und bestellen kann. Habe ich mir angesehen: Hüte, Schuhe, Sonnenbrillen, Modeschmuck und Kleidung, so wie es Léa gerade erzählt hat, und was man hier bei den Straßenhändlern so sieht. Bezahlt wird bei Abholung. Ich habe gefragt, ob ich per Scheck bezahlen kann. Scheck oder Bargeld hieß es. Keine Karte. Ich habe mir überlegt, ob wir etwas bestellen sollten, es dann bar bezahlen und schauen, ob wir es ohne Rechnung kriegen können.«

»Na, bei Erstkunden sind sie sicher vorsichtig, selbst wenn sie das praktizieren«, warf Duval ein. »Und wie viele Hundert Regenschirme wollen Sie denn auf diese Art kaufen?«

»Es gibt keine Mindestmenge.«

»Na ja«, machte Duval ablehnend. »Wenn wir einen Verdacht haben, dass deren Bücher nicht in Ordnung sind und es außerdem irgendetwas mit unserem Toten zu tun hat, dann gehen wir konkret mit einem Durchsuchungsbescheid hin, würde ich meinen.«

»Hm.« LeBlanc schien enttäuscht.

»Wissen Sie denn, ob Dia Malick dort Kunde war?«

»Äh nein, noch nicht.«

»Dann klären Sie das doch noch.«

»Warum sollte Dia Malick denn eigentlich in Cannes bei den Chinesen Ware kaufen, wenn sein Mitbewohner die gleiche Ware über einen Bruder aus San Remo beziehen kann? Wäre es nicht geschickter gewesen, sich mit dranzuhängen?«, grübelte Léa Leroc laut. »Ich vermute mal, dass selbst die Lieferung aus Italien billiger kommt als der Kauf in Cannes beim Chinesen, sonst würden sie es ja nicht machen.«

»Bestimmt ist es billiger. Eine Garage in Cannes zu mieten, kostet selbst in einer dunklen Seitengasse im Suquet bestimmt 100 Euro monatlich, die Kosten muss man ja auf die Ware aufschlagen und die Chinesen wollen ja auch etwas verdienen.«

»Ja, da sollten wir Ndiaye Massar noch mal befragen«, meinte Duval nachdenklich.

»Commissaire, wir haben hier eine junge Frau, die sagt, sie sei die Verlobte des toten Schwarzen, wegen dem Sie ermitteln, wenn ich es recht verstanden habe. *Dschamédé*, sagt Ihnen das was?« Fabienne Alesi, die stämmige Blonde mit der rauen Stimme, hatte Dienst am Empfang. Die ruppige Beamtin klang für ihre Verhältnisse geradezu weich.

»Dchja Amédé«, verbesserte Duval ganz professionell. »Richtig.«

»Können wir sie hochschicken?«

»Sicher. Ich nehme sie am Aufzug in Empfang.«

Als sich die Aufzugtüren öffneten, blinzelte Duval kurz. War es das Licht im Aufzug? War sie umgeben von Licht? Er hatte das Gefühl, eine übersinnliche Erscheinung zu haben. Was sah er nur für seltsame Dinge in letzter Zeit. Sicher war, selten hatte er so viel Sanftmut und Schönheit in einem jungen Mädchen gesehen: Aufrecht stand sie da, schmal, aber durchaus weiblich, hatte ihr fast weißblondes Haar zu einem lockeren Knoten aufgesteckt und sah ihn mit einem offenen, entschlossenen Blick an. Aber Duval sah auch die Traurigkeit in ihren rot geweinten Augen. Offensichtlich hatte sie sogar eine Frau wie Fabienne, die nicht leicht zu beeindrucken war, sanft stimmen können.

»*Mademoiselle*«, begrüßte er sie und führte sie in sein Büro. »Ist Léa in der Nähe?«, fragte er Emilia, die zweifelnd die Schultern hob. »Sonst LeBlanc oder Villiers.«

»Setzen Sie sich doch, *Mademoiselle* …«

»Grosjean, Flavie Grosjean.«

»Mademoiselle Grosjean, möchten Sie einen Kaffee?«

Sie schüttelte den Kopf. »Ein Glas Wasser vielleicht.«

Duval zog am blubbernden Wasserspender einen Becher gekühltes Wasser. Am Ende des Flurs sah er Léa auftauchen und machte ihr ein Zeichen. Sie nickte. Wenig später erschien sie und setzte sich an den zweiten Tisch in Duvals Büro. »Commandant Leroc – Mademoiselle Grosjean«, stellte Duval sie einander vor. Flavie Grosjean sah Léa Leroc kurz an und nickte, als wollte sie sagen »ist mir genehm«.

»Mademoiselle Grosjean, lassen Sie uns bitte erst die Personalien aufnehmen.«

»Flavie Grosjean, geboren am 14. März 1992 in Avignon, ich wohne in Cannes, in der Avenue de La Croix des Gardes. Dort ist das Haus meiner Eltern«, gab sie folgsam Auskunft. Sie sprach langsam. Auch ihre Stimme klang angenehm warm und weich.

»*La Croix des Gardes*. Schön dort. Ich laufe da hin und wieder«, erzählte Duval.

Sie lächelte. »Ja, aber das Haus meiner Eltern liegt nur ganz am Rand des Naturschutzgebiets.«

»Sie sind Französin?«

»Ja.«

»Gut. Wenn Sie uns nun berichten möchten, weshalb Sie heute hier sind«, forderte Duval sie auf.

»Ich komme wegen Amédé Dia, oder *Dchja* Amédé, wie er sagen würde.« Ihr Lächeln war traurig. »Ich dachte, vielleicht hilft es Ihnen irgendwie bei Ihrer Arbeit, wenn ich Ihnen von uns erzähle.«

»Wie ist denn Ihr Verhältnis zu Dia Amédé?«

»Wir sind verlobt.« Sie atmete kurz aus. »*Waren* verlobt.«

»Verlobt«, wiederholte Duval. »Das ist ja ein etwas altmodischer Begriff. Sie waren seine Freundin?«

»Wir waren verlobt, wir wollten heiraten.« Sie sagte es ruhig und entschieden.

»Tatsächlich.« Duval ärgerte sich über sich selbst. Warum war man als Polizist so derart voreingenommen, dass man bei der Vorstellung, dass ein junges blondes Mädchen, offensichtlich aus gutem Haus, sich mit einem ebenso offensichtlich armen Afrikaner verheiraten wollte, sofort an Betrug glaubte? An eine Scheinehe, die nur dem Zweck diente, dem afrikanischen Mann französische Papiere zu beschaffen? Dass man zumindest an den lauteren Absichten des Mannes zweifelte?

»Ja, tatsächlich«, wiederholte Flavie Grosjean ruhig, aber Duval hörte eine ganz leichte Verärgerung in ihrer Stimme. »Was ist los mit dieser Welt, dass niemand mehr an eine echte Liebe glauben kann?« Ihre Frage klang nicht vorwurfsvoll, eher enttäuscht. »Wir haben uns geliebt!« Sie betonte jedes Wort.

Duval erwiderte nichts. Sie zumindest glaubte, was sie sagte.

»Was machen Sie beruflich?«, fragte er dann.

»Momentan nichts, aber ich habe die Hotelfachschule in Nizza absolviert.« Sie schwieg kurz. »Meine Eltern sind beide Architekten. Ebenso mein Bruder, es war so gut wie ausgemacht, dass auch ich Architektin werden sollte, aber es hat mich nie interessiert und ich hatte keine Lust, mit meinen Eltern zu arbeiten oder das Büro später mit meinem Bruder weiterzuführen. Ich bin auch sowieso nicht begabt, glaube ich, sehr zur Enttäuschung meiner Eltern.« Sie neigte den Kopf leicht zur Seite. »Ich bin wohl überhaupt eine Enttäuschung für meine Eltern. Keine Architektin, keine standesgemäße Beziehung ...«

»Sie und Amédé wollten also heiraten«, nahm Duval den Faden wieder auf.

»Ja. Aber es ist zermürbend mit den Papieren, das kann ich Ihnen sagen. Es ist so gut wie unmöglich geworden, in Frankreich einen Nicht-Europäer heiraten zu wollen. Theoretisch geht es natürlich, aber in der Realität wirft einem das Standesamt ständig Steine in den Weg. Wir hatten vor, nach Afrika zu gehen und dort zu heiraten.«

»Und dann?«

»Und dann …« Sie zuckte mit den Achseln. »Keine Ahnung. Wir wollten einfach in Ruhe zusammen sein. Ich habe ein bisschen Geld, davon hätten wir eine Weile gut leben können. Oder wir hätten vielleicht ein Hotel aufgemacht, damit kenne ich mich ja ein bisschen aus. Nichts Großes, ein kleines einfaches Hotel.«

»Und Amédé wollte das auch?«

»Ja. Ob Hotel oder nicht Hotel, er wollte vor allem dieses erbärmliche Leben hier nicht, diese Enge in einem afrikanischen Männerclan, wo einem ein Onkel vorschreibt, wie man zu arbeiten und zu leben hat. Jeden Tag mit einer großen Plastiktüte herumlaufen und sich von blöden Touristen erniedrigen lassen, nur, damit sie einem vielleicht gnädig eine Sonnenbrille abkaufen. Amédé war zu stolz und zu frei dafür. Er hat das nicht ausgehalten. Er wollte etwas anderes machen.«

»Damit war sein Onkel sicher nicht einverstanden?«

»Nein. Niemand war einverstanden. Weder meine noch seine Familie, oder sagen wir, sein Clan hier, der in gewisser Weise seine Familie repräsentiert. Es war ein bisschen wie in ›Romeo und Julia‹.« Sie lächelte traurig. »Und nach dem Tod seines Onkels haben die Afrikaner ihn bearbeitet, dass er dessen Nachfolge antreten und die afrikanische Familie im Senegal unterstützen müsse. Das sei jetzt seine Pflicht. Er wollte es nicht, aber die Familie ist alles in Afrika. Man ist nichts ohne die Familie und man gibt alles für sie. Ein individuelles Leben, so wie wir das kennen, ist nicht vorgesehen. Für Amédé war das ein großer Konflikt. Ich konnte das anfangs nicht richtig verstehen.« Sie machte eine Pause. »Ich glaube jetzt, der Konflikt war für ihn viel größer, als ich es mir vorstellen konnte.« Sie seufzte. »Sie haben ihm verboten, mich zu sehen!«, sagte sie dann empört. »Mich haben sie verjagt, wenn ich ihn sehen wollte. Ich solle ihn in Ruhe lassen, ich sei nicht gut für ihn, haben sie gesagt. Sie behaupteten, er wohne nicht mehr bei ihnen und auf jeden Fall wolle er mich nicht mehr sehen und was sie mir nicht noch alles erzählt haben.« Traurigkeit und Fassungslosigkeit, dass man an ihren ernsten Absichten habe zweifeln können, lagen in ihren Worten. »Sie haben sogar versucht, ihn zu *entzaubern*. Als sei ich eine Hexe.«

»Na, also das«, sagte Duval leise, »das sind Sie sicher nicht.« Er sah das liebliche junge Mädchen an, dessen Wangen sich leicht gerötet hatten. Er musste sich zusammenreißen, um ihr nicht tröstend etwas Charmantes zu sagen. Gott sei Dank war Leroc anwesend.

Flavie Grosjean lächelte dankbar.

»Sie wissen, wie Amédé ums Leben gekommen ist?« Er hoffte sehr, dass er ihr die Bilder ersparen könnte.

»Ja.« Sie senkte die Augen. »Stand ja groß in der Zeitung.« Sie atmete tief und sah ihn dann wieder offen an.

Was für ein tapferes Mädchen sie war. Er war beeindruckt von der erstaunlichen Fassung, mit der sie dies alles ertrug. Keine Tränen, kein Lamentieren.

»Mademoiselle Grosjean, was meinen Sie, wer könnte einen Grund gehabt haben, Amédé so zu töten?«

»Keine Ahnung. Ich weiß nur, dass er Angst gehabt hatte, nachdem man seinen Onkel getötet hatte. Aber ich weiß nicht, weshalb oder vor wem. Ich sagte ihm, dass er zur Polizei gehen solle, wenn er etwas wüsste, aber das wollte er nicht.«

»Er hatte Angst?«

»Ja, er hat sich große Sorgen gemacht. Aber er wollte mir nicht sagen, warum. Und zur Polizei wollte er auch nicht. Ich habe ihm vorgeschlagen, ihn zu begleiten. Sein Französisch war nicht sehr gut, wissen Sie.«

»Aber das hat er abgelehnt.«

»Ja.«

»Und Sie wissen nicht, weshalb er sich Sorgen machte?«

»Nein. Ich dachte sogar, dass die Afrikaner ihn mit ihrer Zauberei völlig irre gemacht, ihm die Ruhe geraubt hatten. Er war vorher immer so gut gelaunt und so gelassen. Das mochte ich so an ihm.« Sie lächelte traurig.

»Sie erwähnten den Tod seines Onkels ...«

»Ja, danach hat es angefangen. Ich glaube, er hatte Angst, dass die, die seinen Onkel getötet hatten, auch ihn töten würden.«

»Aber Dia Malick, Amédés Onkel, ist nicht ermordet worden.«

»Wie bitte?«

»Nein. Er ist an einem Herzinfarkt gestorben.«

»*Ah bon?*« Flavie Grosjean sah Duval verwirrt an. »Wirklich?«, fragte sie nach.

»Das wussten Sie nicht?«

»Nein, woher hätte ich das denn wissen sollen? Ich weiß nur, dass sein Onkel tot irgendwo am Strand gefunden worden ist. Ich dachte ...«, sie zögerte plötzlich.

»Ja?«

»Na, ich dachte, jemand hätte ihn überfallen und getötet.«

»Mademoiselle Grosjean, haben Sie irgendeine Ahnung, warum Dia Malick an diesem Abend am Bijou Plage war?«

Sie war perplex. »Er war am Bijou Plage? Dort ist er ...«, sie zögerte, »ums Leben gekommen?«

Duval nickte bestätigend.

Flavie Grosjean sah Duval mit großen Augen an. »Nein«, sagte sie langsam. »Nein, das weiß ich nicht.«

Irgendetwas wusste sie, Duval war sich sicher, aber sie war ganz plötzlich merkwürdig stumm geworden. »Das ist schon alles, mehr weiß ich nicht«, behauptete sie und beendete ihre Aussage abrupt. »Es war vielleicht dumm von mir zu kommen, nur um Ihnen zu erzählen, dass ich die Verlobte von Amédé bin. Aber vorhin schien es mir wichtig.«

»Alles ist wichtig, Mademoiselle, vielen Dank, dass Sie gekommen sind. Und wenn Ihnen noch etwas einfallen sollte ... manchmal kommen einem Dinge ja auch erst später in den Sinn, das ist ganz normal, dann würde ich mich freuen, wenn Sie uns informieren würden. Sie wissen ja, wo Sie uns finden, und ich gebe Ihnen hier noch meine Karte, für alle Fälle. Verbleiben wir so?«

»In Ordnung.« Sie nahm die Visitenkarte an sich. »Auf Wiedersehen«, sagte sie dann sehr höflich und reichte ihm die Hand. Ihr Blick aber war ausweichend.

»Die weiß doch etwas«, sagte Leroc.

»Ja«, bestätigte Duval.

»Warum haben Sie sie nicht ein bisschen bearbeitet?«

»Sie wird wiederkommen. Sie ist intelligent und aufrichtig. Ich glaube, sie braucht nur etwas Zeit.«

»Hm«, Léa Leroc schien nicht überzeugt. »Der Vater des Mädchens könnte jemanden gebeten haben, den Liebhaber seiner Tochter um die Ecke zu bringen«, schlug sie dann vor.

»Möglich«, stimmte Duval zu.

»Oder«, Léa hatte noch eine andere Idee, »es war Amédés eigene Familie, also ich meine, die afrikanische Bruderschaft, weil Amédé sich nicht fügen wollte.«

In Duvals Kopf blitzte erneut das Trugbild des Tiere schlachtenden Afrikaners auf, das er neulich gehabt hatte. Sollte das eine Vision gewesen sein? »Hm«, machte er zweifelnd. »Und sie töten einen potenziellen Familienernährer? Die Familie hat doch schon Dia Malick verloren. Das kann ich mir eigentlich nicht vorstellen.«

»Vielleicht so eine Art Ehrenmord für religiös und moralisch Abtrünnige.«

»Lassen Sie es uns erst mal bei der Architektenfamilie versuchen.«

7

Das Anwesen der Familie Grosjean lag hinter hohen, perfekt beschnittenen Hecken. Langsam und lautlos öffnete sich das zweiflügelige Tor und auf einem geschwungenen Weg fuhr man unter ausladenden Pinien auf ein trutziges Steinhaus zu. Kurz davor teilte sich der Weg. »Büro« stand auf dem Wegweiser, der nach rechts zeigte, aber die Eingangstür der burgartigen Villa öffnete sich bereits.

Höflich plaudernd führten Monsieur und Madame Grosjean die beiden Polizisten außen am Haus vorbei und über eine Treppe hinauf auf die weit ausladende Terrasse, die von einem großen Pool begrenzt wurde. Der Blick von dort auf das Meer war umwerfend.

Das Schwimmen in diesem Pool musste ein fantastisches Vergnügen sein. Allerdings wirkte er merkwürdig unberührt, ebenso wie die weiße Sitzgruppe und der lange gläserne Esstisch unter den perfekt angebrachten Sonnensegeln. Alles schien neu, tadellos gruppiert und dekoriert, als warte man nur auf den Fotografen, der Aufnahmen für eines der edlen Lifestyle-Hochglanzmagazine machen würde.

»Wundervoll!« Duval spürte, dass ein paar höfliche Worte zum edlen Luxus, den man ihnen mit einem bemühten Understatement präsentierte, gern gehört wurden.

»Ja, wir sind ganz zufrieden«, bestätigte Monsieur Grosjean und blickte mit Besitzerstolz um sich. »Nicht wahr, Véronique?«

»Ja.« Die Bestätigung, obgleich sie selbstverständlicher nicht sein konnte, wirkte bemüht. Madame Grosjean schien angestrengt. Sie trug einen kleinen gelockten Hund auf dem Arm und verbarg ihre Augen hinter einer großen Sonnenbrille.

»Setzen Sie sich doch, möchten Sie etwas trinken?« Monsieur Grosjean gab sich betont locker, Madame Grosjean schien allerdings zu erstarren bei dieser Frage. Eine Bewirtung war sicher nicht vorgesehen.

Duval verneinte höflich und Léa Leroc schüttelte ebenfalls den Kopf. Madame Grosjean wirkte erleichtert und setzte sich nun vorsichtig in einen der weißen ausladenden Sessel. Ihren Hund ließ sie dabei nicht los.

»Wie ich Ihnen schon am Telefon sagte«, begann Duval, »es geht um den ermordeten Verlobten Ihrer Tochter, Dia Amédé …«

»Verlobt! Ich bitte Sie!«, unterbrach Monsieur Grosjean. »Das ist doch etwas übertrieben, finden Sie nicht?«

»Ich wiederhole nur die Worte Ihrer Tochter.«

»Ach«, er winkte ab. »Wo sind wir denn? Verlobung. Lächerlich. Eine Liebelei, ein Sommerflirt, ein Abenteuer, wenn Sie so wollen.«

»Ihrer Tochter schien es sehr ernst zu sein.«

»Meine Tochter ist noch sehr jung, Commissaire! Und sie ist sehr idealistisch. Das spricht alles für sie, aber seien wir doch ehrlich bitte. Sie und ich, wir kennen doch das Leben …«

»Was meinen Sie?«

Monsieur Grosjean sah ihn verärgert an. »Sprechen wir es offen aus: Sie hat sich von einem schwarzen Gigolo verführen lassen, der nichts anderes will als ihr Geld und einen französischen Pass. Ins Bett mit ihr will er natürlich auch. Das wollen sie ja alle.« Monsieur Grosjean sah so aus, als wolle er ausspucken. »Allein die Vorstellung widert mich an.«

Madame Grosjean seufzte und streichelte nervös ihren Hund.

»Ihre Tochter und Dia Amédé hatten die Absicht zu heiraten.«

»Da sei Gott vor!«

»Kannten Sie den jungen Mann?«

»Um Gottes willen!« Jetzt brach es aus Madame Grosjean heraus. »Ich meine, es gibt Grenzen.«

»Wissen Sie, dass Amédés Familie ähnlich auf die Verbindung reagiert hat?«

»Ach ja?« Madame Grosjean wusste nicht, ob sie darüber erleichtert oder gekränkt sein sollte. »Na, umso besser«, meinte sie dann.

»Verstehen Sie uns nicht falsch. Wir sind nicht rassistisch«, versuchte Monsieur Grosjean zu relativieren. »Wir haben nichts gegen Schwarze. Überhaupt nicht. Solange sie hier arbeiten können und wollen, bitte sehr. Wenn ich es richtig verstanden habe, ist der Lebensmittelpunkt dieser Menschen in Senegal. So weit völlig in Ordnung. Aber das sind doch zwei Welten!«

»Und es sind *Muslime*!« Madame Grosjeans Ton war dramatisch.

»Ja«, gab Duval zurück. »Und wohl sehr fromme Menschen.«

»Sehen Sie!« Madame Grosjean schien ihn hinter den dunklen Brillengläsern zu fixieren. »Wir werden doch nicht zulassen, dass unsere Tochter als Drittfrau verschleiert in irgendeinem Kral verschwindet!«

»Véro!« Monsieur Grosjean versuchte seine Frau zu beruhigen.

»Es ist doch wahr, Georges!«

»Sie waren also strikt gegen die Beziehung Ihrer Tochter zu Amédé?«

»Absolut.«

»Dann sind Sie jetzt sicher erleichtert? Jetzt, wo der junge Mann tot ist.«

Die Grosjeans waren sichtlich unangenehm berührt von Duvals Direktheit. »Nun, erleichtert ist sicher nicht das richtige Wort, oder sagen wir …«, Georges Grosjean stockte.

»Für Flavie ist es natürlich erst einmal ganz schrecklich«, meinte Véronique Grosjean, um Empathie bemüht.

»Sie wird darüber hinwegkommen«, meinte Georges Grosjean kühl. Dann gab er sich einen Ruck: »Herrgott, sagen wir es doch. Ja, wir sind erleichtert! Das wären Sie auch an unserer Stelle!«

Duval nahm die Fotos des ermordeten Toten aus einem Umschlag und legte sie auf den makellos weißen Couchtisch. »Sie wissen, wie er ums Leben gekommen ist, der junge Mann?«

Véronique Grosjean warf aus den Tiefen ihres Sessels nur einen sehr vorsichtigen Blick auf die Fotos und wandte sich angewidert ab. Georges Grosjean bemühte sich um etwas mehr Mut. Entschlossen nahm er die Fotos in die Hand, um sie gleich wieder auf den Tisch fallen zu lassen.

»Abscheulich, nicht wahr?«, fragte Duval.

»Allerdings. Wer macht so etwas?«

»Das ist genau die Frage, die wir uns stellen. Und wer hatte einen Grund, so etwas zu tun?«

Georges Grosjean wurde rot vor Erregung. Laut rief er:

»Jetzt ist es aber gut! Wir sind vielleicht nicht einverstanden mit den Handlungen und mit dem Umgang unserer Tochter, aber dass wir … dass wir …« Er stammelte vor Empörung. »Also, das ist wirklich unerhört! Bitte verlassen Sie sofort mein Haus!«

»*Wräff*«, machte der kleine Hund und zappelte unruhig in Véronique Grosjeans Armen. »*Wräff.*« Endlich befreite er sich aus der Umklammerung seines Frauchens, hüpfte auf die Terrasse und kläffte dort aufgeregt weiter.

—

»Was für ein anstrengendes Ambiente«, stöhnte Léa Leroc.

»Allerdings«, stimmte Duval zu. Das große Tor öffnete sich weit und er gab Gas. Zügig fuhr er den Hügel hinab.

»Und sie haben uns nicht mal durchs Haus geführt! Außen herum mussten wir gehen. Wie bescheuert ist das denn, bitte schön? Als seien wir aussätzig.«

»Manche Menschen möchten ihren Reichtum eben nicht jedermann zeigen. Zumindest nicht vulgären Polizisten.« In der nächsten Kurve blitzte noch einmal das Blau des Meeres vor ihnen auf. »Schönen Blick haben sie aber, das muss man ihnen lassen.«

»Also ich wollte weder mit ihm noch mit ihr dort leben. Wie kommen die zu so einer engelgleichen Tochter?«

»Ich denke, Madame war auch mal ganz ansehnlich«, gab Duval zurück. »Ist sie immer noch, eigentlich.«

»Ja, aber total frustriert. Sie hat die gleichen Locken wie ihr Hund.«

Duval lachte. »Echt? Ist mir entgangen.«

»Glauben Sie ihm?«

»Und Sie?«, fragte Duval zurück. »Glauben Sie ihm?«

Leroc zögerte kurz, dann sagte sie: »Ja. Ich finde ihn zwar widerlich in seiner Attitüde, aber er war doch aufrichtig empört. Es schien ihm gar nicht in den Sinn gekommen zu sein, dass er verdächtig ist, mit seinem ›wir sind keine Rassisten, aber …‹-Gerede. Oder?«

»Sehe ich auch so«, bestätigte Duval. »Wobei man sich natürlich immer vorsehen muss. Es gibt Menschen, die lügen so verflixt gut … und in diesen Kreisen ist die Heuchelei ja an der Tagesordnung.«

»Na, für ihre Verhältnisse waren die doch aber erstaunlich offen – auch wenn sie sich vermutlich noch stark zurückgehalten haben.«

Duval nickte.

»Bleibt uns immerhin noch die Theorie des ›Ehrenmords‹, oder?«

»Hmjah«, machte Duval und streifte Léa mit einem kritischen Blick. Wieder sah er den Afrikaner vor sich, der mit dem Messer in der Hand vor ihm stand. Er hatte niemandem von diesem Trugbild erzählt. Bislang hatte er so etwas noch nie erlebt. Das alles war ihm unangenehm. Er bog noch einmal rechts ab und sie befanden sich wieder mitten im quirlig-lauten Cannes.

Ja, bestätigte Ndiaye Massar die Überlegungen der Polizisten, er habe mit seinem Bruder in Italien eine Art Direktvertrieb mit chinesischer Ware organisiert. Er war sehr stolz, diese Idee gehabt zu haben und sein kleiner Bruder sei ein kluger Kopf. So viel verstand Duval. Vermutlich konnte der lesen und schreiben und sogar einen Computer benutzen, alles Fähigkeiten, die Ndiaye Massar fehlten und ohne die er in der modernen Welt, trotz seiner Erfahrung, langsam ins Hintertreffen geriet. Das war ihm durchaus bewusst.

»Und Dia Malick wollte mit Amédé eine ähnliche Struktur aufbauen?« Die Frage war nicht direkt genug, Duval sah es sofort im Blick Ndiayes. »Dia Malick, er wollte dasselbe machen wie Sie mit Ihrem Bruder?«, fragte er einfacher.

»Ja«, der offene Blick Ndiayes veränderte sich.

»Was hatte er geplant, können Sie mir das erzählen?«

»Dia Malick wollte auch direkt mit den Chinesen arbeiten. Nicht mehr hier in Cannes kaufen. Er ist zu teuer, Gu«, er machte eine wegwerfende Handbewegung.

»Gu?«

»Gu, der Chinese.«

»Das ist der Name des Chinesen hier in Cannes? Gu?«

»*Voi-là*.«

Duval seufzte innerlich. Es würde lange dauern. Er saß wie beim letzten Mal auf dem wackeligen Hocker mitten im stickig-dunklen Raum und Ndiaye Massar saß ihm gegenüber auf dem Bett. Villiers lehnte am Türrahmen. Die beiden jungen Afrikaner standen wie schon beim letzten Mal höflich und schüchtern in der anderen Ecke des Raums.

Ndiaye erzählte, und das, was er nicht erzählte, erriet Duval. Dia Malick hatte wohl einen Kellerraum in Cannes gefunden, der nicht allzu teuer war, und jemand hatte ihm geholfen, die Bestellung in China vorzunehmen. Der Keller war gut gefüllt mit Ware. Bezahlte Ware, wie Ndiaye betonte. Dann aber ereilte Dia Malick ein Schicksalsschlag. Sein jüngster Sohn, der die Schule besucht hatte und der ihn zukünftig unterstützen sollte, war beim Fußballspielen verunglückt. Er war mit einem anderen Spieler zusammengestoßen und umgefallen. Er kam zwar ins Krankenhaus, aber, sagte Ndiaye und machte ein resigniertes Gesicht, »Krankenhaus ist weit und ist nicht wie hier in Frankreich«. Der Sohn lag drei Tage im Krankenhaus und dann war er tot. Aber das Krankenhaus muss man trotzdem bar bezahlen, Ndiaye sah noch immer bekümmert aus, als er es erzählte.

»Und man hat ihm Geld gestohlen, nicht wahr, am Tag vor der Abreise«, unterbrach Duval.

»Oh, nicht nur ihm Geld gestohlen, alles Geld weg, alles! Viel Geld.« Ndiaye war empört.

»Wissen Sie, wer es gestohlen hat?«

»Ja, schlechter Kollege.« Ndiaye sah verärgert aus und machte eine wegwerfende Handbewegung. Es war klar, er wollte darüber nicht mehr reden.

»Und dann? Was ist dann passiert?«

»Der Regen, der viele Regen im Oktober, hat das ganze Viertel überschwemmt. Der Keller. Alles kaputt.«

»Der Keller, den Dia Malick angemietet hatte?«, fragte Duval nach. »Der war überschwemmt und die Ware kaputt?«

Ndiaye nickte bestätigend.

»In welchem Viertel lag denn der Keller?«

»République.«

»*Ah oui*«, Duval seufzte. Das gesamte Viertel um den Boulevard de la République war damals innerhalb von wenigen Stunden durch die Wassermassen, die sich durch die Straßen wälzten, komplett vernichtet worden. Läden, Bistrots, Wohnungen waren binnen eines Nachmittags ruiniert und Existenzen zerstört. Tiefgaragen voller Autos waren abgesoffen und manch einer, der sein Auto retten wollte, war dabei gleich mit ertrunken. Wochenlang hatte die Müllabfuhr kostenlos den verschlammten Müll abgefahren, den die Menschen mühsam aus den Läden, den Kellern und Souterrainwohnungen auf die Straße getragen hatten. Die nagelneue Ware Dia Malicks war auch darunter gewesen. »Eine Katastrophe«, sagte Duval ernst.

»Ich war dort, ich habe geschaut, aber es war alles kaputt«, erzählte Ndiaye. »So hoch«, er zeigte es mit der Hand, »so hoch war das Wasser.«

Über einen Meter, schätzte Duval, vielleicht einen Meter fünfzig.

»Alles kaputt«, wiederholte er. Ein paar Stücke hatte er rausgezogen. Manches war vielleicht noch brauchbar, wenn man es getrocknet und vom Schlamm gereinigt hatte, aber verkaufen konnte man davon nichts mehr.

Duval verstand alles und reimte sich den Rest zusammen. Dia Malick lieh sich erneut Geld, hier und da, auch vom Vermieter, hatte noch Schulden vom vergangenen Jahr und war zusätzlich in keiner guten gesundheitlichen Verfassung. Vermutlich fühlte er sich müde und erschöpft, schaffte es nicht mehr, den ganzen Tag zu laufen, er konnte auch nicht mehr so gut den Clown geben und verkaufte kaum etwas. Er ging zum Arzt, der ihm sagte, sein Problem mit dem Herzen habe sich verschlechtert und er müsse operiert werden. Er könnte sich in Frankreich operieren lassen, die OP würde zwar vom französischen Staat bezahlt, ebenso die Reha, aber davor und auch danach müsste er sich schonen. Und in der ganzen Zeit würde er kein Geld verdienen können. Dia Malick war verzweifelt, wer sollte in dieser Zeit und zukünftig die Familie ernähren? Sein Sohn, mit dem er vielleicht zukünftig arbeiten wollte, ist tot, der Neffe wollte nicht richtig mitziehen, hatte andere Pläne. Hatte sich außerdem im Winter in eine Französin verliebt, die bereit war, ihn zu heiraten.

»Und Amédé? Was war mit Amédé«, fragte Duval jetzt nach.

Ndiaye war offensichtlich schlecht auf Amédé zu sprechen. »Verstehen Sie«, sagte Ndiaye eindringlich. »Wir sind alle Kollegen. Wir arbeiten. Wir beten. Das ist unser Leben. Es ist so. Wir ernähren die Familie zu Hause. So ist es.« Er zuckte mit den Schultern. »Es ist ein hartes Leben. Schauen Sie mich an. Ich bin 70 Jahre alt und ich komme immer noch. Ich ruhe mich nicht aus. Ich habe das auch nicht gedacht, dass ich so lange arbeiten werde. Ich bin gesund, Gott sei Dank, ich kann noch arbeiten. Ich habe mich dafür entschieden. Damals hat mich ein Onkel bestimmt und ich war stolz! Ich habe die Pflicht, meine Familie zu ernähren. Ich bin stolz, dass ich es so viele Jahre gut gemacht habe. Ich hoffe, mein Bruder macht es korrekt weiter. *Voilà*, so ist es.«

So war es. Der Eintritt in die Bruderschaft war wie eine Auszeichnung. Aber gleichzeitig ein Eintritt in ein entbehrungsreiches Leben, sinnvoll und, wenn man das glauben wollte, auch gottgefällig. Aber im Alltag vor allem mühsam. Aber es ging ja auch um den »Schweiß auf der Stirn«. Amédé war wohl nicht auf dem gleichen Weg unterwegs gewesen.

»Amédé wollte das nicht?«

»Amédé wollte seine Pflicht nicht tun.« Ndiaye war noch immer verärgert. »Er ging abends aus. Er wollte ein Mädchen sehen. Das hat es noch nie hier gegeben!« Er schien sich auch an die jungen Männer im Raum zu richten. »Es ist Ramadan!«

Mit seinem freien Lebenswandel war Amédé kein gutes Beispiel für die anderen jungen Männer gewesen. Hatte man ihn deswegen umgebracht? Weil er dieses traditionelle System destabilisierte?

»Aber er wollte ein Mädchen heiraten, das ihn und vielleicht auch die Familie finanziell unterstützt hätte«, begann Duval. »Das hätte doch auch eine Chance sein können.«

Ndiaye winkte ab. »Sie, die Franzosen, und wir, die Afrikaner, wir haben eine andere Idee von der Familie. Familie ist groß. Wir zählen alle Cousins dazu, verstehen Sie? Und bei uns ist die Familie heilig. Die Eltern – das ist heilig. Verstehen Sie? Ein französisches Mädchen würde nie die ganze afrikanische Familie so unterstützen, wie wir das tun. Und es war Amédés Aufgabe und Pflicht, sich um die Familie zu kümmern. Er wusste es. Es ist sein Leben. Dieses Mädchen war nicht gut für ihn. Sie hat ihn auf dumme Gedanken gebracht.«

Duval sah Ndiaye lange an. »Warum musste Amédé sterben, Monsieur Ndiaye?«

Wie erwartet, hob Ndiaye die Hände zum Himmel. »Nur *Dchjeh* weiß das.«

»Ich musste erst mit mir selbst ins Reine kommen«, sagte Flavie Grosjean bedrückt. »Ich habe alles verstanden, als Sie mir sagten, Dia Malick sei am Bijou Plage gewesen und sei dort an einem Herzinfarkt gestorben.«

»Sie waren auch am Bijou Plage an dem Abend? Mit Amédé?«, vermutete Duval. Und er lag richtig.

»Ja, das heißt nein, also wir wollten uns dort treffen, abends. Aber ich hatte mich verspätet und Amédé kam mir entgegen, zog mich weg und sagte ›Lass uns woanders hingehen‹. Er war aufgebracht und wütend. Ich dachte, irgendjemand hätte ihn beschimpft und vom Strand verjagt, so etwas kommt ja ständig vor. Dabei sah Amédé so süß aus und er war toll angezogen an diesem Abend, er hatte ein weißes schickes Hemd an und er trug eine Kappe wie ein kleiner Kapitän, aber ganz lässig, so ein bisschen schräg hatte er sie aufgesetzt. Er sah nicht aus wie ein armer Straßenhändler, verstehen Sie?«

Duval nickte lächelnd. Sie war noch immer verliebt. Wie schön für sie und wie traurig.

»Ich glaube, dass Malick, also Amédés Onkel, Amédé zum Bijou Plage gefolgt ist. Er wollte ihn sicher zur Rede stellen, irgendwie überzeugen, dass er mich aufgeben solle. Vielleicht wollte er mit uns beiden reden, aber ich hatte mich, wie gesagt, verspätet. Ich weiß das natürlich nicht, ich kann das nur vermuten, aber eigentlich bin ich sicher, dass es so gewesen sein muss.« Sie sah Duval an. Auch er war sich ziemlich sicher, dass ihre Vermutung der Wahrheit nahe kam. »Sie meinen, der Streit der beiden war so heftig, dass Malick vor lauter Aufregung einen Herzinfarkt erlitten hat?«

»Ja.«

»Hmh. Das ist gut möglich. Wir wissen heute, dass Malick Dia oder Dia Malick tatsächlich ein Herzproblem hatte. Er hätte sich operieren lassen müssen. Und ob mit oder ohne Operation, er hätte diese Art Arbeit nicht mehr lange machen können. Und wer sollte dann die Familie ernähren? Vermutlich wollte er deshalb unbedingt einen Nachfolger aufbauen. Er hatte schon seinen Sohn verloren, in den er große Hoffnungen gesetzt hatte. Und jetzt wurde auch noch der Neffe abtrünnig. Er *musste* ihn umstimmen.«

»Er konnte ihn nicht umstimmen.« Sie sagte es leise, aber entschieden.

»Nein, anscheinend nicht.«

»Ich bin nämlich schwanger.« Sie lächelte fein.

Kurz war Duval sprachlos. Ach du je, dachte er und sah die Eltern von Flavie Grosjean vor sich. Ob sie es schon wussten? Er verbot sich die Frage. Flavie Grosjean war immerhin volljährig. Und sie schien glücklich zu sein, dass ihr ein Kind von ihrer großen Liebe geblieben war. Ein kleiner Amédé oder eine kleine Amédée. »Wusste Amédé denn davon?«, fragte er dann.

»Ja. Deswegen wollten wir uns treffen. Besprechen, wie es weitergehen sollte.«

»Und Sie meinen, die Nachricht von Ihrer Schwangerschaft hat Dia Malicks Herz gebrochen?«

»Möglich ist das, oder?«

»Selbst wenn, Sie müssen sich deswegen nicht schuldig fühlen, Mademoiselle Grosjean ...«, begann Duval.

»Tue ich nicht,« unterbrach sie ihn und schüttelte den Kopf. »Aber ich glaube, Amédé fühlte sich schuldig. Dass er seinem Onkel so viel Schmerz zugemutet hat, obwohl er so krank war. Er wusste nichts von dessen Krankheit, da bin ich sicher. Aber vielleicht hat sein Onkel es ihm an diesem Abend gesagt, vielleicht hatte er auch einen Schwächeanfall und Amédé glaubte, dass sein Onkel ihm nur etwas vorspiele, um ihn umzustimmen. Denn trotz alledem hätte er doch niemals seinen Onkel alleine am Strand gelassen, wenn er gewusst hätte, dass er dort möglicherweise stirbt. Niemals!«

»Das werden wir leider nicht mehr erfahren, aber vermutlich haben Sie recht.«

Sie schwiegen beide einen Moment.

»Was werden Sie jetzt machen?« Herrgott, was fragte er denn da? Es ging ihn gar nichts an, was dieses junge Mädchen machen wollte.

Sie zuckte ratlos lächelnd mit den Schultern. »Ich werde

mein Kind bekommen«, antwortete sie schlicht. »Und dann, dann will ich es zu einem guten Menschen erziehen.« Sie meinte das völlig ernst.

»Das werden Sie sicher gut machen.«

»Meinen Sie?«

»Ja.« Auch Duval meinte es völlig ernst.

8

Duval stützte den Kopf in die Hände und massierte sich die Stirn. Trotz aller Überlegungen, die er in seinem Kopf hin und her bewegte, blitzte immer wieder der Gedanke an Annie darin auf. Anfangs hatte er noch bei jeder eingehenden Nachricht hoffnungsvoll auf sein Handy geschaut, aber sie war es nie. »War es das jetzt?«, fragte er sich. Dieser erstaunliche Gleichklang ihrer Seelen war in nur einer knappen Alltagswoche zerbrochen. Politisch waren sie doch weiter voneinander entfernt als vermutet. Das konnte man nicht ausblenden. Zumindest nicht, wenn einer von ihnen Polizist und der andere Journalist war. Journalistin, verbesserte er sich selbst. Er verstand nur nicht, warum sie bei der Pressekonferenz nicht aufgetaucht war. Aber vielleicht ging es gar nicht darum. Vielleicht war sie in das Flüchtlingsthema tiefer eingestiegen und kümmerte sich um das verletzte Mädchen. Vielleicht hatte sie sich auch nur in diesen Hervé verliebt. Er stöhnte auf.

»Bringt ja nichts«, dachte er und schob die Gedanken an Annie energisch zur Seite. Dann verließ er das Polizeipräsidium und begab sich noch einmal zum Tatort, an dem man Amédé gefunden hatte. Er lief die Avenue Saint-Louis entlang. Eine kleine unscheinbare Straße, der man noch die einfache Vergangenheit von Cannes ansah. Niedrige Häuschen mit kleinen Innenhöfen drängten sich an manchen Stellen noch dicht aneinander. An anderen Stellen waren sie schon großen mehrstöckigen Wohnhäusern mit ausladenden Balkons gewichen, die aber auch schon in die Jahre gekommen waren. Nur das hintere Ende der Avenue sah bislang noch ein wenig schmuddelig aus. Eine alte, verlassene Fabrik, Autowerkstätten und leer stehende große Hallen zeugten von einer früheren Gewerbetätigkeit. Aber schon war in eine der Hallen eine Tanzschule eingezogen und die Stadt, die das Fabrikgelände erworben hatte, begann mit dem Abriss. Das Viertel sollte aufgewertet werden, mit einem großen Parkplatz und Grünanlagen, mit kleinen Wegen, die zu den höher gelegenen Straßen und zur Kindertagesstätte führten. Noch sah man dem Gelände seine zukünftige Bestimmung nicht an. Die Abbrucharbeiten hatten gerade erst begonnen. Halbe Außenwände des alten Fabrikgebäudes standen noch, Berge von Steinen und Schutt türmten sich auf. Die Arbeiten, die nach dem Fund der Leiche für einen Tag unterbrochen worden waren, gingen bereits lärmend und staubig weiter. Ein Schaufelbagger schüttete donnernd Steine auf die Ladefläche eines Lkws. Duval sah eine Weile zu und lief dann ziellos durch die kleinen umliegenden Straßen. Ein Mann in weißer Djellaba begegnete ihm und Duval lief ihm in einigem Abstand nach. Der Mann verschwand hinter einem unscheinbaren grünen Tor, über dem ein geschwungenes Schild hing: Mosquée Al Madina Al Mounawara stand darauf. Duval sah sich um. Er befand sich in der Avenue du Petit Juas und dies hier war wohl die Moschee, von der Ndiaye gesprochen hatte. Nur, er sah weit und breit keine Moschee. Nur einen unscheinbaren Weg, der hinter dem Tor begann. Ein kleines Fähnchen mit der französischen Trikolore wehte am Eingangstor. Duval sah es mit Erleichterung. Das öffentliche Bekenntnis zu den französischen Werten war nicht selbstverständlich. Er erinnerte sich, dass Villiers vom Verein »Vivre ensemble« gesprochen hatte und dass der hiesige Imam sich dort engagierte. Er öffnete das Tor und betrat das Gelände. Der Weg führte zu einem ehemaligen Fabrikgebäude, vor dem sich ein überdachter Eingangsbereich fand; in langen Regalen standen und steckten dort dicht nebeneinander Schuhe. Er zögerte. Aber mehrere Männer machten es ihm vor. Duval entledigte sich ebenfalls seiner Schuhe und folgte ihnen. Das Innere des Gebäudes war in Weiß und Hellgrün gehalten und komplett mit Teppichen ausgelegt. Gleich links hinter dem Eingang befand sich ein großer hallenartiger Gebetssaal. Rechts, das war wohl eine Teestube. Hier saßen ein paar ältere Männer, allerdings, so wie es aussah, ohne Tee. Es war mitten am Tag während des Ramadan. Suchend sah er sich um. Durfte er hier einfach so hinein? Gab es irgendwo ein Büro, in dem man sich anmelden sollte oder musste? Er wollte gerne mit dem Imam sprechen, hatte aber keine Ahnung, ob er sich nicht gerade irgendeiner Gebetszeit näherte und ob dies ein religiöses Tabu verletzte. Er würde ja auch nicht einfach in eine Kirche gehen und versuchen, während der Messe mit dem Priester zu sprechen.

»*Assalamo alaykoum*, herzlich willkommen«, begrüßte ihn in diesem Moment ein älterer grauhaariger Herr, der ihm aus der Teestube entgegenkam. »Kann ich Ihnen weiterhelfen? Sie waren noch nie hier, nicht wahr?«

»Ja, nein«, Duval war erleichtert. »Ich, Léon Duval ist mein Name, ich … ähm, ich würde gern mit dem Imam sprechen.«

Der ältere Herr nickte. »Mustafa Douagi«, stellte er sich vor. »Ich bin der Rektor der Moschee. Ich bringe Sie zu Scheich Abdel Kadouri.«

Er führte ihn eine mit rotem Teppich ausgelegte Treppe hinauf und an einem weiteren, kleineren Gebetssaal entlang und öffnete dann mit einer leichten Verbeugung eine Tür: »Bitte schön.«

Wie begrüßt man eigentlich einen Imam?, fragte sich Duval, sagte man »Vater« wie zu einem Priester? Verbeugte man sich? Er beließ es bei einem höflichen »Guten Tag«, er war ja kein gläubiger Muslim, der Imam würde es ihm sicher verzeihen. Allerdings zeigte er gleichzeitig seinen Dienstausweis vor, damit waren die Karten auf dem Tisch. »Ich bin Commissaire Duval von der Police Nationale«, fügte er ergänzend hinzu.

Der Imam, ein untersetzter, nicht mehr ganz junger Mann mit einem kleinen Kinnbart, religiös gekleidet, genauso, wie Duval es sich klischeemäßig vorstellte, in einem weißen Kaftan und mit einer weißen Kopfbedeckung, blieb schwer hinter seinem Schreibtisch sitzen und nickte. Er machte eine Geste Richtung Stuhl. »Bitte setzen Sie sich doch. Was führt Sie zu mir? Ich kann Ihnen momentan keinen Tee anbieten, aber ein Glas Wasser vielleicht?« Der Imam sprach langsam und akzentuiert. Es schien Duval, als machte er eine winzige Pause nach jedem Satz. »Sie werden verzeihen, wenn ich nichts mit Ihnen trinke ...« Er entschuldigte sich mit einem kleinen Lächeln.

»Nein, keine Umstände, bitte«, Duval verneinte höflich. »Ich bin gekommen ...«, er stockte. Gerne wäre er höflicher in seiner Anrede, aber er wusste nicht wie und vermied daher etwas à la »mein lieber Herr Imam«. »Ganz in der Nähe Ihrer Moschee«, begann er erneut, »wurde kürzlich ein junger Mann grausam ermordet. Ich bin sicher, Sie haben davon Kenntnis?«

»Selbstverständlich.« Abdel Kadouri nickte ernst. »Sie

sehen mich erschüttert über all diese barbarischen Taten, all das blinde Morden überall. Wir verurteilen diese Tat, glauben Sie mir. Wir haben in unserer Moschee für den jungen Mann gebetet. Wir haben auch für die Täter gebetet, dass sie zu ihrem wahren Glauben zurückfinden werden«, fuhr er dann fort. »Kein gläubiger Muslim tötet.« Er sah Duval an. »›Wer einen unschuldigen Menschen tötet, der tötet die ganze Menschheit‹, heißt es im Koran.«

»Ja«, Duval nickte, aber er fühlte sich unwohl. Er hatte das alles schon so oft gehört, aber was halfen all diese Koranzitate, angesichts des Schreckens, den Menschen ebenso im Namen Allahs verbreiteten? Das fragte er dann auch.

»Das Gute wird über das Böse siegen, auch wenn das Böse uns herausfordert, wie es dieser Tage der Fall ist. Wir dürfen nicht aufhören zu glauben und zu beten! Weshalb sind Sie hier, Commissaire?«, fragte der Imam nun freundlich. »Zweifeln Sie an Gott?«

Ach du liebe Güte, keinesfalls wollte er ein Glaubensgespräch führen. »Nein, ich komme nicht aus diesem Grund«, er vermied erneut eine Anrede des Imam, »ich fragte mich, ob Sie den jungen Mann, der ermordet worden ist, Amédé Dia ist sein Name, ob Sie ihn gekannt haben?«

»Dia Amédé habe ich gekannt, ja.« Er schwieg einen Moment. »Auch er zweifelte. Er kam in die Moschee, er betete, aber ich sah doch, dass alles nur äußerlich war. Tief im Innern war er verunsichert, zweifelnd, ver-zweifelt, im Sinn des Wortes.«

Der Imam schwieg wieder und blickte Duval prüfend an. »Er hat sich mir anvertraut, wenn es das ist, was Sie wissen wollen.«

»Ich bin auf der Suche nach dem Täter und möchte

ebenso die Ursache seiner Ermordung aufklären«, gab Duval zurück. »Wenn Sie mir dabei helfen können, ohne«, er zögerte. Sagte man »Beichtgeheimnis« im Islam? »Ohne Ihrerseits in Konflikte zu kommen«, beendete er den Satz. »Ich habe die Trikolore am Tor der Moschee mit Freude gesehen«, fügte er hinzu. »Und Sie engagieren sich im Verein ›Vivre ensemble‹, kam mir zu Ohren.«

Der Imam lächelte leicht. »Sie weisen mich auf meine staatsbürgerlichen Pflichten hin, Commissaire.«

Duval schwieg verschämt.

»Es ist nicht leicht, das Zusammenleben der Religionen umzusetzen. Auch der Verein ›Vivre ensemble‹ tut sich schwer, sehr schwer.« Er seufzte leicht. »Wenn Sie wüssten, wie lange man manchmal mit den Glaubenskollegen über einen einzigen Satz, ein Wort manchmal, für ein öffentliches Kommuniqué diskutieren muss. Es ist äußerst mühsam. Aber wir versuchen, ein Zeichen zu setzen, sagen wir so. Nicht alle meiner 450 Gläubigen hier folgen mir darin, das kann ich Ihnen auch sagen. Aber, und jetzt werde ich wieder einen bekannten Koranvers bemühen, ›Wer eine Seele rettet, rettet die ganze Welt‹. Vielleicht kann ich mit meinem Engagement in diesem Verein etwas zum Frieden in der Welt beitragen. Ich will es zumindest versuchen.«

Würde der Imam auch etwas zur Aufklärung des Falles beitragen? Duval hoffte es zumindest.

»Ich werde Ihnen etwas sagen, Commissaire, auch wenn ich ungern etwas Schlechtes über Verstorbene sage. Amédé Dia hatte einen schlechten Umgang.«

»Sie meinen seine Verlobte?«

»Die Liebe zwischen Mann und Frau ist im Kern nichts Verwerfliches. Auch wenn sich zwei Menschen unterschiedlicher Religionen und Kulturen zueinander hingezogen fühlen. Es ist sicher nicht einfach, aber das Zusammenleben in gegenseitigem Respekt versuchen wir ja gerade im Verein zu vermitteln.« Abdel Kadouri machte eine vage Kopfbewegung. »Nein«, sagte er dann, »ich spreche nicht von der Verlobten Amédés, auch wenn die Begegnung mit ihr das Leben des jungen Mannes nachhaltig erschüttert hat.«

»Das Leben der jungen Frau auch, wenn ich das mal so sagen darf«, konnte sich Duval nicht verkneifen.

»Sicher, das stelle ich nicht infrage. Für Amédé war es aber schwieriger. Er konnte nicht beides leben. Nicht die Tradition seiner Familie und gleichzeitig ein freies europäisches Leben, so, wie man es hier sieht. Konsumieren, ausgehen, tanzen, Alkohol trinken, sich mit Mädchen amüsieren.«

»Nun ja, das ist aber nur eine Seite der Medaille«, widersprach Duval. »Auch im europäischen Leben muss man geregelt einer Beschäftigung nachgehen, um das Geld zu verdienen, das man dann am Wochenende beim Ausgehen auf den Kopf hauen kann. Und es sind ja auch beileibe nicht alle junge Menschen vom Konsum und einem Nachtleben mit Alkohol angezogen.«

»Sicher nicht. Natürlich. Ich weiß auch, dass man überall mühsam sein Geld verdienen muss. Aber die jungen Männer, die aus ärmeren Ländern hierherkommen, sehen das oft nicht. Sie sehen, dass andere anscheinend viel Geld haben, ohne tagein, tagaus Sonnenbrillen und Hüte am Strand entlangzutragen. Und Amédé wollte seiner französischen Freundin imponieren. Geschenke machen. Er wollte sie einladen. Er wollte andere Kleidung tragen. Er wollte schnell viel Geld haben. Und er hat sich von anderen jungen Männern beeinflussen lassen.« Der Imam atmete schwer, bevor er fortfuhr: »Ich habe das gesehen. Ich sehe, was in meiner Moschee vor sich geht, das dürfen Sie mir glauben. Das ist ein kleiner Kosmos. Ich kenne meine Gläubigen, die Alten, Konservativen, einfache Männer, die an den Traditionen hängen, oft ihr einziger Halt. Ich sehe auch die jungen Männer, die aufgeklärter sind, die zwischen zwei Kulturen stehen und ihren Weg suchen. Wenn ich zu konservativ predige, verliere ich sie. Bin ich zu liberal, verliere ich die anderen. Es ist nicht leicht.«

»Und Amédé war von zu liberalen jungen Männern beeinflusst?«

Der Imam schüttelte den Kopf. »Nein«, sagte er langsam, »im Gegenteil. Sie sind sehr radikal. Ich glaube auch nicht, dass sie ihn mit ihren religiösen Parolen erreicht haben. Aber sie haben ihm schnelles Geld versprochen. Schnelles Geld, leicht verdient. Das hat Amédé überzeugt.«

Duval schnaufte. Schnelles Geld. Er verstand durchaus, was der Imam nicht aussprechen wollte und auch nicht konnte, um nicht selbst der Mitwisserschaft bezichtigt werden zu können: »Drogenhandel«. Vielleicht war an den »krummen Geschäften im Vorgarten«, von denen Olivier Masoni gesprochen hatte, doch etwas dran gewesen. »Und Sie fühlten sich nicht in der Verantwortung, einzugreifen? Oder die Polizei zu verständigen?«

»Ich habe das beobachtet. Die beiden Brandstifter, wie ich sie nennen möchte, habe ich nun auch meiner Moschee verwiesen.« Er sprach immer noch genauso bedächtig und akzentuiert.

»Damit sie woanders weitermachen? Das ist doch keine Lösung.« Duval hingegen reagierte schnell. Er war verärgert.

Der Imam schwieg, offensichtlich verletzt.

»Verzeihen Sie«, Duval atmete durch und bemühte sich, zu einem friedlichen Verlauf des Gesprächs zurückzurudern. »Mein Beruf«, er machte eine entschuldigende Geste mit den Armen.

»Sehen Sie, und ich habe *meinen* Beruf«, lächelte der Imam leicht. »Ich habe meinen Glaubensbruder von der Moschee Al Iqraa informiert. Aber ich habe es nicht zu entscheiden, wie er mit solchen Leuten umgeht.«

»Ja.« Duval seufzte innerlich. Die nagelneue und große Moschee Al Iqraa im sozial schwachen Stadtteil La Bocca war umstritten. Der Bau war ausschließlich mit Geld aus arabischen Ländern finanziert worden und auch wenn der Bürgermeister Hand in Hand mit hohen muslimischen Glaubensvertretern symbolisch das rote Einweihungsband durchschnitten hatte, so war dies bisher der einzige Kontakt der Stadt zur muslimischen Gemeinde geblieben. Der junge Imam, der dort freitags auf Arabisch und Französisch predigte, galt als extrem konservativ. Duval erinnerte sich, dass eine Predigt zum Thema der Rechte der Frau für Aufruhr gesorgt hatte. Heirat, Scheidung und Erbe standen ihr zu. Küche und Kindererziehung seien ihre Aufgaben. Mehr solle sie nicht fordern! Das klang aus seinem Mund wie eine Drohung, zumal er seine Predigt mit der traditionellen Strafe für ungehorsame Frauen begonnen hatte, nämlich, sie lebendig zu begraben. Das täte man natürlich heute nicht mehr, fügte er hinzu. Und Männer könnten durchaus im Haushalt oder bei der Kindererziehung mitwirken, ohne dass es ehrenrührig sei. Viel weiter ging er jedoch nicht. Eine Emanzipation der Frau, wie sie etwa Simone de Beauvoir schon in den Sechzigerjahren gefordert hatte, war im Islam, zumindest im Islam des jungen Imam, nicht vorgesehen.

»Sie sagten vorhin, Amédé hätte sich Ihnen anvertraut?«

»Ja«, der Imam nickte ernst. »Nach dem Tod seines Onkels, für den er sich verantwortlich fühlte. Er wusste, er hatte Schuld auf sich geladen, und er konnte mit dieser Schuld nicht leben. ›Was soll ich tun?‹, hat er mich gefragt? Ich habe ihm gesagt, er solle wieder ein gottgefälliges Leben führen und beten. Vor allem beten. Das würde ihm helfen, die richtigen Entscheidungen zu treffen.«

Na, ob das so ein guter Rat gewesen war? Duval hatte seine Zweifel, verbot sich aber jeglichen Kommentar. »Und?«, fragte er nur, »hat er die richtigen Entscheidungen getroffen?«

Der Imam zuckte mit den Schultern. »Das weiß nur Gott.«

Die Brandstifter, wie Abdel Kadouri die beiden jungen radikalen Muslime nannte, waren nach dem Tod Amédés der Moschee verwiesen worden. Aber über die Aufnahmen der Überwachungskamera, die vor dem Tor der Moschee angebracht waren, ließen sich die beiden jungen Männer identifizieren. Offen und selbstbewusst trugen sie ihre Dschellaba und ihren Bart. Duval ließ sich Ausdrucke davon machen, ebenso bat er um Nahaufnahmen der Gesichter der beiden Männer, die trotz einer gewissen Unschärfe erkennbar waren. Sie suchten also einen eher schmächtigen, rothaarigen jungen Mann mit einer Metallbrille sowie einen dunkelhäutigen schlaksigen Mann. Vergeblich durchforstete er die »Fotoalben« der Polizei. Duval wusste, wenn er es mit Islamisten zu tun haben sollte, die in den Drogenhandel eingestiegen waren, um sich zu finanzieren, und dabei waren, junge Männer zu radikalisieren, dann konnte er das alleine mit Villiers, LeBlanc und Leroc nicht stemmen. Man würde ihn auch nicht lassen, weder von richterlicher Seite noch vonseiten der Polizeihierarchie. Vielleicht müsste er Stéphane anrufen. Seinen väterlichen Freund bei der *Direction Centrale du Renseignement Intérieur*, dem Inlandsgeheimdienst. Auch wenn die ursprüngliche D. C. R. I., so wie Duval sie während seiner Ausbildungszeit kennengelernt hatte, nicht mehr existierte. Seit ein paar Jahren wurde der Inlandsgeheimdienst immer wieder umgewandelt, umbenannt und unter andere Verantwortung gestellt. Ob er dadurch wirklich effizienter geworden war, entzog sich seiner Kenntnis, aber Stéphane war zumindest immer noch irgendwo darin tätig. Er erreichte ihn nicht, weder im Büro noch auf dem Mobiltelefon, und hinterließ dort eine Nachricht, in der er um Rückruf bat.

In der Zwischenzeit würde er seinem Lieblingsfeind Louis Cosenza einen Besuch abstatten. Das hatte er schon vor, seitdem man Villiers aus dem Nachtklub gewiesen hatte. Vielleicht war es jetzt der richtige Moment. Wenn jemand wusste, was sich in der Halbwelt von Cannes abspielte, dann Cosenza. Ob Duval etwas von ihm erfahren würde, stand allerdings auf einem anderen Blatt. Und wo Monsieur Louis Cosenza sich derzeit aufhielt, war ebenso ungewiss. Im Palm Beach Casino? Im Nachtklub Tabou? In seiner Villa in den Hügeln über Cannes oder gar auf einer seiner Jachten irgendwo im Mittelmeer? Duval versuchte es auf gut Glück im Tabou.

Ein großer schwarzer Geländewagen mit geschwärzten Scheiben stand neben dem geöffneten Hintereingang des Nachtklubs. Möglicherweise ein Indiz für die Anwesenheit des Besitzers. Duval spazierte durch eben diesen Hintereingang und sah sich zunächst ungestört um. Warum wirkten auch die edelsten Etablissements tagsüber, ohne die spektakuläre Beleuchtung, ohne Musik, und ohne Menschen in Feierlaune, immer so ernüchternd und fade? Warum zeigte sich das edle Schwarz bei Sonnenlicht nur als abgeschabtes Mattgrau und das strahlende Weiß der Sitzgruppen vielmehr gelblich und fleckig? Tagsüber sah man alle abgenutzten Stellen an Tischen, Türen und Theken sowie die Kratzer und Flecken auf den Spiegeln und die Putzkolonne, die bei Tageslicht die Spuren des ausschweifenden Nachtlebens beseitigte, wirkte alles andere als glamourös.

»Sieh an, wir haben Besuch! Was verschafft mir diese unerwartete Ehre?« Louis Cosenza hatte Duval durch seine Überwachungskameras entdeckt und stand nun, eskortiert von zwei bulligen, bärtigen und grimmig aussehenden Herren, vor ihm.

»Monsieur Cosenza«, grüßte Duval und nickte den Leibwächtern immerhin zu.

»Commissaire Duval!« Cosenza klang ironisch. »Was kann ich für Sie tun? Einen Drink vielleicht? Der Klub ist um diese Zeit nicht geöffnet, aber Sie gehören ja nicht zu unseren regelmäßigen Gästen und wissen das vielleicht nicht?«

»Ich kam zufällig vorbei, sah Ihren Wagen und die Tür stand offen, was lag näher, als einen Blick hineinzuwerfen, um zu sehen, ob alles in Ordnung ist?!«, begann Duval im Plauderton und war damit gar nicht so weit von der Wahrheit entfernt.

»Ganz reizend von Ihnen, Commissaire, ganz reizend, ich danke Ihnen für Ihre Sorge, aber es ist alles in Ordnung, wie Sie sehen«, gab Cosenza im gleichen Ton zurück. »Mir geht es gut, der Klub läuft gut. Keine besonderen Vorkommnisse. Sind Sie nun beruhigt?«

»Wissen Sie«, sagte Duval immer noch im gleichen freundlichen Ton, »ich fragte mich, warum Sie meinen Assistenten neulich so schnell hinauskomplimentiert haben, wenn hier doch alles in Ordnung ist, nicht wahr?!«

»Ach, haben wir das?« Er sah seine Leibwächter fragend an, die jedoch keine Miene verzogen. »Das war sicher ein Missverständnis«, befand Cosenza. »Ich wüsste wirklich nicht, wieso wir Ihren Kollegen nicht hätten unter uns haben wollen. Schicken Sie ihn noch einmal vorbei, wir werden ihm einen Drink ausgeben, als kleine Wiedergutmachung. Sie Commissaire sind natürlich auch jederzeit willkommen.« Er lächelte jovial. »Merkt euch das, Kinder«, wandte er sich an die beiden Leibwächter, die geflissentlich nickten. »Vor allem natürlich, wenn Sie nicht dienstlich erscheinen«, fügte er zu Duval gewandt noch hinzu. »So, da wir das geklärt haben und wenn Sie weiter nichts auf dem Herzen haben sollten, nehmen Sie es mir sicher nicht übel, wenn ich mich jetzt zurückziehe, wir haben noch ein bisschen Arbeit. Aber schauen Sie sich ruhig um, so lange Sie wollen.«

»Natürlich nicht, Monsieur Cosenza, ich weiß, Sie sind ein viel beschäftigter Mann, ich werde Sie gar nicht länger stören.« Duval wand sich zum Gehen. »Ach, eins vielleicht noch … Sie wissen, dass ein paar junge Männer, sagen wir, aus streng religiösen Kreisen, versuchen hier auf dem Drogenmarkt Fuß zu fassen?«

»Wieso fragen Sie mich das?«, gab Cosenza zurück. »Ich wüsste nicht, was mich das angeht.«

»Nein, natürlich nichts, aber Sie stehen ja im Ruf, stets gut informiert zu sein.«

»Ach, wissen Sie, die Leute reden viel …« Consenza machte eine abfällige Handbewegung.

»Verstehe«, machte Duval.

»Eben.« Cosenza sah Duval abschätzig an. »Wissen Sie, *mon cher* Commissaire, wenn ich Ihren Vater nicht so geschätzt hätte, würde ich Sie hier überhaupt nicht so freundlich empfangen haben. Nicht, nach allem, was Sie schon versucht haben, mir in die Schuhe zu schieben.«

Adrenalin schoss in Duvals Hirn. Da war es wieder. Was um Himmels willen hatte sein Vater mit diesem Kerl zu tun gehabt? Es verstörte Duval zutiefst.

»Charmanter Mann, ihr Vater, sehr sympathisch«, fügte Cosenza hinzu. »Sie sehen ihm ähnlich, ich weiß nicht, ob man Ihnen das schon einmal gesagt hat? Das erklärt vermutlich die Sympathie, die ich, trotz allem, für Sie habe. Aber jetzt glaube ich, ist unsere kleine Konversation wirklich beendet …«

Duval nickte finster und verließ den Klub so, wie er ihn betreten hatte, durch den Hintereingang. Er war wütend und aufgewühlt.

Während er in seinen Wagen stieg, klingelte sein Mobiltelefon. Es war Stéphane. Nach dem üblichen Geplänkel um das allgemeine Wohlergehen der jeweils anderen Familie, kam Duval rasch zur Sache.

»Ich würde dir gern Fotos von zwei jungen Männern schicken, die in einer Moschee unangenehm aufgefallen sind. In meinem System hier sind sie unbekannt. Vermutlich Radikale, die bereit sind für irgendwelche Aktionen. Ich kann es nicht beweisen, aber ich bin fast sicher, dass sie hier schon einen Toten auf dem Gewissen haben.«

Stéphane war kurz und knapp. »Schick die Fotos rüber, ich melde mich dann.«

»In Ordnung. Ich habe sie auf dem Rechner im Büro. Ich fahre sofort hin und erledige das.«

Es dauerte lange, bis Stéphane sich meldete. Duval knetete sich die Finger und ließ sie knacken. Unruhig lief er vom Schreibtisch zum Fenster und wieder zurück. Er hatte kein gutes Gefühl. Endlich klingelte das Telefon. Stéphanes Ton war ernst und autoritär.

»Léon, das ist eine Nummer zu groß für dich. Wir kümmern uns darum.«

»Du kennst die Jungs also?«

»Jungs ist gut. Ja, wir kennen sie. Der Kleine, der Rothaarige mit der Brille, ist uns gut bekannt. Er stammt ursprünglich aus Metz. Der andere kommt aus dem Süden. Ein Bombenanschlag auf eine jüdische Bäckerei in Créteil geht auf ihr Konto. Wir hatten sie in Toulon vermutet, da war die letzte sichtbare Bewegung. Aber jetzt sind sie in Cannes.« Er schwieg lange. »Es ist nicht mehr dein Fall, Léon«, fügte er dann hinzu.

Duval hatte das schon befürchtet. »Hm«, machte er unzufrieden.

»Lass die Finger davon, mach nichts in Eigenregie, hörst du?!«

»Wie sollte ich?«

»Ich kenne dich schließlich nicht erst seit gestern.«

Duval schwieg.

»Ist das klar, Léon?«

»Ja«, presste sich Duval ab.

»Gut. Ich komme für den Einsatz ebenfalls nach Cannes und ich halte dich auf dem Laufenden. Nicht unmittelbar, aber zeitnah. Das ist gegen die Regeln, aber wir verdanken dir den Tipp und ich mache es, um unserer Freundschaft willen. Aber du weißt von nichts, ist das klar? Und ich will dich nicht am Einsatzort sehen, haben wir uns verstanden?«

»In Ordnung.«

—

»Und was machen wir mit dem Chinesen?«, fragte LeBlanc enttäuscht, nachdem Duval ihnen in knappen Worten verkündet hatte, dass sie ihren Fall los seien.

»Ach, der Chinese«, Duval machte eine wegwerfende Handbewegung. »Vergessen Sie den.«

»Aber Dia Malick war da Kunde, das wissen wir nun.«

»Wie schön für ihn.« Duval war eindeutig schlechter Laune.

»Ich bin sicher, wir finden da was, wenn wir genauer hinsehen.« LeBlanc ließ nicht locker. Er kaute angestrengt auf einem Kaugummi.

»Fragen Sie die Richterin nach einem Durchsuchungsbefehl und wenn Sie einen bekommen, dann sehen wir weiter. Ich bin nicht mehr zuständig. Und daher jetzt bis auf Weiteres außer Haus«, gab Duval mürrisch von sich und verließ das Büro.

LeBlanc sah ihm verdutzt nach und blickte dann fragend zu Villiers. Der zuckte mit den Achseln. »Vielleicht was mit der Journalistin«, mutmaßte er.

»Ach, Frauen«, seufzte LeBlanc.

Aber Madame Marnier wimmelte LeBlanc ebenfalls ab. Sie sähe da im Augenblick keinen Handlungsbedarf, ließ sie ihn kurz angebunden wissen und hatte, noch bevor er antworten konnte, schon wieder aufgelegt. LeBlanc war konsterniert.

»Verstehe einer die Frauen«, sagte er kopfschüttelnd und ließ seine Kaugummiblase knallen.

9

Schwarz vermummte Gestalten näherten sich dem Appartementhaus am unteren Ende der Avenue Francis Tonner. In einer langen Reihe glitten die Männer, mit Maschinengewehren im Anschlag, lautlos das dunkle Treppenhaus hinauf. GIGN stand auf ihren Rücken. Ihr Ziel war das Appartement 412, im vierten Stock, dessen Eingangstür direkt neben dem Aufzug lag. Pünktlich um vier Uhr kam der Befehl zum Einsatz. Mit einem ohrenbetäubenden Donner detonierte ein Sprengsatz. Splitternd und krachend barst die Tür, durch den Staub und die Reste der Tür stürmten die Gendarmen brüllend in die Wohnung: »Gendarmerie! Polizei! Keine Bewegung!« In der dunklen Wohnung brüllten und schrien mehrere Menschen durcheinander, es polterte, rumste, zwei Schüsse fielen. Eine Salve an Schüssen folgte. Dann erst flammte Licht auf. Drei Männer standen mit erhobenen Händen an der Wand, ein weiterer lag leblos am Boden.

—

Der 28-jährige Mohammed B. hatte das Feuer auf die Männer der GIGN, der *Groupe d'Intervention de la Gendarmerie Nationale,* eröffnet und war von ihnen im Gegenzug neutralisiert worden, wie es offiziell hieß. Der dunkelhäutige

Mann sei der Kopf der Islamistischen Zelle gewesen, die sich seit ein paar Monaten in Toulon und Cannes installiert habe. Yannick M., der Rothaarige mit der Brille, 25 Jahre und aus Metz stammend, wurde verhaftet. Ebenso zwei weitere Männer, die sich in der großen, nur mit Matratzen ausgelegten Einzimmerwohnung aufgehalten hatten. Im Küchenschrank hatte man einen Schnellkochtopf gefunden, randvoll mit Material, um daraus einen Sprengsatz zu machen. In einer Schublade fand man Handgranaten, Haschischplatten und Medikamente. Dazu jede Menge Bargeld, mehrere Pässe und Mobiltelefone. Die Messer im Küchenschrank wurden ebenfalls konfisziert.

»Der war schon da, der Schnellkochtopf, und alles andere auch«, behauptete Yannick M., der die Wohnung von einer alten Dame angemietet hatte.

Die 95-jährige Vermieterin Madame L. sah sich gleich drei Polizeibeamten gegenüber, als sie nichtsahnend die Tür öffnete. Duval war in diesem Fall nur als Repräsentant der örtlichen Polizeibehörde zugegen, die Befragung nahmen allein die Pariser Kollegen der Anti-Terrorbrigade vor. Die alte Dame fiel rücklings in einen Sessel, als die Beamten sie mit der Aussage von Yannick M. konfrontierten. »Natürlich war der Schnellkochtopf da, und ein paar Teller und Gläser und Besteck, aber doch keine Handgranaten und kein Sprengstoff!«, empörte sie sich. Sie war fassungslos über die dreiste Lüge des jungen Mannes, den sie so reizend gefunden hatte. Warum sie überhaupt an Yannick M. vermietet habe, musste sie sich fragen lassen. »Weil er ein höflicher, junger Mann war, der Arbeit hatte und

Gehaltsabrechnungen von der EDF vorweisen konnte«, sagte sie. Und weil er kein Araber war. Von denen habe sie nämlich die Nase voll, fügte sie entschieden hinzu. Die Gehaltsabrechnungen erwiesen sich nun allerdings als gefälscht, niemals war Yannick M. bei der EDF angestellt gewesen. Madame L. nahm es erschüttert zur Kenntnis. Und sein Äußeres habe sie nicht beunruhigt? Die Dame verstand nicht, was man ihr damit sagen wollte. Erst als man ihr ein Foto des bärtigen jungen Mannes in Djellaba vorlegte, schien sie zu verstehen. »Aber damals hatte er keinen Bart!«, rief sie empört. »Was glauben Sie denn? Er war angezogen wie Sie, er war rasiert und höflich. Er kam mit einem Motorroller und hat mir die erste Miete bar bezahlt.«

Dass er, beziehungsweise eine junge Frau, die er als seine Schwester ausgegeben habe, auch die folgenden Mieten bar bezahlt habe, nun ja, das war in der Tat etwas ungewöhnlich. Aber sie erlebe derart viel mit ihren Mietern, dass sie schon froh sei, wenn einer die Miete überhaupt mal rechtzeitig bezahlen würde. Und das immerhin konnte man Yannick M. nicht vorwerfen. Er hatte die Miete pünktlich und korrekt bezahlt. Die direkte Nachbarin im Appartementhaus habe sie zwar einmal angerufen, weil sie sich wunderte, dass der junge Mann so häufig zu Hause gewesen sei. Und sie habe sich beschwert, weil er stets viel lärmigen Besuch empfangen habe und zudem nicht sehr höflich gewesen sei, als sie ihn darauf hingewiesen habe, dass er seinen Motorroller nicht neben dem Eingang parken dürfe. »Aber wissen Sie, die Nachbarin ist auch eine schwierige Person und ich kann nicht jedem Mieter hinterherlaufen, um zu sehen, was er tut«, echauffierte sich Madame L.

Stéphane Charbon berichtete Duval unter vier Augen vom Fortgang der Ermittlungen. »Wir haben die Messer auf Blutspuren untersucht und«, er machte eine kleine dramaturgische Pause, »auf deinen Hinweis haben wir auch die Kleidung und Schuhe der Festgenommenen der *Police scientifique* übergeben. Unter den Schuhsohlen von Mohammed B. und Yannick M. fanden wir die gleichen Staubpartikel, wie sie auch auf deiner besagten Abrissbaustelle vorkommen.«

»Aha.« Duval zog die Augenbrauen hoch.

»Und«, fuhr Stéphane fort, »tatsächlich haben wir Blutspritzer auf den Turnschuhen und den Schnürsenkeln von Mohammed B. gefunden.«

»Sieh an.«

»Und sie sind identisch mit dem Blut deines jungen Schwarzen, Amédé ... Amédé Wiehießernochgleich?!«

»Dia«, sagte Duval. »Amédé Dia.«

»Richtig. Aber Yannick M. sagt, er habe mit dem Mord nichts zu tun. Er sei eines Abends auf dem Weg zur Moschee an der Baustelle vorbeigekommen und habe dort einen starken Harndrang verspürt und sich auf der Baustelle erleichtert.« Stéphane Charbon verzog grimmig das Gesicht. »Den Mord können wir ihm so nicht nachweisen. Der Knabe ist ein harter Brocken. Sieht aus wie ein Milchbubi, ist aber gewieft. Mit dem wird es nicht einfach werden.« Er machte eine kurze Pause. »Aber immerhin will einer der anderen Kerle, die wir in der Wohnung festgenommen haben, gehört haben, dass Mohammed und Yannick wütend auf einen Schwarzen waren, der nicht mehr mitmachen wollte. Mehrfach haben sie über *ce con de noir* gesprochen, dieser ›schwarze Wichser‹, der außerdem ein Polizeispitzel gewesen sei.« Stéphane Charbon sah Duval an. »Rekrutiert ihr jetzt schon unter den Straßenhändlern?«

»Quatsch!« Duval schüttelte verärgert den Kopf. »Aber er hatte vielleicht meine Visitenkarte bei sich. Ich hoffte, dass er mir wegen des Todes von Dia Malick etwas sagen würde, aber er ist nie gekommen. Du meinst, das wurde ihm zum Verhängnis?«

»Ich weiß es nicht. Möglich, aber schon allein die Tatsache, dass er aussteigen wollte, um vielleicht wieder auf dem Pfad der Tugend zu wandeln, reicht in diesen Kreisen für einen Mord. Aussteigen gibt es nicht. Dafür wusste Amédé sicher zu viel. So ein Risiko gehen die nicht ein. Da wird nicht lang gefackelt.«

»Und jetzt?«

»Wir haben sie alle nach Paris gebracht und dort werden sie dem Anti-Terrorismus-Richter vorgeführt.«

Duval fand das Ergebnis zutiefst unbefriedigend. Denn selbst wenn Yannick M. und seine »Kollegen« zu einer mehrjährigen Haftstrafe verurteilt würden, kämen sie nicht weniger radikalisiert aus dem Gefängnis. Es war, im Gegenteil, nicht unwahrscheinlich, dass zumindest Yannick M. andere dort radikalisieren würde. Duval schluckte die Bitterkeit, die er empfand, hinunter.

Noch immer war er erschüttert darüber, dass der Terror sich unbemerkt bis nach Cannes vorgearbeitet hatte und dass das eher kleine behäbige Städtchen vermutlich nur knapp einem Terroranschlag entgangen war. Niemals hätte er erwartet, dass dieser Fall, der mit dem toten Dia Malick begonnen hatte, eine derartige Entwicklung nehmen würde. Wenn sich das zunächst befürchtete Flüchtlingsdrama auch nicht eingestellt hatte, zumindest nicht in Cannes, so waren sie ihm mit diesem Fall doch nahe gekommen. Duval musste an all die Flüchtlinge in Ventimiglia denken, die er gesehen hatte. Alles hoffnungsvolle junge Menschen, die irgendwo in Europa eine Zukunft suchten. Für sich, für ihre Familie. Natürlich verstand er das. Es war schon immer so gewesen, zu allen Zeiten und in allen Kulturen, dass Menschen sich aufmachten, um anderswo ein besseres Leben zu finden. Aber wie sollte man heute mit all diesen Flüchtlingen umgehen? Für wen sollte man die Grenze öffnen? Für wen nicht? Je mehr Arme kamen, desto größer wurde die Angst der Bevölkerung vor eigener Armut, auch wenn diese vielleicht unbegründet war. Aber Angst war ja häufig irrational, schlug hingegen schnell in Abwehr und Aggressivität um und plötzlich gehorchten Menschen wieder primitiven Instinkten. Er, der jeden Tag damit konfrontiert war, wusste, dass es ein schwieriges Unterfangen war, das fragile soziale Gleichgewicht einer Gesellschaft aufrechtzuerhalten. Duval war erleichtert, dass Frankreich, gebeutelt von Terroranschlägen, sich bislang erwachsen und würdig gezeigt hatte. Deutlich, aber friedlich hatte man gegen den Terrorismus demonstriert und nirgends war es zu Ausschreitungen gegen Muslime gekommen. Wenn man auch nicht leugnen konnte, dass es die ausländerfeindlichen Töne in Teilen der Gesellschaft ebenso gab. Leider war auch die Polizei nicht frei davon. Er seufzte. Hoffentlich konnte er sich seinen Sinn für Gerechtigkeit und sein Mitgefühl für all die Armen bewahren. Annie fiel ihm ein. Was sie wohl gerade machte? Energisch schob er den Gedanken an sie beiseite und atmete durch. Nun, sie waren am Ende des Falls Amédé Dia angekommen. Das Ende war unbefriedigend, aber so war es nun mal. Das Schicksal der ihm unbekannten Familie Dia im Senegal ging ihm näher als erwartet. Zwei Männer waren ausgezogen, um eine

Familie zu ernähren, und beide waren nun tot. »Mögen ihre Seelen Frieden finden«, dachte Duval, von sich selbst überrascht.

Langsam näherte er sich seinem Auto. Schon von Weitem sah er, dass wieder ein Stück Papier hinter dem Scheibenwischer klemmte. Was war es diesmal? Schon wieder falsches Parken? Seufzend zog Duval den weißen Zettel hervor und las: »Endlich ist Monsieur Sabou zurück! Einer der bedeutendsten Hellseher, Marabut und Medium, der Ihnen Vertrauen in das Leben zurückgibt. 28 Jahre Erfahrung! 100 % garantierte Ergebnisse. Bezahlung erst nach Erfolg!« Duval amüsierte sich. Leistungsorientierte Vergütung bei einem Magier, nicht schlecht. Er las nun auch all das Kleingedruckte auf dem fotokopierten Zettel. Der afrikanische Hellseher bot Rat und Hilfe bei allen Gefahren und gegen Verhexungen an. Außerdem war er Spezialist für Probleme aller Art und listete seine Fähigkeiten minutiös auf: Liebeskummer? Sorgen am Arbeitsplatz? Kein Glück im Spiel? Eine untreue Frau / Mann? Sterilität? Monsieur Sabou wusste Rat. Selbst unbekannte Krankheiten vermochte er zu heilen, versprach er, und auch dort, wo andere Marabuts bislang vielleicht versagt hätten, würde er, der seine Fähigkeiten von seinem Vater geerbt habe, Erfolge verzeichnen. Und das schon innerhalb von vier Tagen. 100 % Garantie! Na, das war ja was. Duval wollte den Zettel schon zerknüllen, als er an einem Satz hängen blieb. »Dein geliebtes Wesen hat dich verlassen?« Er schluckte. »Wende dich vertrauensvoll an Monsieur Sabou und schon innerhalb einer Woche wird er / sie zu dir zurückkehren.« Duval starrte auf den Zettel. Neben der groß gedruckten Telefonnummer wurden noch einmal die »überraschenden Ergebnisse« hervorgehoben. So ein Quatsch. Natürlich glaubte Duval keine Sekunde an die Fähigkeiten dieses Zauberers. Dennoch behielt er den kleinen Zettel in der Hand. Hatte Monsieur Richard nicht erzählt, dass ein afrikanischer Heiler sein Leben mit einem Blätterbrei und einem Grigri aus Hühnerkrallen gerettet habe? Wer heilt hat recht, oder etwa nicht? Duval steckte den Zettel in seine Brieftasche.

Zu Hause wartete nur die Rotgetigerte auf ihn. Wie immer saß sie auf dem von der Sonne beschienenen, warmen Deckel der Mülltonne. Miauend sprang sie herab und strich um seine Beine. »Na du, Katze«, sagte Duval, beugte sich herab und streichelte seinen Kater zärtlich. »Du bist wenigstens treu, was? *Allez,* komm, jetzt gibt's Fressen!«

Er sah aus dem offenen Küchenfenster, während die Katze schnurrend fraß. Es war der erste richtig warme Sommerabend und die Sonne schien noch hell und freundlich. Aus dem Park nebenan hörte er das Plätschern der Fontänen im Springbrunnen, helle Kinderstimmen, das Klacken aneinanderschlagender Boulekugeln und die Spieler, die sich gut gelaunt Sprüche zuwarfen. Er sah auf die Uhr. Beste Zeit für einen *Apéro*. Duval hatte die Flasche Pastis schon in der Hand, aber dann entschied er sich anders.

Wie durch ein Wunder fand er sofort einen Parkplatz und lief die wenigen Schritte zum Bijou Plage. Ein kleiner Tisch war noch frei und die Abendsonne schickte ihre letzten Strahlen eben dorthin. Duval setzte sich, grüßte den Animateur, der wieder clownesk und rasant seine Cocktails mixte, zögerte kurz und wählte dann doch, wie immer, einen Pastis 51. Er sah dem Cocktail-Spektakel zu und dachte an Annie. Einen Mojito, den kubanischen Klassiker, hatte sie sich hier von Pompon, wie sich der Meister der Cocktails nannte, mixen lassen. Ach, Annie.

»Verzeihung, ist der Platz noch frei?«, hörte er hinter sich eine dunkle, warme Stimme fragen.

Sein Herz klopfte. Annie? Nein. Natürlich nicht. Er hörte und sah sie überall und dann war sie es doch nicht. »Ganz ruhig«, versuchte er sich selbst zuzureden. »Warum bin ich nur hierhergefahren, ich Idiot«, fragte er sich. »Um mich in Wehmut zu suhlen?« Duval nahm einen Schluck Pastis und steckte sich eine Olive in den Mund. Und dann stand sie da. Annie. Sie war es wirklich. »Darf ich?«, fragte sie und zeigt auf den Stuhl ihm gegenüber. »Natürlich«, sagte Duval.

Lange sah er sie wortlos an. Sein Blick war eindringlich. Dann legte er seine Hand auf ihre. »Du hast mir gefehlt, Annie.«

Sie lächelte, senkte kurz den Blick und sah ihn dann offen an. »Du mir auch.«

Er drückte ihre Hand. Sie lächelte ihn an und senkte wieder die Augen.

»Ich«, begannen beide gleichzeitig, stockten, lachten. »Du zuerst«, sagte Annie. »Nein, du«, widersprach Duval. »Was wolltest du sagen?«

Sie holte tief Luft. »Es tut mir leid, ich ... sie wollten von mir ein Zeichen, dass ich unabhängig bin, kein verlängertes Sprachrohr der Polizei.«

Duval schnaufte.

»Und es gab so einen Moment, wo ich selbst auch dachte,

es geht nicht. Ich kann nicht mit jemandem zusammen sein, der meine Ideale nicht hundertprozentig teilt.«

»Und jetzt denkst du das nicht mehr?«

»Na ja, mit etwas Abstand war es mir plötzlich nicht mehr so wichtig, dass du dieselbe Überzeugung hast. Ich habe nur gemerkt, wie sehr du mir fehlst. Jetzt denke ich, vielleicht kann man auch verliebt sein, wenn man andere politische Ansichten hat?« Sie sah ihn fragend an.

»Es ist vielleicht ein bisschen schwieriger. Aber so weit sind wir gar nicht voneinander entfernt, Annie. Und hundertprozentigen Gleichklang gibt es nicht, und wenn, wäre es doch langweilig, oder?«

»Meinst du?«

»Sicher.«

»Na dann ...« Ihr Lächeln wurde verschmitzt.

»Dann was?«

»Dann bin ich froh, dass ich gekommen bin.«

»Und ich erst. Woher wusstest du, dass ich hier bin?«

»Ich wusste es gar nicht. Ich bin einfach so hierhergefahren.«

»Einfach so«, wiederholte Duval. Er dachte an den Zettel des Marabuts in seiner Brieftasche. »Ist das nicht eigenartig? Das grenzt schon an Magie, findest du nicht?«

Annie sah ihn verwundert an. »Was ist denn mit dir los? Glaubst du neuerdings an Übersinnliches?«

»Ja, nein, ich weiß nicht.« Er schüttelte vage den Kopf. »Vielleicht gibst du mir mal einen Kuss, nur, damit ich weiß, dass du real bist«, schlug er vor.

Amüsiert beugte sie sich über den Tisch und küsste ihn. »Und?«, fragte sie dann.

»Hmmm«, machte er. »So ganz sicher bin ich nicht. Kannst du es noch mal probieren?«

Sie küsste ihn erneut. Lange und ausdauernd diesmal. »Jetzt aber«, befand sie.

»Ja, ich glaube, das war real. In meinen Füßen prickelt es.«

»In den Füßen?«, lachte sie auf.

»Ja, es dauert wohl einen Moment, bis sich alles wieder eingespielt hat. Ich war ja völlig entwöhnt«, erklärte er gespielt seriös.

»Aha.« Sie machte ebenfalls ein ernstes Gesicht. »Dann müssen wir vielleicht noch ein bisschen daran arbeiten?«

»Ja, ich glaube, das müssen wir«, stellte er in besorgtem Ton fest, »die Füße sind nämlich schon wieder taub.« Er beugte sich erneut zu ihr: »Küss mich! Schnell!«

Sie küsste ihn dreimal schnell hintereinander. »Und?«

Er schien zu überlegen und schüttelte nachdenklich den Kopf. »Ich glaube, ich brauche mehr Zeit. Was machst du nachher? Hast du schon was vor? Vielleicht könnten wir eine Nachtschicht einlegen ...«

Annie küsste ihn. »Ich habe nichts mehr vor heute Abend«, sagte sie leise.

»Und morgen? Und am Wochenende?«, setzte er nach. »Nur für den Fall, dass ...«

Sie küsste ihn erneut. »So lange du willst.«

»Das sind ja mal gute Aussichten«, sagte Duval leise und lehnte sich zurück.

Danksagung

An dieser Stelle danke ich herzlich all denen, die im Hintergrund zum Entstehen des vorliegenden Romans beigetragen haben:

Meinem Arzt, Dr. Thierry Bloch, Cannes, der meine vielen Fragen freundlich beantwortete.

Dr. Bertram Diehl, Hyères, für so manche Information und kritisches Gegenlesen des Manuskripts an der einen oder anderen Stelle.

Maud Prier, Créteil, die mir ihren immer mühsamer werdenden Arbeitsalltag als Assistante Sociale schilderte.

Michaela Dufner, die mir bereitwillig ihre Eindrücke von aktuellen Reisen auf dem afrikanischen Kontinent wiedergab, und Christoph Duboz, für die Erzählungen von seinen abenteuerlichen Jahren in Gabun.

Vor allem und von Herzen aber Sylla M'baye, der mir vertrauensvoll aus seinem langen Leben als international tätiger Straßenhändler berichtet hat.

Nachwort

Während ich noch an diesem Roman schrieb, ereignete sich am 14. Juli, nach dem Feuerwerk anlässlich des Nationalfeiertags, ein Attentat in Nizza, bei dem ein Mann mit einem Lastwagen, nach heute aktuellem Stand, 86 Menschen tötete und mehrere Hundert zusätzlich verletzte. Auch deutsche Touristen sind unter den Todesopfern. Das Attentat hat tiefe Spuren auch bei allen nicht direkt betroffenen Menschen hinterlassen. Und das Leben an der immer für ihre Leichtigkeit gepriesenen Côte d'Azur hat sich verändert. In Nizza wurden sämtliche Sommerveranstaltungen nicht nur aus Sicherheitsgründen, sondern auch aus Mitgefühl und Respekt für die Opfer und deren Familien abgesagt. In Cannes fanden zwar weiterhin Open-Air-Konzerte am Palm Beach und der über mehrere Sommerwochen gehende Feuerwerkswettbewerb statt, Ereignisse, die jeweils Tausende von Menschen an die Strände und auf die Croisette ziehen, die Stadt wurde dazu aber in einem bisher nie gekannten Ausmaß abgesperrt und gesichert.

Diese Sicherheitsmaßnahmen berühren in besonderer Weise die Lebens- und Arbeitssituation der afrikanischen Straßenhändler, von denen im vorliegenden Roman die Rede ist. Verboten wurde das Tragen von großen Taschen, Rucksäcken oder Koffern an den touristischen Orten Cannes', am Strand und auf den Straßen entlang des Meeres, was einem Verbot des Straßenhandels gleichkommt. »Aber *wir* sind doch harmlos. Wir sind gute Muslime. Wir tun nichts Böses. Wir arbeiten und wir sind ehrlich. Wenn alle so wären wie wir, wäre alles gut«, sagt mir hilflos Sylla M'baye, der seinen Lebensunterhalt und den seiner Familie als Straßenhändler verdient. In Cannes ist er seit über 30 Jahren. »Das wissen doch auch die Polizisten«, meint er, »die kennen uns doch.« Sylla M'baye selbst ist *en règle*, er hat ein Reisegewerbe angemeldet. Aber es hilft nichts. So wenig wie in dieser Saison hat er in all den Jahren noch nie eingenommen. Für die afrikanischen Straßenhändler in Cannes bedeutet das, neben steten Kontrollen und Strafmandaten, ein langsames Aus.